靠近你，淹没我

（下册）

焦糖冬瓜　著

kao jin ni
yan mo wo

浙江文艺出版社
Zhejiang Literature & Art Publishing House

目录

下

下

第十七章 被你淹没

看着他利落地打着方向盘，宁韵然忽然意识到了什么："喂！你不是左臂骨折了吗？这么快就好了？怎么能开车？"

莫云舟的唇角还是勾着，将车开出了停车场。

"你知不知道车祸之后，是谁把你从车里抱出来的？"莫云舟勾着唇角反问。

"陆毓生说是你……"

"我的胳膊如果真的骨折了，还能把你抱出来？"莫云舟轻笑了一声。

宁韵然傻眼了："陆毓生那个小王八蛋骗我！"

"只是被玻璃划伤了而已。"

车子正好行到了十字路口，莫云舟停下来，脸上的笑意忽然完全收了起来。

"宁韵然，如果这一次又有人要把我们撞死，你怕不怕？"

宁韵然的心一阵下沉，立刻向后看，后面只有一辆家用车，车里坐着一家人，还有一只狗伸出窗外吐舌头。

根本就没有莫云舟所说的有人跟踪他们。

"你不吓唬人会死吗？"宁韵然强忍住揍他的冲动。

"那你知道是谁要杀我吗？"莫云舟的声音还是那样，没有起伏，有点冷。

他是很严肃地在和宁韵然讨论这个问题。

宁韵然暗自倒抽一口气，她知道自己不能冲动，不能说任何关于案子的事情，不能暗示对方很可能是纵合万象集团背后的大毒枭秦耀出手了。

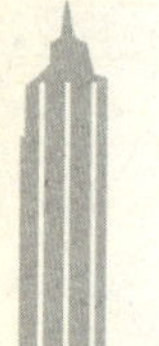

“天知道你惹到谁了。”宁韵然转过头去，看着窗外。

“你为什么叫顾长铭‘顾大哥’，叫我却直接是我的名字‘莫云舟’？”莫云舟的话题转得让宁韵然回不过神来。

“……好吧，莫大哥还有什么吩咐吗？”

抖M你个玻璃心！这都能计较？

“谁要当你大哥。”莫云舟的声音还是凉凉的。

宁韵然不说话了。

“叫一声‘云舟’来听听。”

宁韵然的心尖又被对方钩了一下。

“不叫。”她回答得斩钉截铁。

“为什么你回家了知道给顾长铭打电话，却从来没想过给我打个电话报平安？”莫云舟又说。

我的苍天大地，人家顾长铭叫她回到家了打个电话报平安有什么不妥吗？这都能计较？莫云舟你咋不上天？

“我没你的手机号。”

“又在睁眼说瞎话了。你记性那么好，不需要手机通讯录，你能把所有见过的手机号码都记下来。”

宁韵然的心像是被忽然撞了一下，全身都紧张了起来。

莫云舟什么时候发现的？她从来没有在他面前表现出记性很好的样子啊！

“几百年才用一次的手机号码，我怎么可能记得？”

忽然之间，莫云舟一个转弯，速度比之前快了不少。

宁韵然看着他冷峻的侧脸，意识到了什么，再度回头。

这一次，她看见的不是什么一家三口带狗出游的家用车，而是一辆黑色的SUV（全称Sport Utility Vehicle，运动型实用汽车，下同）。

“它是在跟着我们吗？”宁韵然的神经紧绷了起来。

“对。两个街道了。”

莫云舟冷静地向前。

他故意避开了隧道，行驶在人多的街道上，甚至故意掉头，而那辆黑色SUV却仍旧跟着他们。

“又是上次要杀你的人，他们还不死心吗？我们现在立刻报警！”宁韵然一直看着后视镜，这辆车跟着他们的目的更加明显了。

“这里是闹市，街道上车很多，他们也不好下手。前面就是南山公寓，我送你回去。等你下车了，我会处理。”莫云舟的表情冷静却严肃。

“你处理？你怎么处理？撞回去吗？现在就该立刻报警！让警察立刻来保护你！”

“我会报警，但你现在马上下车。他们的目标是我，不相干的人越少牵扯进去越好。”

莫云舟将车开到了南山公寓的门口，停了下来，立刻打开车门：“下车，回家。”

宁韵然一眼就看见那辆车停在了不远处，心也跟着提了起来，她将门又关上，冷声说：“这里是小区门口，来往车辆也多，他们不敢下手。你就在这里打电话报警，等警察来！”

“你又不喜欢我，干什么坐在车里陪着我死啊？”莫云舟将车门打开，要将宁韵然推下去。

宁韵然却一把抓住车顶的把手，不下去：“我就要在这里坐着！等警察来！你马上打电话报警！”

她急得脸都要红了。

“你既然不喜欢我，就不是我的人。我不需要你陪我同生共死搞得这么大架势。”

莫云舟冷着脸，直接去掰宁韵然抓着把手的手指，要将她推出去。

这男人力气很大，没两下她的手就被掰开了，她转而拽住椅背不肯松手。

“莫云舟！我叫你打电话报警你没听见吗？”宁韵然不明白他到底在执着什么。

“我说你不喜欢我就给我下车，你没听见吗？”莫云舟不光是声音，连目光都冷得厉害。

宁韵然咬牙切齿：“我喜欢你可以了吧？你现在能报警了……”

蓦地，那个要把自己推出去的男人忽然将她一把抱了过来，狠狠地亲了她一下。

宁韵然惊得魂都要飞出去了。

在那一刹那，她忽然反应过来了。

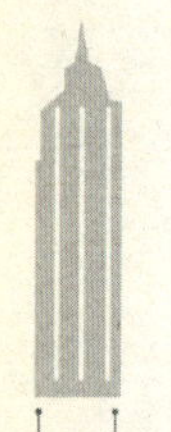

“老子踹死你！”她再懒得管他身上到底有没有伤，直接上拳头砸他的脸。用的绝对是拳击台上的力道，她宁韵然从来不矫情，一拳挥出去就是奔着要他命的架势。

莫云舟眯着眼睛笑着，这么窄的空间，他倒是躲得很敏捷，躲不过去的，就直接伸手拦住宁韵然的拳头，又要将她往怀里拽。

“去你的！这是可以拿来开玩笑的吗？”

宁韵然瞪圆了眼睛看着莫云舟。

她的肩膀颤抖着，心脏跳动着，她真的以为那天在大桥上发生的一切会再来一次。

她真的很害怕莫云舟出事的时候，她不在他的身边。

“那辆车是我大姐请来保护我的保镖。但是这并不代表，我在跟你开玩笑。”莫云舟回答。

“如果这不是开玩笑，是什么？”宁韵然不想听他说废话，她的眼泪都快掉下来了，但是她刚要下车，就被对方一把抱住了。

“小宁……无论是谁要杀我，你心里很清楚这样的事情有一次，就会有第二次。”

宁韵然肩膀一僵，心里的恐惧再度来袭。

“我不会让与我无关的女人陪我患难与共。你如果喜欢我，我的一切都会告诉你，我相信你不是那种经不起压力需要躲在男人羽翼下的脆弱女人。但同样地，如果你不喜欢我，那么我的一切都与你无关。”莫云舟附在她的耳边说。

宁韵然的眼睛烫得厉害。

她调整了一下自己的呼吸，低声道：“莫云舟，我不说喜欢你，不代表我就与你无关。”

说完，她拉开莫云舟的胳膊，从后座上拿回了自己的包，大步离开。

“可你已经说了。”莫云舟笑着提醒她。

他的声音微微上扬，心情很好。

宁韵然背对着他，直接给他比了个中指。

宁韵然回到了房间里，关上窗，拉上窗帘，坐在桌前。

有太多的人在沉默地观察着她。

对面那个架着望远镜的家伙，买外卖的路上跟着她的家伙，甚至监听她手机的人。

哪怕在自己的小世界里，她知道她也未必有隐私。

她起身，离开了房间，敲开了杜若的房门。

“我以为你死了。”杜若第一句话就扎心。

“我死了谁养你。”宁韵然轻哼了一声。

宁韵然从她的角度描述了那一场车祸，然后说起了一件一直徘徊在她心头的事。

“住院的时候，黄秘书来看我，和我闲聊了几句。我说万一被撞下桥，江水太深，我还来不及游出水面就被淹死了怎么办。黄秘书的回答很有意思。”

“他说什么了？”杜若问。

“他说，‘你们都被追过了桥中央，就算掉下去也不是江水深的地方了’。”宁韵然眯着眼睛，看着杜若，“他怎么知道我们出事的地方，是桥面的哪个位置？”

杜若的眉头也蹙了起来：“有意思。”

“我在医院里的时候搜索了许多相关新闻，说的都是在跨江大桥桥面上发生了严重的交通事故，就算有些媒体说了因为多次撞击疑似谋杀之类的话，但并没有提起是在桥面的什么位置，黄秘书是怎么知道我们出事的位置江水已经不深了呢？”宁韵然歪着脑袋说。

“嗯。”杜若点头。

“再者，就算这个是看照片猜出来的，我注意了一下所有媒体发布的照片，基本上都是车祸的近景，这样的画面比较抓眼球，但看不出车祸的具体位置。还有微博上几个网友用手机拍摄下来的照片，从那个角度看过去，虽然能判断已经不是江心，但也不能判断桥下的江水深不深。”

“除非，有人明确告诉了黄秘书，你们就快过江了，就算撞你们下去，你们也未必死得了。”

“是的。所以你说……黄秘书会不会和那个卡车司机有关系？”宁韵然不是很肯定地说。

“确实很微妙。一般人就算看到车祸照片，也不会去过多联想这个位置的桥下江水深不深。除非有人很细致地向他汇报了当时的情况。当然，也不排除黄秘书心思细腻。黄秘书跟着顾长铭很久，但是和周暖这种一直跟着顾长铭不同，他

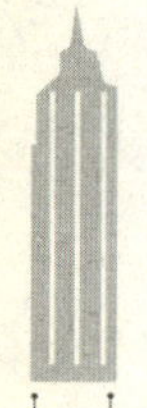

是在顾长铭创业前期的IT公司解决了低价收购的危机之后来到顾长铭的身边。”杜若说。

“这个时间点很微妙。不是在顾长铭创业的时候就来，而是在顾长铭渡过最大的危机之后进来的……凌睿一直都在怀疑，帮助顾长铭渡过那次收购危机的，就是秦耀。所以我忍不住猜想，黄秘书是不是秦耀派来盯住顾长铭的。你想，顾长铭不可能直接打电话发邮件联系秦耀，而秦耀要求顾长铭做什么也应该有个联络人。这个联络人应该不是赵婳栩，而是与顾长铭创业的时候无关的某个人。我觉得黄秘书很符合这个联络人的条件。”宁韵然说。

“我会向上级申请，对他进行调查，看他前段时间联系过哪些人。还有，深挖一下这个黄秘书的过去。”

宁韵然点了点头，再次提醒杜若：“莫云舟的人身安全也很要紧。现在梅沙仓的争夺还没有停止，莫云舟仍旧是顾长铭的对手，顾长铭身后的秦耀只怕没那么轻易罢手。”

杜若撑着下巴，不发一言地看着宁韵然。

“杜师兄，怎么了?”

“你认真思考的样子让我感觉很好奇。”

“我本来就有头脑的好吗?”宁韵然在心底嫌弃地翻了一个白眼，然后忽然想到什么事情，“我原来的手机摔坏了，莫云舟送了一个新的给我。杜师兄，你能帮我检查一下吗?”

“可以。不过莫云舟还送你手机，应该只是因为你和他一起出的车祸，他心中内疚吧?”

“我不是早就向你汇报过了吗，他对我有好感。”

提起这件事，宁韵然尽管脸上一副严肃客观的样子，但是心绪还是被那个名字挑了起来。

“那你喜欢他吗?”杜若反问。

“干吗? 你要写进报告里吗?”宁韵然问。

杜若点了点头：“写啊。为什么不写? 这样才能正确评估你现在的处境。不过，如果你也喜欢莫云舟的话，就要注意一下了。”

“注意什么?”

“别把自己弄得跟糙汉子一样。你把莫云舟的偏好度都带歪了，哪天他要是忽然觉得大街上随便拽一个抠脚大汉也貌美如花了，该怎么办？”

这个问题，宁韵然是拒绝的。

而此时的顾长铭正和赵婳栩以及黄秘书在办公室里商谈。

“你的意思是，莫云舟有退出梅沙仓的意向？”赵婳栩不解地说。

“这会不会是莫云舟放出来的烟幕弹？”黄秘书也很怀疑。

“确实，从现在来看，云晟虽然在梅沙仓的争夺里腹背受敌，但还没有到要退出的地步。”

“也有可能是莫家还有陆家都怕继续争夺下去，莫云舟会出事。莫云舟是莫严赋老来得子，听说非常宝贝。莫云舟的大姐莫云慧又嫁去了陆家，是不是莫云慧不希望自己的弟弟出事，所以劝说了丈夫，放弃梅沙仓？”赵婳栩猜测说。

“这也不无可能。只是我们要做好准备，如果莫云舟要退出，很可能会用他梅沙仓的股权搞一点事出来。”顾长铭回答。

“比如他要高价放出这些股份，让我们和远程宏大争破头？”赵婳栩说。

顾长铭眯着眼睛摇了摇头：“不会这么简单。只能见招拆招了。”

当这个小会结束，赵婳栩起身的时候，听见黄秘书开口说：“秦先生的意思是，希望顾总不要有心理负担，他相信你的把控能力。也批评了我，说我连顾总的意思都没问就做主去动莫云舟，是我不对。所以，还请顾总安安心心地坐在这个位置上吧。但是以后我黄颖保证，什么事情动手之前一定会跟您说一声。”

说完，黄秘书点了点头，就和赵婳栩一起出去了。

走廊里，赵婳栩忍不住问黄秘书：“所以秦先生是真的还信任顾总？”

黄秘书笑了笑：“别傻了。秦先生谁也不信。”

赵婳栩轻哼了一声：“难道连黄秘书也不信？”

“当然。如果他信我，就不用把我的家人都扣在手上了。”

赵婳栩闭上眼睛，无奈地一笑。

“倒是你，还是那句话，不要再做任何会伤害你和顾长铭之间默契度的事情了。你明明知道不管顾长铭是把宁韵然当妹妹，或者真的有男人对女人的心思，他都不会伸手碰她，那么你还有什么要斤斤计较的？我言尽于此。”

宁韵然来上班的时候，果然又在桌面上看到了一大束的花。

这是黄秘书代表整个公司对她的慰问。

事情还是很多，但是就像顾长铭教她的，所有的东西都快到截止期的时候再交上去，这样她被分配到的工作确实比之前少了许多。

周五的时候，一个大新闻空降，让纵合万象炸开了锅。

那就是莫云舟竟然用云晟集团所掌控的梅沙仓百分之十的股权去低价换购了远程宏大集团一个子公司天水煤矿百分之三十的股份，直接进入董事会。

这样一来，远程宏大集团成为了梅沙仓的第一大股东。

顾长铭低着头，摁着眉心。

赵婳栩坐在他的对面："没有想到他会这么干。我们要想超过远程宏大，就要下更大的血本，出几倍的价格把还没被远程宏大控制的股份买回来。"

顾长铭看向黄秘书说："秦先生的意思呢？还要争吗？现在人人都知道如果我们不放弃的话，梅沙仓的股价就会涨。就算我们用天价把剩下的股份拿到了，甚至成为有绝对控制权的股东，到时候股价也会下跌，应该会跌破我们的买入价。无论怎样，都是杀敌一万，自损八千。"

"秦先生的意思是，再试一试。"黄秘书想了想说，"我们可以想办法制造一些对梅沙仓不利的新闻，也可以假意释放要出让梅沙仓股权的消息，让梅沙仓的热度降下来。"

"我这边还有几个空壳公司可以用来接收秦先生的资金。"

"那么你要小心。凌睿那边随时会突然袭击，有任何纰漏，就会是大事。"顾长铭看向赵婳栩说。

"放心。这些资源我早就做好了准备和铺垫。"赵婳栩回答。

散会之后，赵婳栩离开顾长铭的办公室，看了一眼坐在电脑前专心致志的宁韵然。

她的侧脸有一种很简单很专注的气质。

赵婳栩扯起唇角无奈地一笑。

也许自己的疑神疑鬼，真的完全只是出于对她的嫉妒。

她来到周暖的办公室，看见这个小子正把两条腿都架在桌面上，玩着手游不亦乐乎。

赵婳栩敲了敲桌子，说："臭小子，你可真不是个好榜样。"

周暖连手机都没挪一下，笑笑说："像我们这种后台部门，哪里像是婳栩姐这样需要出去冲锋陷阵，好好养着自己就好。”

“养着自己？看我哪天不把你拿去榨油。”

“你来不就是问我对于宁韵然的监听有什么成果呗。那我就告诉你一个大料。”周暖还是继续打着游戏。

“你能有什么大料?”赵婳栩好笑地说。

“我怎么没有大料了？我告诉你，我们的敌人莫云舟可喜欢宁韵然了。”周暖用略带八卦的语调说。

“这个我早就察觉到了，还要你爆料。”

“你应该策划一场美人计啊。让宁韵然上去，把他迷得晕头转向，顺带把他剩下的梅沙仓的股权卖给我们。哈哈哈哈!”

“神经病。要是再打宁韵然的主意，你顾大哥必然要把我扫地出门。这才是你最想看到的吧?”赵婳栩在周暖的脑门上敲了一下。

“哎呀！我死了!”

“技术不精，死了就死了呗!”

周暖扯了扯嘴角。

梅沙仓的争夺还未平息，不久就传来消息，说天水煤矿在哪里又开发了一个新的矿区，股票一路高歌，这相当于莫云舟用两个亿的梅沙仓股票换了天水煤矿五个多亿。

就连赵婳栩也不得不说：“真不知道这个莫云舟到底是运气太好了，还是他早就听说了天水煤矿会有大动作。”

这天晚上，宁韵然还有几封重要邮件没有发出去，正在加班。

桌面上的手机响了起来。

宁韵然抬了抬眼皮，一看是莫云舟的手机号，就直接把它摁掉了。

刚打了没几个字，又看见一条短信发过来。

滑开一看，又是那个抖 M 先生：你在哪里？我想和你一起吃晚饭。

宁韵然抿了抿嘴唇，直接发短信过去：我不想和你吃晚饭，看见你我就饱了!

抖 M：那么你就看我吃。

宁韵然不理他，继续发邮件。

没过多久，顾长铭就从办公室里走了出来，西装就挂在他的胳膊上，腿长走路就是有范。

“还没弄完？”

“还有一封邮件就回家了。”宁韵然眯着眼睛笑着说。

“那我等着你，送你回去。”顾长铭随手拽过一旁的椅子说。

“啊？顾大哥，你别闹了！我加一小会儿的班是多么正常的事情啊！如果被别的同事知道了，多不好！”

这时候，宁韵然放在桌面上的手机又颤了一下。

抖 M 的字样出现在屏幕上。

“莫云舟给你发短信了？”顾长铭只瞥了一眼，竟然就猜到抖 M 是莫云舟。

宁韵然赶紧把手机翻过来：“是他……但我没打算理他。”

“确实，这段时间你离他远一点。并不是因为我们和云晟集团的较量结束了，而是因为上一次开车撞你们的人还没有找到，我怕你和他待在一起，会有危险。”

顾长铭的语气很客观，没有私人情绪。

“嗯。”宁韵然点了点头。

晚上，当顾长铭开车将宁韵然送到南山公寓门口的时候，宁韵然一下车，就看到了莫云舟的车停在那里。

他侧过脸，从车窗里与她对视。

那一刻，宁韵然有一种被镇住的感觉。

灯光太暗，她看不清莫云舟脸上的表情。

但是她有一种感觉——他生气了。

“怎么了？”顾长铭问。

“哦……没什么……”

当宁韵然再看过去的时候，莫云舟已经开车转向离开了。

心里面莫名地抽痛了一下。

明明应该觉得轻松的。

如果这个男人生气了，转身了，就没有人再问她“你喜不喜欢我”这样让人苦恼的问题。

明明知道危险，又何必要靠近呢？

回到房间里，她将自己的包放下，却忍不住拉开窗帘，想象着莫云舟会不会还在公寓的对面？

然后她觉得自己傻了。

莫云舟是什么人？就算不是呼风唤雨，也是优秀而出众的男人。他的人生中应该已经习惯了要什么有什么，不会永远在她的身上浪费时间。

沸腾的水终究会冷，疯狂的热情也会冷静。

宁韵然对自己说，来日方长吧。

等到这个案子结束了，她就请一个大大的长假，到世界各地潇洒走一回。

就在她准备去淋浴然后好好睡觉的时候，手机又响了起来。

是抖 M。

宁韵然忽然不敢呼吸。

他看见顾长铭送她回来，会说什么？

宁韵然第一次觉得自己的胆怯很好笑。

为什么会有这么复杂的心态呢？

这个男人明明你很喜欢，坦荡一点做自己不好吗？

可是坦荡的结果，又让她怯懦。

她很清楚，她的任务会让他受到伤害。

宁韵然接通了手机，开口说："哎哟，莫先生，莫大神，我已经回家了，我想睡觉了，你说你怎么这么兴奋呢？"

"因为天水煤矿的股价上涨，我的决定让我们云晟集团挣钱了。顾长铭和赵婳栩肯定脸色很好看。为了这个，我也要请你吃东西。"莫云舟的声音是平静的。

其实这种在他预料之内的事情，他根本不会有多高兴，只是找借口要见她罢了。

"吃夜宵庆祝吗？你别忘了，我还是纵合万象的员工。你这样对着我说这些话，不觉得很不尊重我吗？"

"因为你吃东西的样子很有喜感，比放爆竹更让我有优越感。"

"你自己吃。"

"我买了，就在你公寓门口。"

"你刚才不是看见顾总送我回来已经不爽地开车走了吗？"

"所以在你心里，我是这样幼稚的男人？如果这样我就负气放手，那不是正中顾长铭下怀？"

莫云舟的声音淡淡的，还带着一丝调侃宁韵然的意思。

“我以前怎么没发现你是这样的?”宁韵然摁了摁太阳穴。

“我以前也没发现自己可以这样。”莫云舟想了想又补充了一句，“有时候人还是不能要自尊的。”

“啊?”

“自尊不能当饭吃，太有自尊的男人不讨女人喜欢。下来拿海鲜粥，你到底吃不吃?”

莫云舟的话，让宁韵然忽然有一种心境开朗的感觉。

她下了楼，果然看见莫云舟拎着外卖站在那里。

宁韵然正打算用门卡把外面的铁门打开，但是莫云舟却摇了摇手，将袋子伸了进来。

“拿回去，慢慢吃吧。”

“哦。”

就在宁韵然拎过袋子的时候，莫云舟忽然开口说：“我知道顾长铭为什么送你回家。”

“你还能知道他是怎么想的?”宁韵然好笑地说。

“因为如果我是他，我也会做同样的事情。”莫云舟的神色很沉敛，没有了刚才开玩笑的感觉。

宁韵然站在那里，隔着铁门看着他。

“因为他知道，那个想要杀我的人还没有停止杀心，你跟我在一起，哪怕吃一顿饭，也有可能出事。”莫云舟回答。

宁韵然的心底一颤。

她知道莫云舟并不是站在顾长铭的角度上才会说出这样的话，而是站在保护她的角度上。

“宁韵然，你喜不喜欢海?”

“嗯?为什么忽然问这个?”

“我记得自己很小的时候，跟着父母，还有我的两个姐姐和二哥一起去了海边的别墅度假。”

“那很好啊。”

“夜里面的大海看起来很安静，很神秘，好像向着我张开怀抱一样。海浪的声音很轻，很远。海面上是星光起伏。我一步一步走过去，直到脚尖触到了冰凉的海水，我还是忍不住靠近。直到海水淹没了我的膝盖，忽然有海浪过来，几乎淹没我的胸口。”

宁韵然看着他，忍不住在脑海中想象那样的场景，也跟着莫名地紧张了起来。

“我的大姐莫云慧晚上出来找我，她发现了我，一把将我从海水里抱起来。回去之后说起这件事，我的母亲都吓得哭起来了。时至今日，提起那个晚上，我的家里人都很紧张。他们说，只要我站在海的面前，就有一种随时要跳进去的感觉。”

宁韵然的指尖颤了一下。

“宁韵然，我这一生都在期待着一个人，像海一样吸引我靠近，然后将我灭顶淹没。我知道你在害怕我离你太近，会有危险。”

宁韵然全身都僵了起来。

她从莫云舟那双一贯淡定的眼睛里看到了一种豁然。

他什么都知道。

“我只是想告诉你，不要因为我的靠近而退缩，因为我本来就想被你淹没。”

说完，莫云舟就转过身去离开了。

他的背影有一种洒脱。

却把宁韵然的心神全部带走了。

所有的思绪都被他牵绊着，仿佛这个男人天生对她有着某种吸引力。

他从海中来，要将她带走。

而关于梅沙仓的战争，从纵合万象对战云晟转变成纵合万象与远程宏大之间的较量。

华洋银行再度缩减了对他们的贷款，这完全在赵婳栩的意料之外。

而她启动了三个早就准备好的空壳公司，准备了交易材料，让秦耀利用这三家空壳公司向纵合万象注入资金，继续收购梅沙仓的股票。

但是远程宏大明显对梅沙仓志在必得。

赵婳栩始终无法跟上远程宏大的购入速度。

身处办公室的宁韵然也能感到这没有硝烟的紧张气氛。

她也很想知道，凌睿到底什么时候会对纵合万象出手。

他已经安静地蛰伏已久，这一次务必要一击即中。

与此同时，黄秘书在办公室里接到一个电话之后，神色立刻变得严肃起来，起身走向顾长铭的办公室。

“顾总，郭先生过来了。”

顾长铭握着笔的手指僵了僵，然后停住。

“哪位郭先生?”

“郭笑。”黄秘书顿了顿，“他已经到了T市了。看来大老板对梅沙仓是真的很看重。”

“他不是对梅沙仓看重……事到如今，他也明白我们拼不过远程宏大了。”

“那么郭笑来的目的是什么?”

“大老板通过婳栩安排的空壳公司在短短一个月内为纵合万象注资了近两个亿，这里面的风险是很大的。郭笑来，是要保证一旦梅沙仓我们没可能拿到，而我们又被凌睿的经侦队给盯上，大老板还能平安地收回他的资金。”顾长铭回答。

“那么顾总……听说郭笑三天前就抵达T市了，但是却完全没有提过要和我们见面。他是什么意思?”

“他在观察。”顾长铭回答，“也在等我们主动联系他。”

黄秘书了然地点了点头。

被纵合万象的紧张气氛折磨到透不过气来的宁韵然，终于熬到了周末。

她连买外卖的精力都没有了，敲开杜若的公寓房门，她只说了一句话：“要么跟我一起吃开水泡面，要么饿肚子，你选哪个?”

杜若难得没有毒舌相向，只说了一声：“进来吧。”

两个人面对面，茶几上是两桶泡面，宁韵然神色木然，大脑放空。杜若则找出了一根双汇玉米火腿肠，正用手指灵巧地撕开。

如果是平时，宁韵然定然会为了这根火腿肠和他争个你死我活，而此刻她连动都没有动一下。

让她感到不可思议的是，杜若竟然掀开她的泡面，将那根玉米肠放进里面了。

“杜师兄，你是要吃老坛酸菜味儿的吗?”

“不，给你吃的。”

宁韵然赶紧去把那根玉米肠的包装纸从垃圾桶里翻出来。

“你在干什么? 好恶心!”杜若抬起脚去踹她。

“我看有没有过期！不然你怎么会好心让给我吃！”

“老坛酸菜的给我。”

宁韵然一看，还差半年才过期呢，立刻转身抱住泡面说：“不给！”

三分钟一到，两人低下身来呼啦呼啦地吃了起来。

“秦氏兄弟里的弟弟秦冕的资金大多都由他的情人梁玉宁来打理，这个你是知道的。”杜若开口道。

宁韵然僵在那里，不满地抬起头说：“我就知道你不会那么好心把玉米肠让给我！不过，你就不能等我吃完了再说正事儿吗？这样会让人消化不良的，好不好！”

杜若瞥了她一眼，凉飕飕地说：“吃泡面还谈什么消化不良？你的胃连塑料都能消化。”

宁韵然咬着玉米肠，无言以对。

杜若继续说：“秦冕的大哥秦耀的洗钱门路却很广。你所知道的赵谦的梦幻星空乐园是一个，纵合万象集团是另一个。而秦耀也有不少的代理人，他遵循的原则就是从不把鸡蛋放在一个篮子里。”

宁韵然点了点头：“这也是秦耀这么多年以来一直没有被抓住的原因之一。”

“对。但在他众多的代理人里，跟在他身边最久的就是这个男人。”杜若拿了一张照片，推到宁韵然的面前。

照片上的男人很年轻，有点远，大概能够看清楚他的轮廓。

“他的绰号是黑桃A，真实姓名不详，有多本护照，多个身份，他参与管理的秦耀的资产无法估计，但是他很小心，都是由他发展的下线进行资金的直接操作，所以始终没有证据逮捕他。根据国际刑警的线报，他很可能已经来到了T市。出入境那边连夜调阅近期的资料，也确实找到了这个疑似黑桃A的男人。”

宁韵然沉默地看着这张照片，吸了一口气说：“你们想要我干什么？”

“根据线报，黑桃A会去本市的洪渊画廊参加画展。上面的意思是，黑桃A很警觉，如果我们派专人去观察他在画展上与哪些人有交流会很显眼，但是你不一样。”

“我曾经在这个行业待过。画展现场的一些书画界名人是认识我的，我的出现不会突兀。”

“对。”杜若将一张画展邀请函送到了宁韵然的面前。

“我的天，你们哪里搞来的邀请函？”

“这场画展上，有江淮的作品展出。邀请函，是以江淮的名义发给你的。”

宁韵然看着杜若，扯了扯嘴角：“行啊！你们不但设法找到，还行动迅速。”

杜若将一枚胸针送到了宁韵然的面前：“戴着它去。你不需要刻意去接近黑桃A，只要让我们看见他在画展上和谁有交流就行。”

“嗯。那么黑桃A现在的名字是什么？”宁韵然摆弄着这个胸针，这里面大概有微型摄像设备。

“还是不告诉你的好。”杜若低下头来继续吃泡面。

“为什么？”

“因为以你的演技，万一站在黑桃A的面前把他的名字都叫出来了，不就露馅了？”

“我看你也不知道他现在用的是什么名字吧？”

“我们连出入境的记录都能找到，还能不知道他现在用的哪个护照名？”杜若的手指在桌面上敲了敲，“或者你再找个人陪你去。”

“找谁？”宁韵然忽然兴奋了起来，“杜师兄，你是不是要出山了？你跟我去？”

“你脑子进水了吗？我跟你去，让我也成为赵婳栩的盯梢对象？你可以找莫云舟。”

听见这个名字，宁韵然嘴里的泡面差一点喷出来。

这几天被工作弄得都快内分泌失调了，莫云舟好像这几天没有骚扰过她。

蓦地想起了那一天，他站在公寓的铁门外对自己说的话，宁韵然的思绪乱了起来。

因为她不知道再见到这个男人，自己该怎么说话，用怎样的态度面对他。

“该不会这段时间他都没联系你吧？”杜若凉凉地说。

“关你什么事？”

“你心里很清楚自己演技不佳，又不想拖他下水，所以总想和他保持距离。一个男人再喜欢你，你总是这样若即若离，起初看起来是欲拒还迎，久了就会让人没耐心了。”

宁韵然心里一沉，难道自己被莫云舟放弃了？

“看来你明天只能自己去画展了。垃圾带走，晚安好梦。”杜若指了指桌上的泡面盒子，示意宁韵然记得收走。

“等等，这个胸针怎么弄？”

“你进入画廊，看见了黑桃A之后就摁下胸针上的深蓝色水晶。”

“知道了。”

宁韵然将泡面盒子收拾了之后，回到了自己的寝室里。

她坐在电脑前，美剧的剧情不断推进，她却什么都没有看进去。

脑海中回荡着的都是杜若的那一句“久了就会让人没耐心了”。

所以，自己是耗尽了莫云舟的耐心了？

宁韵然拿过手机，翻来覆去地看了看，因为换了新手机，所以她和莫云舟之间的短信都没有了。

她还记得他说要包养她的短信，现在她多想要再看一次。

呼出一口气来，手机忽然响了，宁韵然看见甄晴名字的那一刻，没来由地失望得厉害。

“喂，小宁！你明天有什么事吗？一起去看电影呗？”

“哎呀，明天不能跟你去看电影了！明天我要去一个画展，后天跟你去看行不行？”宁韵然想着要怎样哄甄晴，觉得自己才是她真正的男朋友啊！

谁知道甄晴一听说是画展就兴奋了起来。

“画展啊！我还没有去过呢！亏你在画廊工作那么久都没让我见识一下！那明天是有帅哥带你去吗？比如说——顾长铭？”

“不是顾总，是之前认识的一个画家发给我的邀请函。”宁韵然知道，自己的手机很有可能还在被人监听着，她必须要让监听者知道自己明天在画展出现不是无缘无故的。

“那如果没有帅哥陪你去，你可不可以带我去！”

宁韵然顿时犹豫了。甄晴毕竟和这个案子无关，但如果有甄晴在，自己在画廊里也会显得自然。

“好吧，我带你去。不过在画展上穿着要庄重优雅。我没有车能接你，我们只能地铁站见。”

“没问题！哇，你说明天我在画展上会不会遇到帅哥？”

宁韵然知道甄晴的少女心又开始泛滥了。

“画展其实很无聊的。”

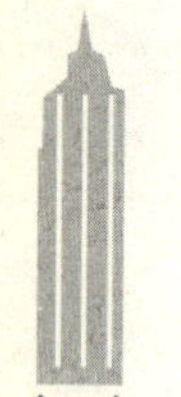

和甄晴聊完天之后，宁韵然才发现有一通未接来电。

而名字显示的是“抖 M”。

宁韵然心脏一颤，瞬间跳动得连自己都能听到。

她从来不知道，只要想起一个人的名字，就有这么大的力量。

她想要打回去，可是心底深处却又有一个声音对自己说“就让他冷却，不要让他再靠近你了”。

因为……她真的不想淹没他。

可就这么安静地坐着，这个男人就在她的脑海里，怎么赶都赶不走。

她就这样什么都没做，快要一个小时过去了，莫云舟的电话也没有再响起，宁韵然忽然觉得自己很好笑，很活该，又有点可怜。

就在她决定起身去洗漱的时候，手机的铃声骤然响起，看见手机屏幕上名字亮起的那一瞬间，她觉得自己的脑子像是要炸了一般。

“喂，莫云舟……有什么事吗?”宁韵然尽己所能地想要让自己的声音听起来自然。

“宁韵然，你很行啊。”

莫云舟那端的声音微微上扬，勾着她的心绪。

“什……什么?”

“你可以一周都不打电话给我。”他的声音里带着包容，丝毫没有生气的感觉。

“我为什么要打电话给你?”宁韵然脱口而出之后就后悔了。

自己听起来就像是要和莫云舟呛声一样。

“问问我车祸时候受的伤有没有好。”

宁韵然暗暗吸了一口气，开口问：“哦，莫云舟，你身上的伤好了没有?”

“你来看看我，不就知道我好了没有?”莫云舟的声音还是那样淡淡的。

宁韵然只听过他开会的时候用这样客观而沉稳的语气介绍画展项目，但当他用这样正经的声音叫她来看他的时候……真的很性感。

“你的伤都在身上，去了也看不到。”

“那我可以脱下来让你看。”

还是那么正经的语气，宁韵然的脸都红了。

“小宁，我为什么觉得你跟我打电话的时候很紧张，生怕说错话的样子。”

“哪有！”宁韵然真的怀疑是不是莫云舟也拿着望远镜从哪里看着她，把她脸上的表情都看了个透。

“你是不是喜欢我？”

这一声很轻，就像是附在耳边的悄悄话。

仿佛他的呼吸掠过了她的耳畔，他就在她的身边。

宁韵然觉得自己就要被这个家伙折磨得疯掉了。

“喜欢你个头！”

不知道万一监听她的那个人听到这段对话的时候会怎么想？

说不定，他们不会再怀疑她是经侦队派来的卧底，直接把她当作莫云舟派来的人。

莫云舟似乎并不生气宁韵然的回答，反而轻轻地笑了起来。

他的笑声很悦耳，宁韵然的神经也跟着颤。

想要挪开手机，心底深处却又忍不住想听到他更多的声音。

“那你刚才在和谁打电话？”

“关你什么事？”

不要再用这样的声音跟我说话了！

“是不是你的顾大哥？”

莫云舟的声音听起来很平静，但宁韵然知道他一定很在意这个问题。

“不是，是我一个朋友。”

“那我明天可以带你走吗？”

“带你走”三个字被莫云舟说出来，有一种别样的韵味。

“我明天约了朋友去看画展。”

“哦。你就不问问我要带你去哪里？”

“好吧，你要带我去哪里？”宁韵然不知不觉地躺在了床上，蜷缩起来，好像整个世界就只剩下莫云舟的声音。

“你既然不打算明天跟我走，那我为什么要告诉你去哪里？”莫云舟笑着说。

“你很无聊啊！”

“你更无聊。你是不是喜欢我？”

“你为什么来来回回都在问这个问题？”宁韵然快要被这句话折磨到神经衰

弱了。

“因为如果是从前，你会毫不留情地挂掉我的电话。但是你到现在都没挂断，忍着我对你的骚扰，难道不是喜欢我？”

他的声音轻轻的，宁韵然的心痒得厉害，真的很想伸手去抓一抓。

“那我挂了。”

“在你挂之前，下楼把夜宵拿走吧。”

宁韵然愣住了，立刻从床上翻身起来，冲到窗前，真的看见莫云舟的车停在小区门口，他就站在铁门那里！

宁韵然也不知道自己怎么了，立刻穿上鞋，打开门快步跑了出去。

当她从电梯厢里出来的时候，才觉得自己披星戴月的样子像傻瓜。

她好不容易放缓了自己的脚步，来到了铁门前。

莫云舟的唇角弯起好看的弧度，宁韵然来到他的面前，说了一声：“谢谢。”

“如果不说给你带夜宵，你是不是不会下来？”

“对啊。”

还好路灯不亮，不然莫云舟一定会看见她红透的脸。

莫云舟抬起了手，将外卖的袋子伸向宁韵然的方向，宁韵然才拿住，莫云舟另一只手骤然扣住了她的手腕，将她一拽，整个人都贴在了铁门上。

“喂！你干什么啊！”宁韵然差一点撞到鼻子，有点生气。

“你拿好你的夜宵，洒了或是掉了我也不会给你再买了。”

“什么？”

莫云舟的另一只手从铁门那里伸过来，扣住宁韵然的后脑勺儿，强硬地摁了过去。

“干什么……”

宁韵然刚愤怒地开口，就被莫云舟用力吻了上来。他的舌尖嚣张地顶进来，撞击着她的神经，轻而易举地掠走她的一切。

宁韵然的脑海中一片空白，莫云舟却不满足地更加用力地吻着她，她的舌尖、她的嘴唇都跟着发麻。

当他从她的唇间离开的时候，她看见他低垂的眼帘满是留恋的表情。

心脏像是也被他拽出了胸腔，带走了。

“你真行，果然紧紧抓着你的外卖不松手。”

莫云舟轻笑着说。

夜风撩起他的发丝，他眼角的笑意带着一种不羁。

宁韵然愣在那里，不知道该说什么。

“这是给你的惩罚。”

莫云舟的指尖轻轻地在宁韵然的下唇上碰了碰。

她触电一般向后退去。

“什么……什么惩罚?”

“惩罚你那么克制自己，不给我打电话。”

说完，他扯起唇角一笑，转身离开。

留下宁韵然一个人傻瓜一般站在那里。

当她回到房间里，将外卖的盒子打开，发现里面是一大碗满满的关东煮，香得要命。

宁韵然一边往嘴里塞，一边忍不住笑。

她很高兴。

她自己都不知道为什么会这么高兴。

胃里面饱满的感觉让她觉得睡觉都很幸福。

然后，她克制不住自己去想象，莫云舟说带她走，是要带她去哪里?

晚上，当莫云舟回到他的别墅，就看见陆毓生可怜地窝在沙发上。

“小舅舅……你没看见我的短信吗? 我叫你给我带关东煮的……我饿……”

“关东煮啊……我本来是买了，后来拿去贿赂别人了。”莫云舟一边说着，一边轻轻扯开自己的领带。

那种成熟男人的气场和魅力，让陆毓生很羡慕。

“你拿去贿赂谁了?”

“你的小舅妈啊。”莫云舟一边走上楼一边说。

“我就知道是她! 太过分了!”陆毓生露出生无可恋的表情来。

第二天早晨，宁韵然是被甄晴的电话吵醒的。她这个外行比她这个内行还激动。

宁韵然刷牙洗脸，换上衬衫，穿上背带西装裤，对镜子里利落的自己很满意。

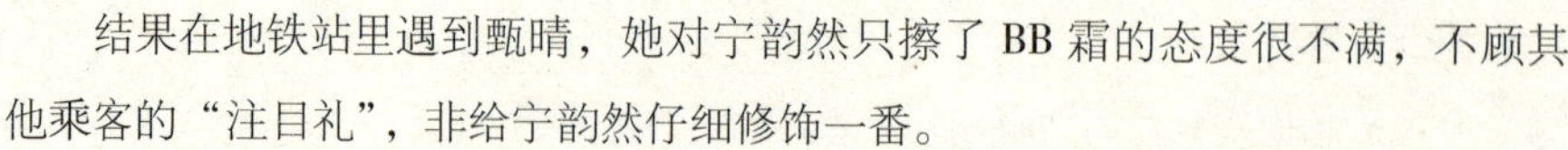

结果在地铁站里遇到甄晴，她对宁韵然只擦了 BB 霜的态度很不满，不顾其他乘客的“注目礼”，非给宁韵然仔细修饰一番。

还好甄晴的修饰并不夸张，宁韵然看了看手机自拍里的自己，好像比出门的时候更精神了一点。

洪渊画廊是本市的第二大画廊，规模仅次于被云晟集团收购的云深画廊。

宁韵然带着甄晴走了进去。

这场画展的规模不小，各种布置都很精巧。

甄晴四下张望，有点失望地发现画展的宾客不是已经上了年纪的书画家，就是一些商界人士。而且他们各自都有自己的圈子，两三个人聚在一起聊天，或者互相寒暄，一般人是无法融入的。

“怎么了，失望了？”宁韵然好笑地用肩膀碰了一下甄晴。

“也没什么可失望的……不是每个有点钱又能来画展的都能达到顾长铭的高度。这里有很多现代画家吧？说不定能看见什么书画界的年轻才子？”甄晴自我安慰地说。

宁韵然笑了笑，随意地四下看了看，寻找着她的目标——那位黑桃 A 先生。

转了小半圈，甄晴在每一幅画的面前都没有停下来欣赏的耐心，而宁韵然也终于看见了她的目标。

那是一个四十岁左右的中年男人，正很认真地倾听着画廊里某位艺术经理人对画作的介绍。

宁韵然不动声色地摁下了胸针上的蓝色水晶，然后故意朝向那个方向，但是却侧着脸和甄晴聊着天。

一个多小时过去了，这个男人都只是和艺术经理人攀谈而已，宁韵然并没有发现有任何一个商界人士与他交流。

宁韵然觉得好奇，这个男人冒着风险来到 T 市，花了一个早上在画廊转悠，难道真的只是为了欣赏画？

就在宁韵然百思不得其解的时候，甄晴拽了拽她，小声说：“我真的不明白，这些画有什么好欣赏的？”

宁韵然有点担心甄晴会因为觉得画展无聊而想要离开，这样自己的任务就无法继续了。

她拉着甄晴来到江淮的一幅画前，抬了抬下巴笑着说：“这是我最喜欢的现代画家的作品。你看它的构图，视觉的中心在右侧偏上，色彩向外越来越绚烂，有一种释放情感的冲击力。”

“嗯，好像是的。”甄晴点头。

“你看这片落叶的线条，柔软脆弱，让人想要呵护。但是这棵树的树干的线条却很有力度，很坚韧。这两者形成了很鲜明的对比。”

“嗯。”甄晴的思路被宁韵然吸引了，顺着她的逻辑开始欣赏起江淮的画。

“你不觉得这幅画给人以细腻的遐想吗？比如从我的角度来看，这棵树沉稳地扎根在自己的土壤里，象征着强大。它也许很想保护这片落叶，但是却无法阻止它的坠落，最后它还是会回到地面，化身为泥，成为自己保护者的养分，用这种方式永远在一起。”

宁韵然说完，甄晴就更加专注地开始欣赏起这幅画来。

“怪不得，我总觉得这幅画和这里挂着的其他的画不一样，好像特别有感情的样子。”甄晴点头道。

宁韵然见甄晴有点儿兴致了，侧过脸来正想要看一看她的目标现在正在和谁说话，却发现对方已经不在原来的位置了，她有点心急，转过身来放眼望去，也没有看见那个人在哪里。

糟糕，难道自己跟丢了。

“这位小姐，你是美院的学生吗，还是画家？”

男人沉稳的声音响起。

宁韵然回过身来，倒抽一口气，她的目标竟然不知道什么时候走到了她的身边！

“你在找什么？”

宁韵然的心脏跳动得越发剧烈，但是却告诉自己要冷静。

不要去攀谈，不要显得自己想要接近，不要引起他的戒心！

她转过身来，直面对方，笑了笑回答说：“我再看看，这里还有没有江淮的画……哦，江淮是我比较欣赏的一个画家。”

宁韵然正要转过头去，刚才不知道胸针有没有拍清楚对方的脸。

“我觉得你和艺术经理人介绍画作的方式不同，你说的比较有意思一点。他们一直向我介绍这些画家的名气，师承哪位名家，得过什么奖项，某幅作品在拍卖会上卖到了什么样的价格，升值空间是什么，等等。”

“感觉先生并不是为了投资才来的画廊，而是为了欣赏作品。”宁韵然回答道，她的手心里起了一层薄汗。

“不，我确实是来投资的。刚才小姐你说起了一个现代画家叫江淮？他的画作最近升值很快，很多书画名家都评论他的画作情感饱满丰富。我本来还不明白一幅画要如何传递情感，听你这么一说，倒是明白了。刚才这边的艺术经理人向我推荐了一幅画，小姐介意不介意帮我看一下，觉得怎么样?”

“我不是专业的鉴赏家，只是之前在画廊里待过而已。”宁韵然不好意思地摇了摇手。

“没关系，太专业的意见我已经听得有些腻味了。”

“那好，我们去看看。”

宁韵然跟着对方来到了一幅画前，对方说：“就是这幅。说是书画名家程芫的画作，你觉得怎么样?”

“程芫?”宁韵然眯着眼睛倾向那幅画，认真地看着。

“怎么了?”

“这个……只是业内的小道消息而已。这位先生……我不知道该怎么说。”宁韵然露出犹豫的表情。

“鄙姓郭。小姐你但说无妨。”

“郭先生，是这样的……程芫老师十年前的画作有不少都是经典，无论从技巧还是意境都是上品，但是十年前是个分水岭。”

“怎么了?”

“传说程芫老师十年前手腕受伤，他对画笔的掌控能力大不如前。在那之后，有许多作品都是他的学生替他完成的。”

“原来是这样。”

“按道理，出现这样的传闻，程芫老师应该出来澄清，但是程芫老师一直并不在意，直到五年前他去世。所以这五年间的作品实在无法判断到底是他的原作，还是他的学生在他的指导之下完成的。”

“那么你看见这幅画，有什么样的感觉呢?”

“我只是觉得，这幅画的线条有点刻意追求潇洒，没有十年前程芫老师那种写意与不羁。”

“谢谢你的意见。我会认真考虑。”

"不客气。但愿我的说法不要影响郭先生对程芫老师画作的喜爱。他本人的画作还是非常有收藏价值的。"

宁韵然说完，对方就点了点头。

"谢谢你，打扰你和朋友欣赏画了。"

"不会。郭先生客气了。"

宁韵然拉着甄晴，没有多做逗留，就走向其他的作品。

背过身去的那一刻，她的心都要跳出来了。

可是走了还没两步，一只手忽然从后面伸过来，捂住了她的嘴不让她出声，几乎在同一时刻，她的脸颊上被人亲了一下。

这一切太快，而对方做得实在"行云流水"，她连惊叫和痛殴对方都没机会，侧过脸来，就对上了一张勾着浅笑的脸。

"莫……莫云舟你怎么会……"宁韵然立刻四下看了看。

大概是莫云舟刚才的动作太快了，没有人注意到。而甄晴正一本正经地看着刚才宁韵然介绍的那一幅江淮的画。

完了完了，刚才这个家伙亲自己，不知道有没有被拍下来。

莫云舟倾向她，用探究的目光看着她。

宁韵然赶紧向后退了一步。

莫云舟外表出众，又是商界名流，在场已经有好些人要过来攀谈了。

"本来我没打算来这个画展，但你说今天要看画展，我查了查只有洪渊有画展，所以就来看看。"

"看什么?"

莫云舟一副笑着根本不在乎别人怎么看他们之间关系的样子，继续靠近她，逼得她步步后退，终于忍不了了，宁韵然直起背脊，对准了莫云舟的鼻子就要撞上去。

谁知道对方不但避开了，还侧过脸在宁韵然耳边说："我来查岗，看你到底是不是和甄晴出来。"

正好甄晴转过头来，看见了那一幕，露出了宁韵然熟悉的粉红泡泡满天飞的表情。

莫云舟认识的几个人已经上前来与他攀谈了。

宁韵然赶紧退离包围圈，和甄晴拉上手。

“你们……你们什么时候好上的?”甄晴气愤地用手指捏着宁韵然的胳膊。

如果不是宁韵然忍耐力惊人，此刻早就一脸扭曲了。

“我们还没好上呢!”宁韵然赶紧把甄晴的魔爪拿下去。

“还没好上，就是打算好上咯!”

这时候，打完电话的郭笑走了过来，对宁韵然笑着说：“谢谢你。我刚才打电话叫我的助理帮我查了一下这位名叫程芫的画家，确实是他十年之前的作品很有收藏价值，但是之后五年经过鉴定确实有不少是他学生的作品。”

“对郭先生有参考价值就好。”

这时候，郭笑的眼睛抬起来，看向正在和人聊天的莫云舟，笑道：“其实这才是我来这场画展的真正原因。”

“啊？莫云舟?”宁韵然心里顿时紧张起来。

之前才发生过撞车事件，有人要杀莫云舟，很可能就是秦耀派来的。

现在秦耀的这个代理人又说对莫云舟感兴趣，难道说他们还没有放弃，要对莫云舟下手。

“我的老板投入了巨额资金，想要拿下一个项目。但是被这个年轻人堵到无路可退。我没有见过他，但是我欣赏有手段的人。”郭笑看着莫云舟的侧影说。

他的目光很凉，但又确实有一种欣赏在里面。

“有手段的对手难道不可怕?”

“是对手当然可怕。如果能成为伙伴，就能互利共赢了。”郭笑侧过脸说，“刚才我看见你和莫先生似乎很熟?”

“我……我以前在他的画廊工作过。”

“哦。”郭笑看着宁韵然的表情里多了一丝了然。

这种了然似乎在说“我知道你是谁了”。

“啊，你的这个胸针很别致。我可以看一下吗？我的妻子曾经掉了一个很相似的胸针，难过了很久。”

郭笑这么一说，宁韵然的心脏差一点从嗓子眼里跳出来。

怎么回事?

他难道发现了这个胸针有问题?

淡定……宁韵然。

淡定。

他没道理发现。

这个胸针很细致。

“好啊。这个其实不值钱，只是水晶的而已。”宁韵然一脸自然地低下头将那个胸针解了下来，递给了郭笑。

郭笑用手指捏着它，仔细地看着，手指尖触上上面的碎水晶。

宁韵然的心脏越跳越快，生怕他去摁那个蓝色的水晶。

但是郭笑没有那么做，而是要将它抬起来。

宁韵然紧张得背上冷汗直流。

如果摄像头反光的话就会被郭笑发现了！

就在这个时候，清润的声音响起。

“我喜欢的女人的胸针被别的男人拿在手里把玩，我会很不爽。”

只见莫云舟揣着口袋，不知何时走到了他们面前，正好挡住灯光照向郭笑。

“哦，莫先生，抱歉了。”郭笑将胸针递给了他。

莫云舟淡然地接过来，低着头，给宁韵然别了回去。

宁韵然的心终于从嗓子眼落了回去。

末了，莫云舟的指尖还在胸针上轻轻敲了一下，低声说：“我生气了。”

“啊？”

莫云舟又看向郭笑，用他一贯带着冷意却显得很有教养的笑容说：“这位先生，你刚才一直看向我的方向，后来又拿着我女朋友的胸针，是想要吸引我的注意力吗？”

“我只是有个问题很好奇，想要问莫先生而已。”郭笑开口道。

“什么问题？”莫云舟的唇角带着一丝玩味的笑容。

“云晟集团退出梅沙仓的争夺似乎很干脆，但是你是真的放弃了吗？”

这个问题直接得超出了宁韵然的预料，但莫云舟却显得很沉静。

“有时候，不争就是争。”

莫云舟高深莫测地一笑，扣住了正想要溜开的宁韵然的手。

宁韵然想要甩开他。但是莫云舟的力气很大，根本甩不开。

“莫先生不问我是谁？”郭笑反问。

“您是谁并不能影响我对梅沙仓的判断。”莫云舟就这样将宁韵然拉走了。

他脸上带着笑，手上的力气却很大，刚松开宁韵然的手，就摁住了她的肩膀，来到了呆若木鸡的甄晴面前。

“你是小宁的好朋友甄晴对吧？”

“嗯。”甄晴傻傻地点了点头。

“我记得你。小宁第一次抓我那里的时候，你也在。”莫云舟唇角一勾，甄晴的脸都红透了。

莫云舟你胡说八道什么？

“我没抓到你那里！”宁韵然立刻反驳澄清。

莫云舟却反问：“我并没有说那里是哪里。不知道你说的那里是哪里呢？”

宁韵然憋着气，不说话。

甄晴却一脸幸福地说：“莫先生！没想到你竟然还记得我！”

“那一天我终生难忘。”莫云舟若有所指地回答，“其实我现在很期待小宁能像那天一样豪放，可她现在偏偏婉约起来了。”

宁韵然简直想要掀起一幅画把自己遮起来！

甄晴没心没肺地跟着笑了起来。

“她永远走不了婉约路线的啦！”

宁韵然很想摇晃她的肩膀，问她记不记得到底谁才是她的朋友！

但是她没有忘记今天来画廊的目的，想要看一看郭笑到底在哪里。

这时候，莫云舟却低下头来问：“你知不知道为什么刚才那个男人会想要看你的胸针？”

“为什么？”

难道莫云舟知道胸针的秘密了？

“因为那个胸针和你今天穿的衣服很不搭配。”

莫云舟靠她靠得很近，神态间又带着一丝亲昵，看得甄晴满眼粉红泡泡。

宁韵然忽然明白为什么郭笑会注意到自己的胸针了。她今天这一身都很干练利落，偏偏那个胸针太有少女风了，确实不搭！

自己出门前没想太多别上胸针就走了，根本没想到它和衣服搭不搭这一茬。

唉，杜师兄啊！你又不是不知道我的糙汉子风，为什么要给个那么 blingbling（闪亮）的胸针啊！

“如果你穿我送给你的裙子，那就相配了。”

宁韵然心想，好像确实是。

下一秒，她发现自己的思路被莫云舟指引着，立刻瞪圆了眼睛：“相配个鬼!”

还下雨天，巧克力和音乐更配呢！脑子有坑!

这时候，郭笑已经离开了画廊，坐进了自己的车里，开口对自己的司机说：“帮我跟小黄说一声，今晚叫上顾长铭和赵婳栩一起吃个饭。”

“是的，先生。”

第十八章 困局

这天晚上，莫云舟答应了甄晴的要求，请她去吃一家她想了很久却一直舍不得去的西餐厅。

莫云舟几乎满足了甄晴所有的要求，而甄晴则把宁韵然大学时候的老底都掏出来了。

什么下雪天出去打水，只穿了件羽绒服，结果在台阶上滑倒，背上摔出了三道划痕。什么T恤晒出去一个月都忘记收回来，想起来的时候上面都是一层黄色的沙土，宁韵然自己都没认出来。

宁韵然刚抬起腿，在桌子下面要踹甄晴，一旁的莫云舟就伸出长腿，轻而易举地将宁韵然挡了下来。

宁韵然想要绕过莫云舟，但是对方却紧紧地抵住她，直到甄晴一股脑儿把所有的话都说完。

“哈哈哈，你知道有一次我们宿舍去唱KTV，晚上回来的时候宿舍的铁门都锁上了！大家想的都是从铁门上翻进去，只有宁韵然和别人不一样！”

宁韵然立刻伸手要捂住对面甄晴的嘴，谁知道莫云舟却不动声色地将她还没来得及抬起的左手摁了下去，紧紧地扣住她的手腕。

这样一来，她是既不能踢甄晴，也不能捂住她，而莫云舟却是一副兴致盎然的样子。

“小宁不是翻过去的吗？这比较符合她的性格吧。”

"她嫌翻过去麻烦，因为她得先把我们这些女生托上去，然后再爬到另一边，把我们接下来。她说要试试看能不能直接从铁门的栏杆缝隙之间钻进去!"

"然后呢?"

"然后，她……她是太平公主嘛！身子很轻易就钻过去了，但是脑袋过不去啊！哈哈哈哈！卡住了！你看她平日里心大得很，但她那天晚上是真的吓坏了！脸都白了！一直问'我是不是要这样到天亮啊'!"

莫云舟垂下眼帘，笑了。

他的笑很浅，但是宁韵然看得出来，他很喜欢听这些东西。

"不会真的卡到天亮了吧?"莫云舟问。

"哪能啊！我跟她说你别着急，换个角度。她自己脖子僵得要命，我伸手帮她掰了掰，就过去了！过来之后这死丫头还说'原来这么简单，早知道就不瞎着急了'！她还叫我们都学她，从铁栏杆缝里钻进去，她以为人人都像她那么平坦呢!"

宁韵然哼了一声："不如这样吧，你们俩在这儿吃，随便聊，我回家吃泡面去!"

"你是不好意思了？觉得影响到你在我心里的形象了?"莫云舟侧过脸来，笑着看她。

那一刻，宁韵然觉得这个一直距离自己很遥远，就像小说里一样的男人从很高的地方走了下来。

他或许一直向往着的是她的生活。

"其实你在我心里本来就没形象。"莫云舟补了一句。

宁韵然真的没有食欲了。

"还有吗?"莫云舟又问。

"没有了。"宁韵然冷冷地看了甄晴一眼。

甄晴不说话了，低下头来安静地吃东西。

莫云舟又说一句："再说点别的吧。长假请你去新加坡玩。"

甄晴一听，眼睛一亮。

宁韵然心中大叫不好："甄晴，你再说下去，我就和你绝交!"

"我们绝交好多次了。"甄晴回答。

"说吧。我的大学时光和你们不一样，所以听着觉得很有意思。"

宁韵然这才想起，莫云舟的大学时光也是在哥伦比亚商学院，住的应该是单人公寓，不会有这种几个同学住在一个卧室里的经历。

尽管莫云舟让甄晴说，甄晴还是有所顾忌地看了看宁韵然。宁韵然无奈地呼出一口气。

“就是……几乎所有的大学生宿舍都是不能用电热杯的。但是嘛，越是不让用的东西，大家就越是忍不住用。有一次，小宁用电热杯煮泡面，里面还放了火腿肠和卤蛋，那香味都飘到宿管那里去了！宿管阿姨就循着香味来找到底是谁在用电热杯！到了我们宿舍，桌子上面没有，床下也没有，宿管阿姨只好走了！你知道小宁把电热杯藏哪里去了吗?”甄晴眨了眨眼睛问。

莫云舟侧着脸，灯光让他的额头和鼻梁都很明亮，而他的眼窝显得很深，带着一种神秘感。

“她是不是坐在床上盖着被子，电热杯就在她的被子里?”莫云舟问。

“唉？你怎么知道!”甄晴睁圆了眼睛。

“我想象了一下，感觉这么做比较符合她的逻辑。”

“对！她就躺在床上盖着被子一副睡午觉的样子，电热杯就在她的被子里！亏她想得出来！结果她的被子里一个晚上都是方便面和火腿肠卤蛋味儿！第二天她主动把被子拆了洗了!”

莫云舟就这样一直笑着。

宁韵然忽然觉得，如果自己过去的事能够让他高兴，那么丢脸一点，也没有什么关系了。

夜已经深了，莫云舟将甄晴和宁韵然都送了回去。

到了南山公寓的门口，莫云舟的车停了下来。

宁韵然等了好一会儿，发现莫云舟也没有把锁打开的意思。

“那个……莫云舟，我到了。”

莫云舟的手还是轻轻地扣在方向盘上，侧着脸看着她。

“怎么了?”

“虽然你以前称呼我莫总，背地里叫我抖 M 先生，心情好会称呼我一声莫先生，现在直呼我的名字莫云舟……”

“你要是觉得不礼貌，我下次叫你莫先生。”

车子里的空间这么小，只有他们两个人，宁韵然总觉得不自在，好像手和脚无论放在哪里都不对劲。

莫云舟缓缓靠向她，一只手松开了方向盘，撑在宁韵然的身边，笑里面有点坏："你什么时候叫我一声'云舟'?"

宁韵然的心脏被卡在那里，不上不下，却跃跃欲试，渴望挣脱某种束缚。

"我没有叫你给我晚安吻，你不用这样小气吧?"

莫云舟继续靠向她。

明明那个姿态，真的就像要吻上来。

宁韵然继续向着车门缩去，莫云舟唇角的笑意更坏了。

"还是你很想我亲你?"

宁韵然真的不知所措了。

她长这么大，还是第一次有男人用这样的方式对她说话，用这样的方式靠近她。

"你知道甄晴说起你藏电热杯的事情，我想到什么了吗?"莫云舟问。

"什么?"

随着莫云舟的靠近，宁韵然的喉咙开始发烫，说话需要很大的力气才能发出声音。

"我和你躺在被子里，抱着煮面的锅，一边看着电视，一边吃面。"

宁韵然愣了一下，随即脱口而出："你才不会在被子里面吃东西呢!"

"那要看和谁。"莫云舟轻轻一摁，车子发出声响，锁打开了。

宁韵然下了车，走进公寓里，回头的时候，还能看见莫云舟笑着看向她的方向。

那一整个晚上，宁韵然止不住地想象自己和莫云舟靠在床头，依偎在一起，一边看着电视，一边抱着一个小锅吃着煮好的方便面。

"啊……简直疯掉……"

她很想敲昏自己。

而在一个私人会所的包厢里，坐着四个人。

顾长铭、赵婳栩、黄秘书以及刚来到T市的郭笑。

桌面上的菜品很精致，红酒散发着醇香。

赵婳栩落落大方地向郭笑举杯。

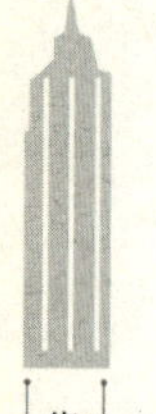

“郭先生来了T市应该第一个通知我们，也好让我们早一点一尽地主之谊。”

郭笑点了点头，与赵婳栩碰杯。

“你们也不用多想，我时隔多年回到T市，也很想感受一下这里的发展速度。”

“听说郭先生还去了洪渊画廊看画展。您是什么时候对书画开始感兴趣了？”黄秘书笑着问。

“让我感兴趣的并不是书画，而是那位让你们在梅沙仓项目上吃尽苦头的莫云舟。”郭笑放下酒杯，手指在杯口上敲了敲，“而且画廊，也是交际的好地方。在那里，我能听到不少T市的商界消息。”

“那么郭先生见到莫云舟了吗？”顾长铭问。

他的眼底没有情绪的起伏，反倒是让郭笑多看了他两眼。

“见到了。虽然只说了一两句话，但是这个年轻人倒是很有气度。我问他是不是这么轻易就退出了梅沙仓的争夺，他很坦然地回答我说有时候不争就是争。他不在乎我是谁，我站在什么角度，我是谁的人。他能这么回答我，说明他对梅沙仓有十分绝对的把握。”

“可是现在已经是我们和远程宏大集团之间的竞争了。莫云舟给了远程宏大百分之十的梅沙仓股份，他现在手中所持有的股份根本……没有太大的意义。而且远程宏大要继续吃入梅沙仓的股份，这就是一场拼家底的消耗战。远程宏大未必有那么大的胃能继续吃这块蛋糕。我觉得这个就是看谁能忍。”

郭笑点了点头，又看向顾长铭：“顾总，我还是想听听你的意见。”

“我觉得应该到此为止，尽早退出梅沙仓的争夺。”

顾长铭的声音很平稳，赵婳栩用难以置信的目光看着顾长铭，而黄秘书也有些惊讶。

“哦，理由呢？”

顾长铭看了一眼赵婳栩的方向，从容地回答：“有时候，我们仅仅是看到我们要得到什么，却看不到我们失去了什么。婳栩，你准备了那么久营业流水、经营活动的空壳公司这一次基本上都要用完了吧？”

赵婳栩看向郭笑，很认真地解释说：“我所准备的用于过账的公司，绝对不是普通的公司。就好比在国外，一个ID（全称Identity Document，身份证识别号）所对应的有出生证明，他幼年时期的疾病记录，小学、中学、大学到就业的各种记录，等等。而我所准备的公司，也是我从它出生到现在为止一直都在培养的能够证明它真实存在的公司。就算有相关部门，无论是税务稽查还是经济侦查，都不可能找到绝对的证据来证明这些公司以及和这些公司的交易有问题。”

“是的，就像养大一个孩子一样，这些公司你花了数年的时间让它们看起来真实可靠，然而却一朝全部用完了。”顾长铭回答。

“只要能拿下梅沙仓，我们的目的就达到了。养兵千日，用兵一时。”

“但问题是，这不是最合适的时候。”顾长铭还是那样淡淡的表情，“现在这些公司应该都在经侦部门的特别监管之下。无论你之前是怎样养大它们的，我们的对手都会不遗余力地深入挖掘，一个一个把它们连根拔起。而你把它们全部都搭上，未必能拼过远程宏大。”

“为什么？我调查过远程宏大的财务现状，他们的可用资金已经不够了。”

“他们可以和莫云舟联手。”顾长铭回答。

他的声音不大，却有一种莫名的震慑力。

“他怎么可能和莫云舟联手？莫云舟能得到什么好处？”

“拿回他给远程宏大集团的百分之十的梅沙仓股份。你们别忘记了，莫云舟是华洋银行的股东，他可以说服华洋银行在短期内批复远程宏大集团大金额的贷款。另一方面，黄秘书你上次找人想把莫云舟撞下桥，不管你的目的是要扰乱云晟集团的高管决策层，还是要给莫云舟一点警告，这无异于是在挑衅莫家。这样的老牌华商家族，在东南亚一呼百应，你还怕远程宏大没有融资资源吗？”

顾长铭的话说完，赵婳栩和黄秘书的脸上都露出了愕然的表情。

郭笑摇了摇头，指着黄秘书说：“小黄啊！你看看你，自作主张。莫云舟不是路边的小猫小狗，你想踹死就踹死。现在是搬起石头砸了自己的脚。真要是莫家认定你们为了梅沙仓想要搞死他们家的人，人家肯定也要给你们一点颜色看看啊！”

赵婳栩知道顾长铭说的是对的，抿了抿嘴唇，不再争辩。

“婳栩，小黄，我不知道你们两个是因为什么质疑顾总的判断。但是到现在为止，在我看来顾总比你们两个都清醒啊！”

郭笑显得倒不是那么着急，吃了几口菜，又喝了汤，这才又开口问：“顾总，就同意你说的，我们退出对梅沙仓的争夺，不要再把这盘棋越下越大，收不了手。”

“我会好好善后的。”顾长铭点了点头。

“对了，我在画展上还见到了小黄你说过的那个宁韵然。”郭笑一边说，一边抬眼看向顾长铭的方向。

顾长铭的表情没有一丝变化，继续喝着汤。

“她好像和莫云舟的关系很亲密?”郭笑看向黄秘书的方向。

“确实是襄王有梦，神女应该也有意。”黄秘书回答。

“其实这本来是挺好的一件事。和莫云舟闹得不愉快对我们没有好处，正好让宁韵然去缓和一下关系。不过，婳栩和小黄都对她有保留意见，这是怎么了?这些怀疑到底是有道理的，还是因为之前那个混进来的刘雨让你们疑神疑鬼?”郭笑收起了笑容，有几分认真地看向赵婳栩和黄秘书。

“梁玉宁的事情，郭先生还有印象吧?”赵婳栩问。

“当然记得。梁玉宁的本名是肖雨，算是秦耀先生的弟妹了。上次画廊那个案子闹得那么大，虽然秦先生和弟弟的关系破裂了，但毕竟血浓于水。梁玉宁出事直接导致秦冕也被抓了，我们的秦先生很愤怒。”

“梁玉宁坠楼的时候，据说是当着莫云舟和宁韵然的面。虽然说身份暴露了逃也逃不掉了，梁玉宁要报仇的话，为什么要去找宁韵然和莫云舟？这点不是很有意思吗?”赵婳栩说。

“这是个疑点。但是也有可能梁玉宁要去找的是画廊的老板高峻，高峻又跑了，画廊里只剩下莫云舟了。莫云舟也有可能接触到高峻的灰色交易细节，也有可能是警方的泄密者。梁玉宁退而求其次要杀莫云舟，正好宁韵然也在。”黄秘书看了顾长铭一眼，虽然这个男人一句话都没有说，但是黄秘书知道自己不能继续得罪顾长铭了。

“黄秘书的说法也很符合逻辑。还有一点，就是赵谦赵老板的梦幻星空乐园出事了。我相信黄秘书已经向郭先生说过了。我怀疑是宁韵然记下了流水，并且通知了警方。但是黄秘书觉得这是电影里才会发生的事情。”

黄秘书吸了一口气：“赵总万分小心，她也设计了一场车祸来试探宁韵然，宁韵然把资料和U盘都安然交给了赵老板。周暖在U盘上装了病毒，一旦打开就会触动警报。宁韵然没有看过U盘。”

“顾总呢？你有什么想法?”郭笑看向顾长铭。

“既然怀疑她，那要么找个理由让她离开纵合万象，要么派她去其他分公司。

我其实不明白婳栩和黄秘书花那么多心思去证明她有问题的意义何在?”顾长铭的表情还是很平淡。

郭笑摸了摸下巴：“顾总说的有道理啊，也不知道你们几个从早到晚地折腾什么。不过，现在让宁韵然离开纵合万象有点可惜了。因为我很想知道，她对于莫云舟来说，到底有多少分量。”

一时之间，整个包厢忽然安静了下来。

几秒之后，顾长铭开口说：“郭先生想要怎么掂量都可以，只是不要太显眼就好。”

郭笑点了点头：“放心，我的方法很简单，很直接。而且怎么也不会连累到纵合万象。”

半个月之后，远程宏大集团成功成为梅沙仓最大的股东，而它之所以有这么大的资金支持是因为莫氏集团旗下有子公司对它进行了注资，与此同时，莫云舟的云晟集团也给了远程宏大借款。

一切都如同顾长铭所料，梅沙仓他们根本不可能拿下来，因为他们不可能是云晟、莫氏以及远程宏大联合起来的对手。

作为借款的条件，远程宏大归还了云晟集团百分之五的梅沙仓股份。这样一来，云晟集团成为了梅沙仓的第二大股东，而莫云舟还白白地从天水煤矿那里挣了几个亿。

郭笑坐在酒店的窗台前，看着报纸上那张年轻而英俊的脸，感叹道：“果然，还是顾长铭的判断准确。与其和莫云舟做敌人，不如和他做朋友。”

这时候，郭笑的助理来到了他的身边，低声说：“先生，刚才我们又收到了赵谦的电话，他的意思是税务局又来调查梦幻星空乐园了，赵谦希望先生能帮个忙，让他离开这里。”

“离开……梦幻星空乐园这么大的盘子，得有人接才行。它可是大老板的重要资产。”郭笑轻哼了一声。

“那么我们该怎样回复他?”

“只怕不是税务局在查他，而是盯上大老板的人要翻赵谦的老底，把前几年有问题的收入都要找出来。就算赵谦不走，迟早也会把老底给捅出来。还是能带走多少就带走多少吧。转移资金是赵婳栩的专长，我会跟她说一声，看能将损失降低到什么地步。”

周一的早晨，宁韵然被黄秘书安排去惠阳大厦交接一些材料。

当她刚起身准备离开的时候，接到了顾长铭的电话。

当她进入那间办公室的时候，顾长铭一如既往低着头正在批阅文件。

“坐吧。”顾长铭微微抬了抬头。

宁韵然坐了下来。

“小宁，前一段时间我们在梅沙仓的争夺之中失利，集团也为此消耗了不少资金，而我们的对手云晟集团旗开得胜。”

顾长铭的声音很淡，仿佛梅沙仓的事情和他无关，他可以用一种完全客观的角度来看待这场大战。

“我知道。”

宁韵然忽然忐忑了起来。

赵婳栩对她一直都有戒心，她和莫云舟每一次相处，说不定赵婳栩都知道。

“你是不是和莫云舟在一起？”顾长铭直截了当得让宁韵然措手不及。

“啊？”她抬起头来，有点惊讶地看着对方。

顾长铭终于将文件夹合上，向后微微靠着椅背，淡然开口说：“我并不是要以集团之间的商业竞争来妨碍你的私生活。但是集团里其他的人会有想法。莫云舟作为对手让人很头疼，但作为男人……我觉得他很好，也不希望你放弃他。”

“顾大哥……怎么了？”宁韵然一头雾水。

她知道自己和莫云舟之间的事情，顾长铭和赵婳栩不可能不知道。但是顾长铭是个公私分明的人。

“其实真正运营和决策细节的核心，你知道的并不多，能透露给莫云舟的也不多。但是也许会有人以此为借口来为难你。”

“是赵总吗？”宁韵然问。

“是谁，不重要。小宁，我想你去我们的一个子公司腾跃科技，到那里去做办公室经理。腾跃科技和考斯特先生的IT公司有十分直接的合作关系，考斯特先生很欣赏你，而腾跃科技的人际关系比起这里也更加简单。”

宁韵然的脑海中一片空白。

一旦她离开总部，就不可能再为经侦队的调查提供任何有价值的消息了。

这一次怀疑她的，很可能不只是赵婳栩，而且有顾长铭本人。

她该怎么办？要找一个怎样的理由继续留在这里？

如果理由很牵强的话，只会让顾长铭更加怀疑。

“小宁，你什么都没有做错，所以不要胡思乱想。我只是觉得，你在总部得到晋升机会的概率太低了，你也不想一辈子就做一个秘书助理。我觉得这一次腾跃科技的职位空缺，这个机会错过了，可能要等很久之后了。”顾长铭的声音很温和，就好像真的在哄着自己的小妹妹一样。

他这一次要调她离开，是以为她规划职场的未来为借口，宁韵然几乎找不到拒绝的理由。

“那个……顾大哥，这算是你给我开后门吗？会不会有人说不公平啊？”宁韵然露出半开玩笑的表情问。

“这个世界上本来就不存在绝对的公平。我也对你说过，如果你来到纵合万象集团，我就会照顾你。”

“这个馅饼掉得有点大。我想考虑一下，顺便再了解一下腾跃科技的相关信息。您想要给我吃大馅饼，我也得掂量一下自己的胃有没有那么大啊！”宁韵然眯着眼睛笑着说。

“我记得你很能吃的。一顿早餐可以吃掉几笼小笼包，还有豆浆、油条、猪血粉……”

“顾大哥，你别再说了！求你啦！”宁韵然赶紧求饶。

“你是不是还有什么其他事要做？”

“嗯，黄秘书让我去惠阳大厦的一个工作室送材料。”

“去吧。”顾长铭扬了扬下巴，“路上小心。”

“好的。”

宁韵然刚起身，顾长铭又忽然叫住了她。

“小宁，还有一件事我提醒你一下。”

“什么事？”

“无论在何种情况下，都不要透露集团的任何信息。你记住了吗？”

宁韵然对上顾长铭视线的那一刻，心底莫名地颤了颤。

他看着她的目光和平常一样沉静。可这样的沉静中又有一种说不出道不明的沉重。

“我记住了。你放心。”

宁韵然走出了顾长铭的办公室，心底却开始“兵荒马乱”。

她必须赶紧完成黄秘书交代她的事情，然后回去和杜师兄商量顾长铭为她安排的“晋升”。以及，顾长铭到底是怀疑她，还是担心她和莫云舟交往过密会泄露集团秘密?

如果是前者，宁韵然知道自己可能要退出这个行动了。但如果是后者，她就必须要找一个更加合适并且合理的机会和莫云舟划清界限。可是，面对莫云舟，她哪里找得到所谓合理的理由?

宁韵然长长地呼出一口气来。

她进入电梯厢，习惯性地摁下按钮。

到了下一层，电梯门打开，有人走了进来，宁韵然仍旧在思考，自己到底有没有做任何事情引起顾长铭的怀疑。难道仍旧是赵谦的梦幻星空乐园的流水?

忽然，宁韵然的耳边有人弹了一个响指。

所有离散的思维瞬间收紧，宁韵然倒抽一口气抬起头来，看见了周暖正歪着脑袋看着她。

“你在想什么啊?”

“没……没什么……周总。”

“大家都知道我是个闲人，除非又开始流行什么病毒了，否则我就是个混吃混喝的。倒是你，那么认真严肃的样子，是做错事被黄秘书责备了，还是我们苛刻的顾总找你麻烦了?”周暖笑了，脸颊上的小酒窝让人很想戳一下。

“没……没什么……是我自己有事情……周总要去哪里?”宁韵然问。

“我去看我的腿。”周暖指了指自己那条因为小儿麻痹症有一点不方便的腿，眨了眨眼睛说，“最近有点疼，可能是缺钙，说不定等我补一补钙，腿还能长好呢!”

这时候，一楼到了。

周暖扬了扬下巴说：“你到啦！我要去地下车库!”

“哦，周总再见。”宁韵然走了出去。

周暖来到地下车库，走到了赵婳栩的车前，打开门坐了进去。

“婳栩姐，我就是去看个医生，你那么忙，让你的司机送我过去就好了。”

赵婳栩轻笑了一声：“你在我们顾总的心里，地位排得比我还靠前。我当然要照顾好你，抱住你的大腿。”

说完，赵婳栩将一个信封袋子交给了周暖。

“这是什么?”

“我想请你帮个忙。这件事比较秘密，其他人不能随便相信，只能找自己人。”赵婳栩低下声音说，“我要去见赵谦。”

周暖愣了愣，眉头在那一刻扬了起来：“什么？你还要去见那个老混蛋！他都快完蛋了，你去见他要是被调查他的人给盯上了怎么办?”

“就是因为他被盯上了，大老板想要尽快送他走，他自己也不想在这里待了。但是梦幻星空乐园的资产就这样放弃，大老板是忍受不了的。必须要有人去接盘。我有几个空壳公司可以去接盘梦幻星空乐园。而且……赵谦的手上还有一些纵合万象的股份，必须要把这些股份收回来，不能让他带着走。”

周暖低下头来，无奈地说了一声：“好吧。婳栩姐，你是去和他谈股权让渡条件的?”

“对。谈妥了，你就将这些文件带上来。谈不妥，我们就走，让大老板来料理他。”赵婳栩呼出一口气来，摁着周暖的肩膀说，“所以这些资料很重要，不能轻易交给赵谦。他同意股权让渡条款，签了字，才给他。”

“好。”周暖了然地点了点头。

“等这件事搞定了，我就陪你去医院。然后我们晚上去吃点好吃的，庆祝甩掉了赵谦这个大包袱。”

这时候，周暖蹙着的眉心才舒展开来，眯着眼睛笑了笑。

赵婳栩将车开到了会所的门口，让周暖在车里等着，自己先上去了。

周暖有些无聊地拿出手机，玩着手游，腿上放着文件袋。

一个多小时之后，周暖接到了赵婳栩的电话。

“小暖，把资料送过来吧。”

周暖一听，立刻关了游戏，抱着资料离开了车。

当他来到会所的门口，正要进去的时候，忽然有两名身着警服的人走到了他的面前，直接将他拦了下来。

“这位先生，请将你手中的资料交给我们。”

周暖微微一愣，意识到赵婳栩和赵谦的这一次见面应该是被盯上了，警察就在这里守株待兔呢。

“这里面是非常重要的资料，给我看一下你们的证件，我才给你。”

就在这两个警察去拿证件的时候，周暖二话不说掉头就跑。

“站住！竟敢跑!”

周暖虽然一只脚不方便，但他知道这些资料一旦被警察拿到就完了。

但他也很清楚自己跑不过他们，而且必须要找机会把这些文件毁掉。没有证据，警察也不能把他怎么样。

那两名警察十分愤怒，大声叫骂着追了过来。

眼看着他们越追越近，周暖也越来越慌，他摔了个跟头，爬起来就看见对面惠阳大厦门口，宁韵然正走出来。

“宁韵然——”周暖大叫了一声。

宁韵然回过头来，就看见两个身着警服的人凶神恶煞地追上了周暖。

“周总?”她立刻奔过马路，周暖不顾一切地冲过马路来，眼见着一辆车差一点撞上他，吓得宁韵然一身冷汗，赶紧跑过去扶他。

周暖一把将文件袋摁进她的怀里，压低了声音说了句：“把它毁了！绝不能落在警察手里，不然顾大哥就完了!”

宁韵然心下骇然，而那两个警察已经上前，在车来车往的马路中央一把将周暖摁倒在地。

不少路人都停下来观望。

周暖艰难地扬起头来，用眼神示意宁韵然快跑。

那两名警察发现周暖的文件袋到了宁韵然的手上，暴喝一声：“站住!”

这么一声响，反倒让摸不清楚发生什么事情的宁韵然忽然醒过神来，转身就跑。

“妈的！还敢跑！看老子逮住你不揍死你!”

他们一个将周暖从地上拎了起来，另一个朝着宁韵然狂奔而来。

宁韵然的耳边响起周暖的话——把它毁了！绝不能落在警察手里。

也就是说，这个文件袋里很可能就装着和纵合万象集团洗钱有关的证据或者调查方向。

但如果是这么重要的资料，怎么会在周暖的手上?

自从上一次有人冒充他市警察来套宁韵然的话之后，杜若就干脆将T市所有的同事档案照片都拿来给宁韵然看过，而且她连他们的证件号都记得清清楚楚。

这两个人，宁韵然没有见过。而且如果不是T市的警察又怎么会到T市的大街上办案抓人？动的还是周暖？周暖好歹也是纵合万象里的部门总经理，要调查他怎么样也该凌睿这个级别的亲自出马！

宁韵然的心中疑惑了起来。

宁韵然的脚上还穿着上班时候的高跟鞋，还是莫云舟送她的那双，虽然很稳，但是跑不快。

她索性将鞋脱了下来，转过身去，狠狠地朝着那个男人的脸上扔了过去。

男人始料未及，被砸中了肩膀和脑袋，发出“哇啦哇啦”的声音。

没了束缚的宁韵然跑得就像要冲上天。

那个男人还在身后玩命地追，宁韵然想着到底跑哪里去，这资料不能随便扔。

男人骂骂咧咧，怒道：“这该死的小妮子竟然跑得这么快！”

他身着警服，直接指着前面的宁韵然大声喊：“前面那个女人是扒手！大家帮忙拦住她！”

果然，两个正在路边行走的学生模样的人就要伸手去拽宁韵然。

宁韵然二话不说，一拳砸了过去，那学生立刻跌坐在地，捂着肚子疼得爬不起来。

“大家帮忙抓住她！抓住她！她是扒手！”

宁韵然心里怒骂，这招真是阴损！

她这辈子第一次背了这么大一口锅，污水浇了一身！

群众总是很信任身着警服的人，又有一个骑着自行车的男人将自行车一扔，要来拦住她了！

宁韵然不管三七二十一，直接又是一拳打中对方，狂奔而过。

“拦住她！就是她！”

听见身后的声音，宁韵然看见前面出现两个像是混混一般的男人，立刻意识到那是坏人的同党。

不行，再这样跑下去不是个办法，得想办法看到文件里是什么，然后把文件毁了！

宁韵然一转身，就冲进了一个写字楼里。

她记得这里有好几家会计师事务所和工作室，她不坐电梯，直接跑进了楼梯里，冲进了三楼的洗手间，立刻将洗手间的门反锁，又冲进了隔间里，将隔间也反锁起来。

她把文件打开，发现里面是全英文的。

走廊外面已经传来那几个男人的声音。

“真他妈的能跑——老子的肺都要出来了！”

“你看见她跑哪里去了吗？”

“没注意，就看见她推了这层楼的安全门进来！”

“不会是坐电梯又下去了吧？”

“放心，我留了两个人在下面等这臭丫头！她一出来就逮住她！”

宁韵然将文件一页一页看过去，本来因为狂奔就呼吸沉重，大脑嗡嗡作响，现在报警她也等不及警察来救她了，她必须让自己沉静下来，仔细地看着每一页。

不重要的东西全部忽略，这些都是境外一些公司的账号，下面已经盖好了公司的公章，以及法人章，还有股东授权书等，一共三个公司。这几个公司是要购买赵谦的梦幻星空乐园！

只听见“哐啷”一声，洗手间的门被踹开了。

宁韵然当下将这些文件撕开来，扔进了抽水马桶里。

外侧的三个隔间都已经被踹开，宁韵然立刻摁下冲水，只听见哗啦啦的声响，这些撕碎的文件立刻被冲了下去。

与此同时，这间隔间的门被猛地踹开了。

宁韵然倒抽一口气，看见那几个男人一边擦着汗，一边凶狠地看着她。

“文件呢！拿来！不然把你从楼顶上扔下去！”

宁韵然将文件袋递给对方，那个身着警服的男人接过来，发现里面竟然是空的，立刻暴怒：“里面的东西呢？”

宁韵然伸手指了指洗手间的窗外，那几个男人立刻围过去看。

“妈的！竟然扔出去了！找死吗？”

“在哪里？我怎么没看见？”

趁着他们向下张望，宁韵然立刻冲出了洗手间，开始了第二轮狂奔。

“这臭丫头耍我们！”

“老子要抽死她！”

宁韵然记得他们说过大楼的楼下有人在看着，所以她不能从门口走。

她奔跑到了二楼，冲进了一个开着门的工作室。

里面的文员一头雾水地站起身来："你找哪位？"

宁韵然二话没说，爬上了他们的窗子，向下一看，还好下面有空调外机！

"小姐！小姐你要干什么？"

宁韵然踩在了空调外机上，蹲下身来，双手抓住外机的架子，向下一跳，从二楼平安地落到了一楼，然后不管三七二十一又要开始狂奔。

忽然，一只手伸了过来，捂在了宁韵然的嘴巴上，她奋力挣扎了起来，但是那男人的力气很大，她想要掰开都不行。

对方捂住她口鼻的帕子上是乙醚，宁韵然想要憋住气不呼吸。

而追着宁韵然的那几个混混也跑了过来，大喘着气，叫骂着。

"这妮子真他妈的能跑！老子要踹死她！"

眼看着自己就要被狠狠踹一脚，治住她的男人却向一侧推开，小混混踹了个空。

"她的命金贵着呢，你们这么爱乱来，难道不想要钱了？"

"老板说的是！是我们心急了！您是不知道我们追了她多久！连命都差点跑没了！"

"他奶奶的，要不是看在钱的面子上，早就踹死她了！"

宁韵然的意识逐渐模糊了起来。

这到底是怎么一回事？

为什么会有人假扮警察追周暖？

这些人要周暖手里的文件袋干什么？

如果是要文件，她已经把文件都毁掉了，他们还抓她根本没有意义……

那个抓住她的男人说"她的命金贵着呢"是什么意思？难道他们本来要抓的人是赵婳栩，却弄错了？

宁韵然的脑袋越来越重，所有思考的能力不断下坠……

一辆面包车开了过来，宁韵然被他们扛进车里带走了。

不知道过了多久，她才开始恢复意识。她用力吸了一口气，似乎能闻到类似木材发霉的味道。

她的眼睛被蒙着布条，只是隐隐有光透出来，嘴巴上被贴着胶布，发不出声音。

手和脚都被捆住了，除了侧躺在地上动一动，连坐起来都困难。

宁韵然的心脏一阵猛烈下沉，她想起自己是被那几个男人给绑走了。

这到底是怎么一回事？脑袋沉得厉害。

她费尽了力气才勉强坐起身来，喘了一口气，隔着门还是墙，能听见有几个男人正在说话的声音。

“妈的！今天老子几乎跑了这辈子的路！差一点就要去投胎了！”

“怎么样？要不咱进去把那女的再修理修理？”

“没听见老板说的吗？那女的金贵，动不得！人家再能跑，也是个丫头！你跟踹门板似的把人家踹死了，我们还要不要钱了？”

这时候距离她不远处传来了呜咽声。

宁韵然心中一紧，这里还有人在？

她看不见对方是谁，于是也发出了两声“唔”声，对方很激动地回应。

宁韵然知道，那个人和自己一样，也被绑着，嘴上贴着胶带，说不出话来。

而且最有可能的，就是在马路上被假警察摁倒的周暖。

宁韵然朝着对方的方向艰难地挪了过去。

一不小心，胳膊还划在了钉子一般的东西上，疼得宁韵然差一点要哭出来。

宁韵然避开钉子，来到了对方的身边，靠了上去。

她失去平衡，直接倒在了对方的身上。

她的脸颊触上对方的衣物，好像是西装，记得今天周暖就是穿着西装。

而对方发出轻轻的声音，想要对她说什么，却说不出来。

这时候，这个房间的门打开了。

有人走了进来，拉了一把椅子坐下，却没有说话，接着其他人跟着进来了。

“哟，这女人醒了呢！”一个男人走了过来，似乎是半蹲在了宁韵然的面前看着她。

宁韵然记得这个声音，他就是追了宁韵然一路的那个假警察。

“阿东，你站那么近干什么，是想把这丫头的耳朵咬下来吗？”

名叫阿东的家伙站起身来，走了回去，宁韵然猜想，他是回到了那个拉开椅子的人的身边。

“要不是出钱的老板拦着，我还真想把这丫头的耳朵割下来！他妈的太不解气了！”

“你搞那些干什么？我们是要钱，不是要人命！这要是大出血闹出人命了，就不好收场了！”

“得了，老板说什么，就是什么呗！钱最大，咱们兄弟几个受点委屈算什么？”

宁韵然感觉周暖在轻轻地颤抖着。

她迫切地想要知道这到底是怎么一回事，但是她没办法问周暖，周暖也没办法回答。

“行了，时间有限，夜长梦多。老板，你有什么问题，就赶紧问吧！”

几秒钟的安静之后，阿东来到了周暖的面前，撕掉了周暖嘴上的胶布，听着那吱啦一声，宁韵然就觉得疼得厉害。

“说吧，那个文件袋里是哪几个公司？都有什么条款？背后的老板是谁？”阿东的声音响起，他在问周暖。

原来这几个人知道文件里面是什么，也就是说这是有人告诉他们的。

到底是谁泄露的？

赵婳栩那边，还是赵谦？

“我不知道。”周暖回答得很快，也很坚决。

蓦地，宁韵然就听见了一个清脆的耳光声。

这一扇，她不用想也知道周暖的脸肯定肿起来了，别伤着听力就好。

果然，周暖发出了极为疼痛的闷哼声，他忍住了没有叫出来。

“你不知道？你可是那个什么集团的高管吧？还能不知道？不知道你抱着文件死不肯给我们？”

“我们集团的文件当然不能给外人。”周暖回答。

下一秒，周暖便被狠狠地踹了两下，他的脑袋就落在宁韵然的腿上。他剧烈地咳嗽着，宁韵然知道他有多痛。

这些人下手很重，之前追了宁韵然那么久，早就憋了一肚子的火气，现在正好全都发泄出来了。

“不能给外人，那老子直接踹死你得了！”

这时候不远处传来咳嗽声，大概是有人叫阿东住手。

阿东哼了一声，在周暖的脸上拍了两下。

“小子，我觉得你还是老实一点，把我们想知道的说出来，咱们就两清了。

我看你细皮嫩肉的，应该没吃过什么苦头，被人活活打死的滋味可不好受啊！”阿东凉凉地开口说。

宁韵然想到，她和周暖都不见了，顾长铭一定会找他们。只要报了警，调出路口监控就能看到这几个人是谁。但问题是，他们能不能熬到警察找过来？还有这些文件和合同有没有问题，如果是灰色交易，赵婳栩会不会顾忌文件内容而选择不报警？

“我只是临时出来的。赵总叫我接到电话再把资料带上去，我一直在车里玩手机，根本就不知道她是去跟谁谈什么的啊！”

周暖一边说一边疼到吸气，这让宁韵然不得不担心他千万不要伤到内脏或者肋骨。

在这样的情况下如果受伤，将会很危险。

这时候阿东又把宁韵然嘴上的胶布撕开了，让她体会了一把火辣辣的痛苦，疼得宁韵然的心脏都要裂开了。

宁韵然在心里把这几个绑匪的祖宗十八代都问候了一遍。

被她逮到机会，她非把胶布也粘他们嘴上，每天撕胶布撕上万遍，让他们好好爽！

“臭丫头，你挺能跑的啊！我们老板问你，文件里都有哪些公司！”

宁韵然还记得那几个公司，但是她不能说出来。周暖也低声说：“别说！”

接着又被踹了一下，阿东又将胶带给周暖贴了回去。

“看来还是要一个一个地回答问题啊！臭丫头，你来说！你要是回答不出问题，老子把你踹上天！”阿东的声音里有几分跃跃欲试。

宁韵然在心中呼出一口气来。

她知道自己什么都不能说，说了周暖就会很惊讶在那么短的时间内，她竟然还能把那几个账户的相关信息记下来，如果周暖再告诉赵婳栩，赵婳栩将会更加怀疑是她记下了赵谦梦幻星空乐园的那些流水。

而且这些人要那些信息干什么？周暖刚才话里的意思是他和赵婳栩一起去了什么地方，赵婳栩先去了，然后再打电话让周暖把东西送去。那么这些人为什么不直接对赵婳栩下手？而是对周暖……难道纯粹是因为周暖有一条腿不方便，所以成功的概率大吗？

“你把文件撕了扔马桶里冲掉了？”阿东问。

"是的。"宁韵然回答。

听到这里，宁韵然能明显感觉到周暖松了一口气，看来那几个公司信息真的很重要。

"那你撕它们的时候，有没有看见上面都写了什么？"

宁韵然吸了一口气，开口说："上面……上面都是英文的，当时你们追上来了……我只顾着撕，没来得及看……"

"你他妈的意思是哥几个追着你还追错了？"

阿东扬起手给了宁韵然一个巴掌，耳朵立刻嗡嗡作响，宁韵然的脑子都差点飞出去了。

脸颊上火辣辣地疼痛着，接着开始发麻，口腔里都是铁锈的味道。

宁韵然心里火冒三丈，但只能隐忍不发。

她长这么大，父母都舍不得扇她耳光。

这几个绑匪别落到她手上，否则她非把他们都扇上天！

咳嗽声再度传来。

"阿东，你乱扇什么耳刮子啊！抽肿了，他们连话都说不清了！"

"得了。不打了。不打了他们能说实话吗？老子也想早点把文件里的东西给问出来，收工回家啊！不过老九，你有什么好主意啊？"

被称为老九的男人开口了："那要不然就还是打。他们两个谁先说了文件里有什么，咱们就放谁走？"

"得，这主意好！谁先说话，放谁走。"

宁韵然听到这里，简直要骂天骂地。

她到底是倒了什么血霉，让她摊上这样的事儿！

"说不说，咱这可不是拍电影！可没有什么英雄儿女啊！"

周暖还是那句："我不知道。"

宁韵然满脸黑线。

周总啊，我的周大神啊！

你可以说一点似是而非的话，拖延一下时间，不需要把气氛搞得这么僵硬啊！

感觉那个阿东又要踹过来了，宁韵然立刻高声道："等一下！"

阿东还是在周暖身上踹了一下，周暖蜷缩了起来。

"那你说！"

“几位大哥，你们要我说那个文件袋里是什么，我真摸不着头脑！我就跟几位分析分析，这个周暖，他是我们集团的信息安全部的总经理。信息安全就是管集团内部网络安全的，什么升级杀毒软件之类的就是他管的事情。虽然挂着总经理的头衔，但具体的业务……他真的未必知道！你们把他踹死了，他可能还是不知道啊！而且这要是踹出个内伤，闹出人命来，那就不好了啊！”

“哟，这小丫头还来跟我谈判呢？”阿东笑了起来。

宁韵然赶紧往下说：“几位大哥，你们要抢资料，抢了就抢了，就算被警察抓住了，你们手上什么都没有，没证据啊。但是你们为了个文件袋里的东西，又踢又踹的，这要是出了内伤，什么肋骨戳着内脏了，什么哪个器官破裂出血致死了，那就是人命，警察就算想偷懒，也不得不查，对不？”

“好像还有点儿道理！那你这个死丫头还攥着文件不肯给，不就是找死吗？”

“那是几位大哥穿着警服，我们周总就跟我说了句资料到你们手上公司就完蛋。哪个公司没点猫腻呢？我以为你们是来查案的啊，公司要是倒了，我的工作没了，企业年金也没了！我们领导还承诺过要提拔我到子公司里去做部门主管啊！碰到这么件事儿，我肯定要卖力表现一下啊！但是……你们这不……不是真警察吗？”宁韵然赔着笑脸说。

“呵——这丫头还真逗！早知道哥几个就该脱了马甲？”阿东笑着继续说，“我们老板说你金贵着，难不成你也是纵合万象集团的高管？”

“我哪里算什么高管啊？我就是个秘书，而且还是级别最低的秘书。不然这样，几位大哥给个提示？我真不知道文件里是什么，文件没了就是没了，就算从下水道里捞出来也不可能看得出来上面写的是什么，对吧？你们告诉我你们到底在找什么，我这个小秘书就算没见过，但也许听到过呢？”

“你忽悠谁呢？”阿东猛地在宁韵然的身上踹了一下。

宁韵然练拳的时候也没少挨过打，听见阿东抬脚的时候就绷紧了全身肌肉，用背对着对方，但还是疼得直抽抽。

“唔……唔……”一旁被贴了胶带的周暖发出担心的声音。

宁韵然恨得牙痒痒，别给姑奶奶机会，不然姑奶奶也把你踹上天，和太阳肩并肩！

这时候，咳嗽声再度传来。

宁韵然知道，这几个混混口中所谓的“老板”对她的意见很感兴趣。

阿东离开了他们，宁韵然能听见窃窃私语的声音。

应该是那个绑架的主谋正在跟阿东说话。

难道那个主谋是自己认识的人，所以才会担心她会从他说话的声音听出来他到底是谁？

过了几分钟，阿东来到了宁韵然的面前，开口道：“你知道梦幻星空乐园的老板赵谦吧？”

“知道。”竟然是跟赵谦有关？

“那老东西的生意一直不干净，最近想要跑路了，但是他那个乐园那么大，不找人接手，就等于把钱白留下来了。他不是你们纵合万象集团的股东之一吗？你们那个什么赵总给他整了几个空壳公司，我们就是要拿着这几个空壳公司去问你们集团要钱。不给钱，我们就把这几个空壳公司告诉警察！”

宁韵然总算明白了。

但对方既然能知道这件事，说明是和赵谦或者赵婳栩走得很近的人。

赵婳栩这个人谨小慎微，除非她故意透露的消息，否则搞不好连周暖都不知道文件袋里是什么东西。

但如果这又是来自赵婳栩的试探，没必要连周暖都被抓来了。根据杜若那边的消息，周暖是从顾长铭刚开始创业的时候就跟在他的身边了，顾长铭是真把周暖当弟弟来看待。如果要试探她，把周暖揍成这样……顾长铭应该舍不得。

所以这很有可能是赵谦那边泄密了。

赵谦那个王八蛋，每天就知道饮酒作乐，天知道是不是他脑子里少根弦的时候透露出去的。

由于她曾经和赵谦见过，对方一直不说话那就很有可能是赵谦身边的人，怕她听出来他是谁。

宁韵然吸了一口气，开口道：“这些东西实在太机密了。顾长铭和赵婳栩都是万分小心的人，如果你们说的是真的，那应该就只有集团决策层的几个人知道。我实在没有听任何人提起过。”

宁韵然的话音刚落，阿东就叫骂了起来。

“他娘的说了这么久都是废话！早知道还不如踹死你……”

“能不要没事就踹来踹去的吗？你就这点脑子，所以只能做个跑腿的！”宁韵然冷哼了一声。

“什么，老子抽死你……”

宁韵然已经歪过脑袋，等着阿东那个巴掌，但是咳嗽声又传了过来。

阿东只能悻悻然收手了。

“我们老板叫你说，你有什么主意?”

宁韵然这才呼出一口气来。

她可不想被人打肿了左脸，把右脸再送给别人。

“我和周总都在你们的手上，我们顾总和赵总又不知道你们有没有拿到那个文件袋里的东西。你们给我和周总拍个照片，然后跟他们说，如果不给钱，就把文件里的东西交给警察。这样，他们就只能给钱了啊！他们又不知道你的手上到底是不是真的有文件。而且他们还不敢报警，因为万一警察把你们给抓住了，你们把文件交给警方，我们集团就要接受调查了啊。”宁韵然回答。

阿东恍然大悟，说了声：“对啊！老板!”

宁韵然心脏怦怦乱跳。

她想的是，如果这伙人真的拍照传给赵婳栩和顾长铭，要么用手机，要么用电脑。说不定警方可以定位找到他们。

“手机号码听说可以定位啊，还得找个网吧发邮件!”

“那你们得动作快点。我和周总被你们困住这么久了。一开始赵婳栩也许会担心文件的事情所以不报警，但两个大活人就这么不见了，万一已经报警了呢?”宁韵然的提醒只是不想他们去太远的地方发邮件。

离得越近，越能提高警方找到他们的概率。

果然，他们迅速给宁韵然和周暖照了相，阿东被派出去发邮件去了。宁韵然给他们的是顾长铭的邮箱。

宁韵然呼出一口气来，至少暂时他们不用被踢踹，对方如果只是要钱，也没到非要撕票的地步。宁韵然知道，顾长铭一定会报警，因为他很清楚，如果绑匪拿到了文件，没必要绑架两个集团员工，把原本抢文件的事情升级成绑架。

她的嘴上又被贴上了胶布，没法说话了。

周暖被踢了个够呛，蔫蔫地躺在地上，宁韵然能感觉他的脑袋正靠着自己的腿。

宁韵然还记得周暖，看起来文质彬彬很白净，细胳膊细腿，听说除了顾楚君，顾长铭最疼的就是他。

周暖是个孤儿，世态炎凉应该见过很多，但是这样被狂揍，一定是第一次。

宁韵然吸了一口气，她很想知道周暖怎么样了，可千万别真的被揍出个好歹来。

宁韵然的手被捆在后面，动弹不得，她用手指在后面的墙上敲了起来。

但愿周暖知道她在敲的是摩斯密码——你怎么样了？

宁韵然敲了好几遍，周暖都没有反应。

就在宁韵然快要放弃的时候，周暖缓缓地坐起来，沉沉地呼了一口气，也敲了两下——疼。

宁韵然无奈地笑了，只能安慰他——顾总会找到我们的。

周暖回答她：好。

这个房间里安静了下来，而木板的刺鼻气味也越来越明显。

宁韵然怀疑，他们是被关在了什么仓库里面。

如果是在郊区的话，恐怕顾长铭也没那么容易找到他们了。

此时，在顾长铭的办公室里，赵婳栩脸上已经是慌乱的神色，她的手上是周暖的手机，这是顾长铭利用手机定位找到的。

“是我不好……我不该带小暖出来，我带谁不好为什么要带小暖……长铭，你相信我，我不是故意的！”赵婳栩泪流满面地拉着顾长铭的手。

“现在哭有什么用？刚才我们调阅会所的录像，发现有两个警察接近周暖。但如果真的是警察办案，他们收到线报知道你和赵谦在谈什么，是不可能只派两个人来的，而且也可以直接上去把你和赵谦抓个现行，没必要带走周暖。而且没听说过哪里的警察办案还要把嫌疑人的手机都扔掉的。”顾长铭的脸上没有任何表情，他缓缓地闭上眼睛，眉心抵在指尖，想要理清楚这一切。

这时候，黄秘书也敲门走了进来。

“我听说周总被警察带走了？这是怎么回事？要不要我们打电话去问问？”

“应该不是警察。”

“不是警察？那周总人呢？怎么到现在既没有电话，人也一点消息都没有了？”黄秘书蹙起了眉头说，“要不要报警？”

听到“报警”两个字，赵婳栩猛地抬起头来，一口否决：“不能报警！小暖不见的时候，还拿着我给赵谦准备的那些空壳公司的文件，那些文件其实是郭先生给我的……如果警察拿到了那些文件的话，就会重点调查，我怕……”

“那些比不上周暖的命。大不了就让警方去调查好了。扯上的也是郭笑，没有证据证明跟我们有什么关系。”顾长铭的声音很冷。

黄秘书听到这些公司是郭笑准备的，这就表示这是郭笑背后的秦耀要通过这些公司直接控制梦幻星空乐园。

“顾总，我知道周总不见了您很着急，但千万不能冲动。一旦这些公司被警方重点调查，在秦耀看来，就是您背叛了他。秦先生不能容忍任何背叛，就算周总回来了，万一他要对付周总来给您看呢？”

“是啊，长铭……我们得罪不起秦耀……”赵婳栩握住顾长铭的手。

“对方把周总绑走了，很有可能会联系我们。我们只要看看对方想干什么，如果能在不惊动警方的情况下解决那就最好了。”黄秘书安抚道。

“赵谦那边呢？你确定这不是赵谦搞的鬼？”顾长铭看向赵婳栩。

赵婳栩的眼泪终于停了下来。

“……是啊，见面的地点是赵谦选的，而那两个假警察又不早不晚出现在小暖拿文件给我的时候，说不定……真的就是赵谦搞的鬼！”赵婳栩立刻拿出手机，找赵谦对质。

电话里的赵谦也相当紧张，一听到手机响就接了。

“怎么样？怎么样？文件找回来了吗？周暖他回去了吗？”

“周暖到现在都没有回来。我思前想后了许久，很想问一问赵老板，这些不会是你安排的吧？”

“我安排的……我的天！那些账户是大老板给我准备的，我还敢拿这个来搞事？难道我不想活了？”

赵谦听到赵婳栩怀疑他的时候，声音非常惊慌。

“而且……如果是我安排的，你一进来我把你扣住就好了，花老鼻子劲儿去动周暖干什么？这事儿要是我做的，郭先生早就找人把我突突了！我现在巴不得赶紧把游乐园给脱手，谁爱管谁管！我年纪大了找个风凉地儿养老不好吗？”

赵谦竭力撇清自己。

赵婳栩呼出一口气来，说了声“先这样吧”，就把手机挂断了。

偌大的办公室里又安静了下来，只有沉重的呼吸声。

他们完全没有头绪，不知道这到底是谁在背后搞鬼。

这时候，顾长铭的手机上发出邮件提醒。

他睁开了眼睛，点开邮件，双眼一瞪，冷然开口："黄秘书，宁韵然呢？今天你派她出去送材料，她回来了吗？"

"宁韵然……她今天早上走了之后就一直没回来。只是送个材料而已，她不该出去那么久的。"黄秘书无奈地摇了摇头。

"你让她去哪里送材料？"顾长铭又问。

"惠阳大厦……怎么了？"黄秘书一副不明白的样子。

这时候赵婳栩忽然不耐烦了起来。

"宁韵然！宁韵然！宁韵然！你能不能不要张口闭口都是你的宁韵然？现在周暖不见了，文件没了，你还在关心她到哪里去了？"

"赵总！赵总！你先别激动！顾总不会忽然问起宁韵然的！"

对面的顾长铭连坐姿都没有变过，只是将自己的手机扔给了赵婳栩。

"这就是我问宁韵然到哪里去了，为什么到现在都没回来的原因。"

赵婳栩将手机拿过来，发现上面是一张照片。

照片里的周暖和宁韵然被绑着，嘴上贴着黑色的胶带，眼睛也被布蒙着。

两个人的脸上都是肿着的，很明显被人打过了，非常狼狈的样子。

而曾经装着文件的那个信封就被放在周暖的腿上，一起被拍了下来。

赵婳栩和黄秘书都愣住了。

顾长铭站起身来，推开了椅子，来到了窗边，看着脚下的这片夜景。

"所以，我才问你把宁韵然派去哪里了？惠阳大厦在哪里？她怎么会和周暖一起被抓？"

"惠阳大厦就在赵总和赵谦约定的会所的对面。"

"这封邮件上说，他们不但抓住了周暖和宁韵然，文件也在他们的手上。我们必须在明天上午十二点之前将五千万汇到这个账户去，否则的话他们会把文件交给警方。"

赵婳栩看向顾长铭。

黄秘书呼出一口气来："看来对方只是要我们给钱……五千万我们给得起，只要能把人放回来就好。"

赵婳栩抹开眼泪："我现在就去准备钱！只要钱能解决的就不是大事！"

顾长铭一直看着窗外，只说了一句："我们可以报警了。"

“什么？报警？如果他们把文件给警方怎么办？如果五千万能让他们闭嘴……”

赵婳栩的话还没有说完，顾长铭冷然开口：“他们的手上没有文件！”

赵婳栩一顿，骤然明白了过来。

“对……如果他们的手上已经有文件了，就没必要把周暖和宁韵然都绑在那里。抢了文件，拍下来直接问我们要钱就好了。而且只要他们不还文件，就能逼得我们不断付款，勒索而已。但是把人绑在那里，这性质就不一样了……人质不好控制，而且绑架的性质比单纯拿着文件来问我们要钱要严重得多，风险也大。”黄秘书开口说。

“所以，我们报警。”顾长铭回答说。

“可是万一他们手上确实有文件呢？长铭，既然知道小暖在哪里了，我们不如发一封邮件过去，让他们拍一张文件里的照片给我们？”赵婳栩说。

顾长铭轻轻地哼了一声：“如果这群绑匪知道我们怀疑他们没有文件，让他们意识到暴露了自己手上没有文件这件事，让他们知道现在他们成了绑匪了，周暖和宁韵然就会有危险了。”

赵婳栩吸了一口气：“或者我们先给钱看看？”

“这些绑匪有备而来，给的是海外账户，你就算现在奔过去汇款，明天中午也到不了，还会耽误救他们的时间。”

“可是警方又能做什么？还不是根据邮件地址去寻找他们在哪里？而且惊动了警方，万一那几个绑匪撕票呢？”赵婳栩说。

“赵总说的也有道理，我们一方面要准备好汇款，另一方面也要动手救人。至于到底要不要报警……警方确实在营救上比我们更有经验和人力。我觉得，我们还是跟郭先生说一声吧。就算真的决定要报警了，也不能让郭先生甚至秦先生一无所知。”

赵婳栩立刻同意。

顾长铭点了点头，示意黄秘书去联系郭笑。

黄秘书打了个电话给郭笑的助理，郭笑的助理回复黄秘书：在不触动警方的情况下解决问题。

赵婳栩呼出一口气来：“这样看来，就只能先给钱了。”

顾长铭的眉头锁得比之前更死了。

他打开电脑，迅速敲击键盘。

“长铭，你是要找发邮件的地址吗?”

“试试看。你那边给钱，我这边想办法看能不能找到他们。”

顾长铭很快就找出了那个网吧的地址，并将它交给了黄秘书。

“找人查一下邮件上这个时间在这个IP上网的人是谁。”

“明白。”

“你看绑匪发来的照片，看起来应该是一个仓库。”

“没错，这确实是仓库，而且像是木材仓库。”

“对方是在网吧上网的，你给点钱给网吧老板，让他给你看看监控，能不能看出来这个人长什么样子，再看看网吧附近有没有监控能拍到他是怎么来的，如果有车牌号就更好了。”

“我知道。不过顾总，你还是要回复邮件给对方，海外汇款就算加急也不可能在明天中午之前汇到。”

“我知道。你赶紧派人去找距离那个网吧最近的木材或者建筑材料仓库，还有可能是工地。”

就在这个时候，顾长铭的手机再度响了，显示是莫云舟的号码。

“莫云舟？他打电话来干什么?”赵婳栩不解地问。

“应该是找不到宁韵然。”顾长铭正要接通那个电话，黄秘书却把手机拿过去了。

“顾总，还是我来接。莫云舟要是问的问题不好回答，至少我能说‘不清楚’。”

顾长铭将手机递给了黄秘书。

“喂，莫总您好，我是顾总的秘书，鄙姓黄。顾总正在开会，不知道您找他有什么事?”

“顾总在开会？是不是宁韵然也跟你们在一起?”

黄秘书笑了笑说：“小宁没跟我们在一起啊。她今天出去送材料了，我一整天都没见到她。现在应该已经回家了吧?”

“是这样啊。不过你们顾总可真是工作狂，都已经这个时间了，董事长办公室的灯还亮着。”

黄秘书顿了顿，继续笑着回答：“也是托莫总的福，顾总才会这么忙。这也是没有办法的事。”

“那就不打扰了。”

莫云舟将手机挂断了，黄秘书跟着呼出一口气来。

“莫云舟就在我们集团楼下。他刚才说董事长办公室的灯还亮着。”黄秘书看向顾长铭。

“所以要尽快找到他们。明天如果莫云舟还找不到宁韵然，他一定会报警。”顾长铭看着黄秘书说。

“我明白。”

所有的人立刻离开了。

顾长铭抱着胳膊，用力深深地吸了一口气。

此时，站在路灯下的莫云舟扯了扯自己的领带。

他闭上眼睛深深地吸了一口气。

这时候，陆毓生的电话又来了。

“小舅舅，你还没找到宁韵然吗？”

“没有，我觉得她可能出事了。我一会儿去警局备案。”

“备案什么啊？女人不接你电话通常就只有一个原因。”

“什么原因？”莫云舟的声音压得很低。

“你追得太紧，她不喜欢你，要甩掉你。”陆毓生的声音里有点幸灾乐祸。

“她喜欢我。”莫云舟说完就把电话挂掉了。

回到家里的莫云舟没有睡下，而是把早晨自己和宁韵然的微信聊天记录打开来看。

莫云舟：晚上我来接你一起去吃饭。

宁韵然：你不要大清早骚扰我，我还有一堆事情要做呢！

莫云舟：我不是骚扰你。

宁韵然：呵呵，那你是干什么？

莫云舟：如果你觉得这是骚扰，就不会跟我聊了。

宁韵然：……

莫云舟：你要是觉得我骚扰到你了，可以过来打我。

宁韵然：本王有剑，不斩苍蝇！

这段微信对话，莫云舟来来回回看了许多遍。

最后，他回了一句：我没睡，一直在等你。

而宁韵然和周暖靠着墙，到了半夜，真的一点力气都没有了。

听声音应该有三个人，屋外还有一个人在抽烟。

他们正在吃着泡面，闻得宁韵然肚子发出“咕噜”的声音。

“唉，这仓库里待得人喘不过气，木头的味道太难闻了！”

“算了，忍忍吧！等收到钱，咱们这些日子吃的苦头也不算白受！”

“不行，大头在下面抽烟，我也要下去抽两根，满嘴木头味道！”

“得！你去你去，我在这儿看着！要是一会儿那位老板过来发现咱们没好好看着人，又要摆架子了！”

“有什么好看的？这两个人都被绑成虾米了，还能跑了不成？”

宁韵然呼出一口气来。

看来那位幕后主使暂时不在。

这四个混混……宁韵然觉得自己还是有可能逃走的。

看着他们的人都下去抽烟了，就剩下一个在仓库里玩着手机，宁韵然能听到游戏的声音。

她不动声色，缓慢移动着。她记得这里墙面上有一个小钉子，虽然不大，但是说不定能把绳子割开。

她一点一点挪动着，胳膊又被刮了一下——找到了！

宁韵然对着那个钉子，开始磨自己的绳子。

动静不能太大，不能让那个玩游戏的家伙发现她在割绳子。

宁韵然一点一点地挪动着，偶尔不小心割到自己的手。靠在不远处的周暖似乎听到了声音，用手指敲了敲身后的木板，问宁韵然：你在干什么？

宁韵然回答他：想跑。

周暖僵住了，随即一动不动。

那绳子好几股，一开始她完全不得要领，急得后背上都出汗了，但之后渐渐摸到了门道，就着一个地方来回小幅度地蹭，一股一股地磨开，绳子被宁韵然越磨越松。

忽然断开了。

那一刻，宁韵然心跳如鼓。

她用肩膀蹭了蹭一旁的周暖，意思是让他到这个位置把绳子也磨开。

但是周暖却敲了敲木板，告诉宁韵然：你跑。

宁韵然明白周暖是怕自己的腿不好，会连累她。

但宁韵然觉得自己怎么可能扔下周暖跑掉呢？天知道把他一个人留下，会发生什么。

就在这个时候，楼下传来呼喊声："猛子！你快下来！不知道谁抽烟没把烟头掐灭，着火了！"

"我马上来！"

玩手机的那个立刻跑了下去。

那一刻，宁韵然的心都要飞出去了。

她听见猛子跑出去顺带把门都锁上的声音，立刻把手腕上的绳子松开，扯掉脸上的黑布，撕掉胶布，迅速扯开脚上的绳子。

这里果然是个木材仓库，他们被困在了二楼。

门虽然被锁，但是还有个窗子能下去，有点儿高，但不是没机会！

宁韵然迅速将周暖的绳子解开，扯掉他的胶布，一切快得就像打仗。

"我不是叫你有机会先跑吗？"周暖睁大眼睛压低声音。

"别废话了！你没有我能挨打！我要是跑了，你会被他们踹死！"

宁韵然的动作很快，利用地上的绳子，在周暖的身上绕了个活结，然后绕过仓库里一根柱子，用脚踩在柱子上做支点："麻利点！从窗口下去！"

周暖看着她，犹豫不到一秒，就立刻爬到了窗台上，抓着绳子一点一点下去。

宁韵然用尽了吃奶的力气，脸都憋红了，她生怕一松手，周暖就会摔下去。

周暖平安地落地了，宁韵然悬着的心也终于放松下来。周暖将绳子解开，宁韵然正要将绳子收回来的时候，仓库的门开了，两个男人看见宁韵然站在窗边，愣了不到一秒就冲了上来。

宁韵然立刻冲窗下的周暖喊了声："快跑！"

周暖摇头："你快下来……我接着你！"

宁韵然真想把板砖扔下去，狠狠地砸他一脑袋。

"快叫人来救我！麻利一点！"

宁韵然已经被拽回去了，她毫不留情，转身就是一拳，砸得对方鼻血横流。

“你……你敢打我……”

好笑，姑奶奶不仅打你，还要踹你！

宁韵然一听就听出来这家伙就是阿东。

想起他扇自己的那个大耳刮子，宁韵然就一肚子火，转身一脚踹出去，阿东的肠子都要吐出来了，直接摔倒在身后的人身上。

宁韵然绕过他们，向着仓库门口奔去。

但愿周暖跑得够快，就算跑不快，也要藏起来让他们找不到，不然这么大劲儿就是白费了！

宁韵然就快到门口了，愣是被人拽住了衣领。

对方向后拽她，她便低下身来，一个转身，又是一拳打在对方的腹部。

“唔……”

这些小流氓哪里见过这么能打的女人。

其中一个直接拎起木材就要去砸她，宁韵然侧过身去，险些就被砸中肩膀，魂都要飞出来了。

“你们这些傻子是要闹出人命吗?”

宁韵然一声怒喝，还真把这几个流氓给镇住了。

他们只想把她抓回去，还真没想过要她的命。

宁韵然就在他们犹豫的片刻，冲下了楼梯，奔出了仓库。

她眼力很好，瞬间就看到了正在夜色中奔跑的周暖。

她立刻朝着另一个方向跑去，追周暖的只有一个人，但愿他能逃走。

宁韵然跑得像风一样快，后面的小流氓骂骂咧咧。

这里是一大片仓库，大部分都是木材，宁韵然在木材的缝隙之间躲藏，低下头观察着那三个人的影子。

“她跑哪儿去了？怎么一眨眼就不见了?”

“老子的肚子还在疼着呢!”

“再要被她踹一脚，估计连命都没了!”

“一会儿抓着她非把她吊起来打!”

宁韵然在心里冷笑。

还想把你姑奶奶吊起来打？看我不把你的牙一个一个都撬下来，再让你吞下去!

宁韵然扯了扯嘴角，这时候阿东忽然大叫了起来："哎呀！我的手机哪儿去了？"

"是不是刚才你被踹的时候掉在仓库里了！"

"别说了！赶紧先把那个女人找出来！小聂不是去追那个男的了吗？你赶紧打个电话问问追到了没有！"

宁韵然低下头来，她的手里握着的就是阿东的手机。

当阿东拽她的后衣领的时候，她从阿东的裤子口袋里顺手拿走的。

她赶紧将这个手机给关机了，然后缓缓后退。

"什么？小聂？你竟然跟丢了？你有没有搞错啊！我记得那个男的是个瘸子！瘸子你都追不上你，你干脆把自己的腿也敲断得了！"

听到这里，宁韵然悬着的心暂时放下来了。

第十九章 绝渡逢舟

她缓缓地后退，必须要尽快逃出这个木材仓库！

宁韵然隐藏进仓库的阴影里，一点一点远离这几个男人。

他们找不到宁韵然，决定分散开来寻找。

宁韵然在心里面冷笑，如果是单打独斗，这几个混子就更加不是她的对手。

绕过了仓库，几乎到了他们的背面，宁韵然看见了远处公路上的路灯。

她就像是扑火的飞蛾，朝着那个方向飞奔而去。

一边奔跑，她一边向后望去，没有看见那几个混子跟上来。

微微松了一口气，宁韵然拿出了阿东的手机，开机，一边等待信号，一边沿着公路奔跑。

“110吗？我的名字是宁韵然！我和我的同事周暖被绑架了！我们在一个木材仓库附近！请你们用手机定位我的地址！这个手机是绑匪的！我的同事和我分开逃跑，我不知道他是否平安！”

宁韵然奔跑着，现在是半夜三点多，路上几乎没有车。

宁韵然不敢停下，她怕阿东他们会追上来。

跑不动了，她就走两步。

想着如果有路过的车，至少自己还能搭个顺风车，尽快回市区。

不知道警察什么时候才会来，宁韵然忽然想到了莫云舟。

如果她没有跑出来，会不会有可能自己这辈子都见不到他了？

她好饿，好累，好想看见他……

莫名地，眼泪掉了下来。

刚才自己还很英勇，忽然就像泄了气的皮球。

她几乎不用想，就能背出这个男人的手机号码。

她担心警方联系这个号码，又发了疯一样想听到他的声音。

最终，她拨通了他的手机，这个男人竟然在响了第一下的时候就接通了。

“莫云舟……”

“宁韵然！你怎么回事？我今天打了你的手机一个晚上！我还打给了甄晴！你的公寓没亮灯，我就去你公司楼下等你！我看见黄秘书就差没拽着他的领子问你去哪里了！”

宁韵然还是第一次听到莫云舟这么着急的声音。

他是慌乱的，宁韵然甚至可以想象他满世界寻找自己的样子。

“我被绑架了……我好不容易跑出来了……我现在在公路上！”

宁韵然一边跑着，一边掉眼泪。

前面的路都变得一片模糊。

“什么？我马上报警！”莫云舟的声音在发颤，宁韵然听到了那边钥匙的声音，“我现在就去接你！你发定位给我！”

“好。”

他来接她了。

哪怕天塌下来，她都不怕了。

宁韵然登录了微信，发了定位给莫云舟。

她知道，莫云舟此刻一定心急如焚，披星戴月地赶来。

她跑得就快喘不上气，停下来缓慢地向前走着。

这是她所经历的最长的夜。

终于，身后有一辆车开了过来。

宁韵然向那辆车招手，但愿对方能停下来，这样她就能早一点回到市区了！

所幸，那辆车停了下来，在她的面前摇下车窗。

“小姐，这么晚了你怎么一个人在公路上？”

“那个……我被绑架了，好不容易逃出来，请你帮个忙，尽快把我送去市区！我没有撒谎！我已经报警了，警察就在来的路上！你看110……”宁韵然将手机拿给对方看，她知道很多开夜路的人不会轻易带人。

“这也太危险了！你赶紧上来吧！”

司机将副驾驶座的门打开，让宁韵然上来。

当宁韵然坐进去，看清楚那个司机的脸的时候，她的心中一凉——这个人好像是赵谦的司机！

宁韵然不说二话，立刻要推门下车，谁知道对方一把将她拽了回来，一个帕子捂上了她的口鼻。

又是乙醚！

宁韵然打定主意憋死都不吸气，拼命在狭小的空间里又是踹又是踢！

她对这个男人有满腔愤怒，简直爆棚，甚至于随手拔起了前面的财神娃娃，狠狠地砸在这个男人的额头上。

这个男人面露凶悍，血从额角上流下来，目光却连颤都没有颤一下。

他和刚才追过来的那几个混混都不一样！

带着势在必得的决心。

那个男人见宁韵然还在挣扎，露出狠辣的表情，直接摁着宁韵然的脑袋，往车窗上狠狠一砸。

晕头转向的那一刻，宁韵然泄了气，再加上吸入乙醚，很快就歪到了一边。

男人从后面拿出绳子，直接将宁韵然捆起来，扛了出来，扔到了后备厢里去。

莫云舟开着车冲出了市区，上了国道。

他再度拨通宁韵然打过来的那个手机，想要和她说话，但是却没有人接听。

不好的预感涌上他的心头。

十几个电话之后，仍旧没有人接听，莫云舟的拳头狠狠地在方向盘上砸了一下。

他再度打电话联络警方。

“郑局长，你们的人到底什么时候到？我现在连她用来联系我的那个手机都打不通了！”

“莫先生！我们已经出警了！还是章队长亲自带队！你不要冲动！安全第一！”

“我不想冲动！我只要她平安回来！”

这个时候，坐在办公室里的顾长铭和赵婳栩收到了消息，那就是宁韵然报案，警方已经出动了。

“距离那个网吧最近的木材仓库就在这里。我已经派了人先去寻找了！万一绑匪的手上真的有那份文件，被警方先找到的话……”

赵婳栩的话还没有说完，顾长铭的手伸过来，覆上她的侧脸，逼迫着让她与他对视。

“婳栩，我说了，他们的手上绝对没有文件。周暖和宁韵然的命对我而言比什么都重要。你如果派人过去，难道不是阻挠警方找到周暖和宁韵然？如果被警方知道，我们早就知道自己的同事被绑架了还不报警，你觉得会怎么样？”

顾长铭的声音是从齿缝里挤出来的。

黄秘书走进来，僵在那里。

他第一次在顾长铭的眼睛里看见了狠劲。

“我……我知道……”赵婳栩颤着声音说。

顾长铭再度转过身去，看着脚下的城市。

天边即将泛起白光。

莫云舟在国道上狂飙，当他来到地图上的地址时，他打开车门，走下来，大声喊着：“宁韵然——宁韵然——是我，莫云舟！你在哪里？”

公路是空旷的，根本没有可以躲藏的地方。

一眼望过去，没有看见宁韵然。

那么她就真的不在这里。

莫云舟咬着牙转过身，就看见一个手机扔在路边，已经被路过的车子碾碎了。

他低下身来，将它捡起来，抬起另一只手用力摁住自己的脸。

他失去了自己的教养，用最狠毒的语气叫骂着。

不知道是在咒骂匪徒，还是咒骂自己。

几分钟之后，警车的声音响起。

带队的章队长看见了莫云舟的车，车门大开着。

而车主就坐在路边，手里拿着一个手机，衬衫的领口开着，袖子撸到了上面，整个人看起来就像沉没在深海里，看不清表情。

“莫……莫先生吗？”

章队长不是很确定地说。

莫云舟站起身来，将那个手机摁进章队长的怀里，沉着声音说："你们出警真够快的。"

"莫先生！宁小姐报案的时候说了，他们是被困在一个木材仓库里！前面就是那个仓库了！我们现在赶过去，也许还有机会！"

莫云舟没说什么，上了车，跟着章队长开过去。

但他的心里却很清楚，宁韵然肯定不在那里。

绑匪知道人质逃跑并且还报警了，一定会离开那里。

这个木材仓库分了十几个小仓库，到处堆满了木材。

而周暖就躲在一个木材堆里，几个小时，他都胆战心惊。

他根本跑不快，当时有人来追他，他就知道自己迟早会被抓住，于是干脆躲进了木材堆里。

从中午到晚上，他没有吃一口饭，没有喝一口水，现在只觉得头晕眼花，身体发冷。

当他从木材的缝隙里看见穿着制服的警察时，甚至不敢走出来，害怕又是假警察来骗人。

当他听见莫云舟大声喊着宁韵然的名字的时候，周暖终于将压在自己身上的木材推开来。

警员们听见声音赶了过来。

"这里有人！"

"快把他扶起来！"

周暖的半边脸还是肿的，站都站不稳。

"你是周暖！你在这里，宁韵然呢？"

莫云舟奔过来，摁住周暖的肩膀问他。

周暖颤了起来，眼泪掉下来。

"她把我从仓库里放下来……然后她跑向另一个方向了……有三个人在追她……"

周暖头晕眼花，立刻栽倒了下去。

"救护车！快点！"

这时候顾长铭和赵婳栩也开车赶了过来。

周暖仍旧抓着章队长的袖子说：“我的同事宁韵然……你们一定要救她……”

“你还记得最后和她分开的时候，她跑到哪个方向去了吗？”

周暖指了指章队长他们过来的方向说：“那边……”

“小暖！小暖！”赵婳栩从车里跑下来，一把抱住了周暖。

“婳栩姐……”

见到熟悉的人，周暖紧绷的神经彻底崩塌。

顾长铭一边扶着周暖，一边问章队长：“我们另一个员工宁韵然呢？”

“我们的队员将这片仓库都找遍了，没有看见她……初步估计，她很有可能被绑匪抓回去了。”

一直背对着他们看着这片仓库的莫云舟忽然转过身来，一拳狠狠地砸在了顾长铭的脸上。

“长铭！”赵婳栩吓了一跳。

顾长铭一个踉跄，站直了身子摇了摇手。

“我没事……”

“你没事，但是宁韵然出事了。”莫云舟冷冷地看着顾长铭和赵婳栩。

“这也不是我们想的……”

“但是你们昨天就知道周暖和宁韵然被绑架了，可是你们没有报警不是吗？所以昨天晚上纵合万象大楼董事长办公室的灯彻夜未灭！你的秘书还说你是在商量公事？你明显就知道周暖出事了，难道还会不知道宁韵然也出事了？”莫云舟的目光中有一种让赵婳栩承受不起的气势。

章队长走了过来，很严肃地问：“顾先生、赵女士，这是真的吗？”

顾长铭拿出自己的手机，将那封邮件给章队长看。

“是这样的。所以一整个晚上，我们都在准备赎金。我们不报警，是因为对方说了如果报警的话，会伤害我们的同事。”顾长铭回答。

章队长摁住脑袋说：“这么大的事情，您怎么能不报警呢？就算您支付了赎金，万一还是换不回人呢？”

“当务之急，是找回宁韵然。我们愿意尽一切所能来配合。”

顾长铭沉着声音回答。

章队长点了点头：“莫先生在国道上找到了宁韵然用来报警和联系他的手机。也就是说，宁小姐很可能是在国道上又被绑匪给抓回去了。现在我们要调阅国道上的监控，排查所有在这段时间经过的车辆！”

救护车来了，周暖被抬了上去。

当他被医护人员推着从顾长铭的身边经过的时候，他看见顾长铭垂在身侧的手颤抖得厉害。

周暖抓住了顾长铭的手腕，安慰说：“顾大哥……宁韵然会回来的。她一定会回来的……”

顾长铭没有说话，只是拍了拍周暖的手背。

赵婳栩陪着周暖上了救护车，去了医院。

当他躺在病床上，病房里的医护人员离开的时候，周暖侧过脸来，看着赵婳栩说：“婳栩姐……这也是你安排的吗？”

赵婳栩顿了顿：“这怎么可能是我安排的？我再怎么样，也不会伤害你。”

周暖闭上眼睛：“可是……为什么那么巧，为什么带着我去见赵谦？为什么那两个假警察出现的时候……正好宁韵然就从对面的惠阳大厦出来？”

“小暖，你在胡思乱想什么？就像你说的这么巧……如果是我设计的，哪里能这么周全？”赵婳栩用毛巾给周暖擦着脸，看见他肿起来的脸颊，她低下头来哭了。

“婳栩姐……你知道吗？当我被困在那里的时候，我一直不停地问自己，是不是我做错了什么，你要解决我。”

“小暖！”赵婳栩压低了声音，用力扣住了周暖的手，“你知不知道自己在说什么！”

“婳栩姐，如果你们付了赎金，绑匪还是不肯放人，你们会报警吗？还是你更担心文件？”

“你顾大哥说了，文件没有你重要。你别胡思乱想了，好不好？”

“顾大哥当然觉得文件比我重要。纵合万象在他看来都没有我重要。我问的是你，婳栩姐。”周暖继续问。

赵婳栩低下头来，在周暖的耳边说：“小暖，那个文件里的资料是秦耀用来接手梦幻星空乐园的公司。如果泄露给警方了，秦耀会杀了你顾大哥的！”

周暖扯起了唇角，回答说：“你担心什么？文件袋里的东西都被宁韵然冲进马桶里了。”

赵婳栩愣了愣：“你确定她把文件毁掉了？”

“我确定。不然我们俩骨头都要被踹断了，她也没有说。”

“就算毁掉了，她也有可能记住的，你别被她骗了。”

周暖略带嘲讽地笑了笑：“如果她真的记得，就不用大费周章地帮我逃跑，到现在人还没回来。”

“你好好休息，不要想那么多。现在警察到处都在找她，她会没事的！”

“如果她没回来，我永远都原谅不了自己。顾大哥肯定也是。”周暖闭上眼睛，不再看赵婳栩。

宁韵然再次醒来的时候，发现自己的手和脚都被捆着，只是这一次，双手在前，没有之前那么难受了。

而这个地方，是个车库。

一个男人背对着她，正在打电话。

“行了，你们把人弄丢了还敢问我要钱？赶紧去别的地方避避风头吧。你们要叫警察来抓我？可以啊，我们一起进去做个伴儿。”

男人将电话挂断之后，转过身来看着宁韵然。

“你知道我是谁？”男人拖过一把椅子来，看着她说。

“你是赵谦的司机。那次去射击俱乐部，我就看见你在贵宾席看台下面等他。”宁韵然回答。

“我叫邓浩，我父亲邓杰就是赵谦的秘书。”

宁韵然睁大了眼睛看着他：“赵谦的秘书……不会是那天……”

“对，就是那天你去香格里拉饭店交东西给赵谦那个老色鬼，他在你的矿泉水里加了G水，结果出事之后，赵谦那个不要脸的老流氓让我老爸去给他顶包。”

邓浩开了瓶可乐，走到宁韵然的面前，扬了扬下巴问：“喝吗？”

宁韵然摇了摇头。

邓浩笑了笑：“你怕什么？我又不是赵谦，尽玩些不入流的手段。你再不吃点东西，还不得饿死。”

“你绑我干什么？”宁韵然看着对方问。

这个车库里有电脑，有床，有拳击袋，看来邓浩就住在这个车库里。

“赵谦让我老爸背了那么大一个黑锅，就甩给了我们家五十万，他自己逍遥快活，你不觉得这很搞笑吗？”邓浩拉了一把椅子，在宁韵然的面前坐下。

他拆了一袋面包，送到宁韵然的嘴边，示意她赶紧吃。

宁韵然吃了一口，觉得更加饿了，没一会儿，整个面包都吃下去了。

现在不是假装有骨气的时候，折腾了那么久再不吃东西，她真的要升天了。

“你爸顶罪，赵谦给钱，这肯定是你爸同意的。那么你又生哪门子气？”宁韵然问。

“哈哈哈，如果是这样，我还真不好意思绑你们了。但是前段时间赵谦的公司涉嫌洗钱，他本来想要他那个做副总负责财务的堂弟一个人担下来得了。只是这个锅那么大，他堂弟不肯啊！结果赵谦这老东西，又要打我老爸的主意了。还是五十万，要我老爸承认是他勾结了秦耀，赵谦的堂弟只是贪点小便宜，拿提成帮忙走账，其他的一概不知。”

“警察是不会相信的。”宁韵然回答。

“警察信不信不重要，本来洗钱罪就很难落实证据。只要有人顶上就行。”邓浩扯了扯嘴角，“结果，我家那个老头子觉得自己出来也不会有工作了，不如认下来，再给家里挣个五十万。”

宁韵然沉默了。

“但是我家老头子刚认了罪，当天晚上就心脏病发作去了。你不觉得很巧吗？”邓浩侧着脸问，“我怎么不知道我家老头子有心脏病啊？”

宁韵然想到了刘雨，想到了梁玉宁，想到了蒋涵……秦氏兄弟的手段狠辣，不留退路。

邓浩的父亲，很有可能不是因为心脏病死的。

“我是赵谦的司机，还能不知道他最近要跑路了？我也知道，赵婳栩经常帮他做账，他们那天见面，就是要计划怎样把游乐园脱手。”

“你是要拿文件里的东西去举报？”宁韵然问。

“举报？举报给警察会给我奖金吗？我是要赵谦给钱！要赵谦肉疼！”邓浩对赵谦极为轻蔑，“不过跟你一起被绑架的周暖估计已经跑了，赵婳栩那边也就知道我没拿到那份文件了。”

“那你还绑我做什么？”宁韵然不解地问，“明明从头到尾你都没出现过，我和周暖都没有看见过你，你让我走，这件事不就过去了吗？”

“哈哈哈，我花了那么大的力气，一分钱都没拿到，这算什么？”邓浩冷笑了笑。

“所以归根到底，你不是想要为你父亲出口气，而是要钱?”

“钱不是万能的，没有钱却是万万不能的。”邓浩拍了拍宁韵然的脸颊，笑着说，“你就真的不记得文件里有什么？如果你记得，告诉我，我可以用来诈一诈赵谦。那老东西胆子小，一诈就会给钱了。”

宁韵然摇了摇头：“我不记得。当时你找的那几个人追得很紧，周总又跟我说文件不能给你们，我只好撕碎了冲进马桶里。那么短的时间，我怎么来得及看?”

宁韵然记得文件里的那几个公司，虽然看起来是外国的公司，很“高大上”的样子，但都是一些中小型贸易公司。

如果赵谦真的要跑路，秦耀想要接下梦幻星空乐园，也是绝不可能用这几个贸易公司的。以它们的规模和一直以来的投资方向，如果要接手梦幻星空乐园不仅仅是吃不下的问题，还会引起监管部门的调查。

宁韵然觉得这份文件没有那么简单。

而且，自己如果告诉了邓浩，邓浩去向赵谦要钱，赵婳栩就知道是她泄露了文件内容。

周暖如果获救，一定会告诉赵婳栩，她把文件撕了冲进马桶里了。邓浩还能得到文件的具体内容，只能是宁韵然告诉她的。

在那么短的时间里，她还能记下文件里的内容，赵婳栩对她的怀疑会加深，搞不好还会直接出手像干掉刘雨一样干掉她。

“我真的……真的不记得。”宁韵然无奈地摇了摇头。

“是你撕掉了文件，又把它们给冲进马桶了。”邓浩耸了耸肩膀，“那就只能你来赔钱给我了。”

“我一个普通的集团员工，能赔你什么钱?”宁韵然觉得邓浩不可理喻。

“我家老头子说了，人不可貌相。他没想到你看起来一个普普通通的小姑娘，能让云晟集团的莫云舟跟在你屁股后面跑。听说本来赵谦想要对你出手，气得莫云舟在之后的整整一周都在怼赵谦，赵谦投资什么股票，莫云舟就压什么，把赵谦怼得都快没脾气了。既然赵谦和赵婳栩是不会给我钱了，那就让你的男朋友给我钱吧。你也正好猜猜看，在他的心里，你值几个钱?”

“你疯了！莫云舟怎么可能替我给赎金！我又不是他老婆！”宁韵然的眼珠子都要掉出来了。

邓浩笑了笑："就算不值五千万，五百万总能试一试吧？"

说完，邓浩就拿出了一份金融时报，时间就是今天的。他将头版头条打开，放在宁韵然的身上，取出手机来，给宁韵然拍了个照。

"也不知道是哪个不知道轻重的打的。你男朋友看见了，可别心疼难过了。"

说完，邓浩又给宁韵然贴上了胶带，不让她说话。

宁韵然狠狠地瞪着他。

老天爷，贴什么不好又给贴胶带！撕下来的时候嘴巴上的皮都会掉下来好不好！

邓浩比起那几个小混子要谨慎很多，他将宁韵然的手和脚捆在一起，让她只能蜷着，连站都站不起来。

然后他才拿着手机出去了，顺带将车库的门也给锁了起来。

这个车库没有窗，宁韵然就算神乎其技地把绳子弄断了也逃不出去。

她在心里把邓浩骂了个狗血淋头。

随即她就想起自己和莫云舟打电话的时候，他正不顾一切地赶来。

她现在万分后悔，当时怎么就没有多听他说几句话呢？就应该一直开着手机，一直让他和自己说话。

她身边几乎所有重要的人都走了。

她看着亲生父母的车祸现场，听着养父在天台的楼顶给她打电话。

那种被戳穿胸膛一切被夺走的感觉，她一直觉得很可怕，不想再重来一次。

那么莫云舟接到她的电话时，又是怎样的感觉？

宁韵然的眼睛红了，刚刚才喝了几口水，大概还没来得及消化，就变成眼泪流出来了。

她不能有事，无论如何她都要想办法活下去。

所有她经历过的伤心和痛苦，她都不想让莫云舟承受。

此时的警方还在筛选盘查国道上的监控。

顾长铭来到医院里，陪在周暖的身边。

"顾大哥……宁韵然找回来了吗？"周暖的声音已经哑了。

"还没。"顾长铭摸了摸周暖的额头，"你都脱水了，再晚一点找到你，就要休克了。"

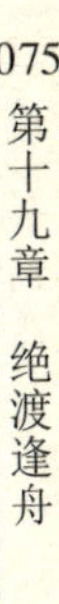

“我不敢闭上眼睛。一闭上眼睛，就想起她站在仓库的窗子那儿，叫我赶紧跑。”周暖吸了吸鼻子。

“你放心，绑匪绑了她，早晚是要联系我们的。等到时候再看，是给赎金，还是配合警察的行动。”

“嗯。”周暖的眼泪沿着眼角滑落下来，小声呢喃，“顾大哥……我觉得婳栩姐知道……”

顾长铭将食指放在唇间，示意周暖什么都不要再说了。

“我不想再这样下去了……”周暖说。

“人为刀俎我为鱼肉，又能如何？”

周暖沉默了，又说：“我们算不算坏人？”

“怎么了？”

“好人成佛要九九八十一难，坏人成佛只需要放下屠刀。”

“你在说什么啊？”

“我的意思是，我们既然是坏人，手中也是有屠刀的。”周暖闷闷地说。

“你连水果刀都用不好，还屠刀呢。”

周暖却说：“宁韵然力气大，她扛得动刀就好。”

“你说什么？”顾长铭的声音沉了下来。

周暖抬起手，将顾长铭拽向自己，小声说：“她懂摩斯电码，她知道引诱绑匪给我们拍照勒索，以此暗示你绑匪手上没有文件，她知道怎样利用现场地形和绳结把我一个男人从高处放下去。普通女孩子会这些吗？”

“周暖，摩斯电码很多人都会，比如你就会，一些密码爱好者也会。照片的事情也只是因为她冷静地了解绑匪意图。她知道怎样把你从高处放下去，也可能是她在美国留学的时候有过类似的消防逃生培训。”

“好吧。”周暖撇了撇嘴。

这时候走廊上传来高跟鞋的声音，是赵婳栩来了，周暖立刻闭上眼睛假装睡觉了。

与此同时，杜若正在和凌睿通电话。

“我没有想到事情会发展到这个地步。章队长到现在还没找到小宁……真的担心她会出事。”凌睿的声音很紧。

“她如果回来了，我会第一时间告诉你。这件事你千万不要出手，全权交给章队长，不要让目标起疑。特别是秦耀派了人来T市之后才出事，我的直觉告诉我这不是巧合。”杜若回答。

“我知道。”凌睿沉沉地呼出一口气来，“我收到的线报也要我按兵不动。”

已经早上十点多了，莫云舟没有上班，而是留在家里。

此时的他没有任何处理公事的心情。

他摊开报纸，一个字也没有看进去。

手机振了一下，他点开一看，指尖微微一颤。

那是一张宁韵然的照片，她被捆着坐在一个沙发上，身上放着一张今天的报纸。

莫云舟立刻打了个电话给章队长。

“我收到绑匪发来的照片了，他向我索要五千万。”

“绑匪向您索要赎金？”章队长有些惊讶。

之前绑匪的勒索对象还是纵合万象集团，怎么忽然就变成莫云舟了？

“是的。”

“莫先生，我们现在就开始对向您发邮件的账号进行调查。我这边也会派同事过去了解情况，以防万一绑匪打电话给您，也要保护您的安全。”

“我知道你们遇到绑架勒索案的办案流程是怎样的。但我这边也会做好准备，绑匪要我汇入的是一个离岸账号，这说明绑匪是有备而来的。一般人是没有办法汇出这么大金额的资金的，这个绑匪要么是不懂中国的外汇政策，要么是很清楚我的实力，知道我可以在短时间内以贸易形式汇出大额外汇。”

莫云舟的声音很冷，听不到一丝情感起伏。就连章队长也无法判断，莫云舟此刻到底是冷静还是冲动。

“莫先生，你所说的准备……是指什么？”章队长小心地问。

“章队长只需要找到她，其他的就不用担心了。我们随时保持联络。”

挂了手机，莫云舟向后靠着椅背，闭上眼睛。

他调整着自己的呼吸，明明脸上仍旧是平静的表情，死死捏住手机的手指却暴露了他此刻是多么紧张。

将近一分钟的沉默之后，莫云舟骤然睁开眼睛，立刻拨打电话给自己的财务助理。

“麦莉，你预计我在华洋银行和汇丰还有花旗的私人账户资产，有多少资金现在是可以活动的？我不计较投资损失。”

“稍等，先生。大概人民币两千六百万元。”

“美元呢？”

“美元有三百万，但现在汇率不佳，如果兑换的话，会有损失。”

“你预计一下，能够凑出多少来？”

“大概八百万美元左右。不知道您什么时候需要，我们需要准备资料，否则银行不会通过这么大金额的外汇兑换。”麦莉顿了顿，回答说，“先生，能告诉我您为什么需要这么多美元流动资金吗？”

“我有点私事要处理，不方便告诉你。还有其他的吗？”

“其他的在投资过程中暂时无法回笼。”

“把可以卖掉的基金全部卖掉，我要凑五千万元人民币。”

“先生，如果您现在卖掉您名下的基金……会亏损严重。如果您是有什么大型投资的话，强烈建议您交给我们评估一下，冷静出手。”

莫云舟低下头来无奈地一笑。

“你计算一下吧，可以流动的资金有多少。不要动任何与云晟集团和海帆集团有关的资产，我指的是我个人的。”

“是的，先生。”麦莉虽然犹豫，但莫云舟的坚定让她只能尊重他的意愿。

挂了电话，莫云舟深深地吸了一口气，用力摁了一下眼角。

“莫先生，您的咖啡。”

孟阿姨将咖啡端到了莫云舟的面前，将杯柄挪向他的方向。

莫云舟摇了摇手说：“孟阿姨，今天就不喝咖啡了。”

“怎么了，先生？”

“再喝，我的心脏都要跳到天花板上去了。”莫云舟无奈地扯起唇角。

“好的，先生。”

十几分钟之后，别墅的门打开，陆毓生连鞋子都没来得及脱，就跑到了他的面前。

“小舅舅，刚才麦莉打电话来跟我说你要抛售名下的基金！还要兑换外汇！”

“没什么，你去玩你的手游吧。”莫云舟又要闭上眼睛。

“咦？你不是最讨厌我玩手游的吗？”

“毓生，”莫云舟看着陆毓生的眼睛，他的目光很稳，也很决然，“这世上总有一些事情，我们明知不可为，还是会为之。”

陆毓生侧过脸去，想了很久：“要是被我母上知道了，她绝不会让你这么做。”

“五千万对于一般人来说，很多。但对于我来说，能让她回来的话，已经占了大便宜了。”

陆毓生看着莫云舟的眼睛，他从那双深如寒潭的眼睛里看到了莫云舟的决心。

“我跟麦莉说了，无论如何这件事要保密，不要告诉我妈。麦莉也在打理我妈妈的个人资产。”

“谢谢。”

“我每个月可以从家族信托领到大概三万美元，我也没有买飞机买小岛的爱好，所以大学毕业之后攒了一点。我有六七十万美元，也给你吧。”

“谢谢你。”莫云舟抬手摁了摁陆毓生的肩膀。

“不用谢我……宁韵然也是我的朋友……如果绑匪向我勒索……也许我也会做同样的决定。只是我拿不出五千万人民币。”陆毓生还是歪着脑袋，“但愿章队长能找到她……退一万步，但愿我们支付了赎金，绑匪会放她回来。”

只是一整个下午，莫云舟都没有接到任何来自绑匪的电话。

这个时候杜若正在电脑前忙碌着。

绑匪发送给莫云舟的邮件使用了非常复杂的IP代理技术，多次中转。经过杜若的排查，终于找到了发邮件的地址。

“是南城区金线路788号的一家网吧，我把终端号发过去给你。”

章队长得到了杜若发来的消息之后，立刻派人前去网吧调出了录像。

但是录像中的人，一直戴着鸭舌帽，从录像上看不到脸，而他进入网吧所使用的身份证也是别人的。

章队长调出了所有道路的监控，追踪这个人。他没有开车，坐的公交车。

下车之后又进入了地铁，接着步行进入了巷子。

脱离了交通信号灯之后，就很难继续追踪他的行踪了。

就在这个时候，章队长的同事在南城的客运车站抓到了周东。

这个周东就是参与绑架宁韵然与周暖并且假扮警察的家伙。

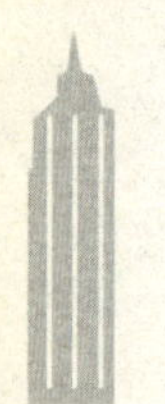

根据周东的口供，章队长他们虽然没有得到绑匪的名字，却拿到了绑匪的手机号码。

根据手机号码的定位，他们终于找到了绑匪的地址，通过附近居民问访，他们终于得知了绑匪的名字是邓浩，目前住在一地下车库里。

宁韵然睡得迷迷糊糊的时候，感觉自己被人从沙发上扛了起来。

她嘴巴被封着，说不出话来，只能“唔唔”两声。

邓浩拍了拍她的背脊说：“怕什么，我并不是要杀人弃尸。”

他将宁韵然放进了后备厢里，然后将车子后面的车牌给换了。

一边换着，一边说：“这里不安全了。刚才出去买包烟，就听见遛孩子的大妈们聊天说有人在打听我。”

换好了车牌，邓浩将车后盖盖上。

“哐”的一声之后，黑暗降临，宁韵然的心中一阵恐慌。

就算邓浩说这一次不是要撕票，但是像这样的绑架案，结局总是充满变数。

这里空间很小，空气也很混浊。

宁韵然不得不担忧，如果邓浩是要开长途的话，自己说不定还没熬到目的地，就被憋死在里面了。

邓浩戴着鸭舌帽，当车离开小区的时候，他从后视镜里看见警车正开进小区。

章队长将车库的卷门拉开，发现里面完全没有人。

桌面上的电脑还没有关机，电脑边是空的可乐罐子和烟头。

沙发微微凹陷，似乎有人一直躺在上面。

章队长摸了摸沙发，还带着些微的体温。

“绑匪刚刚离去！马上去追！”

章队长将车牌号发给了同事，让他们去查邓浩逃离的方向。

邓浩已经来到了十字路口，等红绿灯的时候拿着手机发了最后一个邮件给莫云舟：莫总，我等着你的打款。警察现在找上门了，我的耐心不太好。

然后他将手机扔出去，开着车碾轧后离去。

莫云舟收到这封邮件的同时，警察也收到了。

一旁的陆毓生抓了抓脑袋，露出火大的表情：“你们实在太搞笑了！都找到了绑匪在哪里，还能让他跑了？”

莫云舟坐在原处，一句话都没有说。

这时候，麦莉打了个电话过来："莫先生，花旗银行已经准备好了，但是资金没有这么快到位，需要手续。"

"谢谢。"

"莫先生，请您不要冲动，我们……"

"你们什么?"陆毓生不给他们把话说完的机会，"你们到现在都是跟在绑匪的屁股后面，被绑匪牵着鼻子走。"

"我们已经知道绑匪是谁了，至少他现在无法离开T市。"

莫云舟扯了扯嘴角，看着那位负责技术侦查的队长说："这位同志，你知道他发这封邮件给我的意思是什么吗?"

"什么?"

"他并不在乎拿到钱之后能不能脱身，他的目的就是钱这么简单。我敢打赌，就算你们抓到他了，很可能宁韵然仍旧没有和他在一起。到时候，他会坐在章队长的面前说，除非我汇钱，否则宁韵然的尸体我都拿不到。"

莫云舟的声音里带着深深的寒意。

对面的技侦员说不出话来。

陆毓生用胳膊撞了一下莫云舟说："呸呸呸！什么宁韵然的尸体啊！宁韵然祸害活千年！把你和我都折腾死了，我打赌她都活得好好的!"

此时的章队长得到了消息，那就是他们没有发现邓浩注册的车牌号离开小区，但是有同样车型的车子离开。

"他使用的是套牌！我们必须在他再次更换车牌之前抓到他!"

而此时躺在后备厢里的宁韵然心中一片忐忑。

她心里很清楚，如果在市区，邓浩没有被抓到的话，出了市区到了郊外，哪怕还是属于T市的范围，对于一直寻找着自己的人来说，就像大海捞针。

此时的宁韵然还能听到一些属于闹市区的声音，比如车子的喇叭声，街道边小贩的吆喝声，而且邓浩的车子走走停停，并不是很顺畅。

宁韵然很清楚，自己必须要把握机会。

她看到过邓浩的脸，如果莫云舟给钱，邓浩很有可能会撕票。

如果莫云舟不给钱，邓浩等不及了，迁怒于她，撕票的可能性就更大了。

这时候，莫云舟接到了来自顾长铭的电话。

“顾总，有什么事情吗？”

“我向章队长询问有没有找到小宁，他什么都不说，很保密。周暖虽然获救了，可是小宁还在绑匪的手上，他们却没有向我要赎金，这让我觉得很奇怪。”顾长铭说。

莫云舟沉默不语，良久才说了一句：“警方的行动自然是要保密的。”

“因为你和他们局长相熟，我以为你会知道什么消息。如果能救小宁，我什么都可以做。”

莫云舟吸了一口气，终于还是开口了：“绑匪的勒索对象现在是我，他们认为我是小宁的男朋友。”

莫云舟可以听到手机对面压抑得倒抽气的声音。

“赎金多少？为保险起见，就算章队长在行动，还是要做好付钱的准备。”

“我还差两百多万美元。”

“账号给我，我转给你。”

“我以后还给你。”

“她如果能回来，再谈钱。”

说完，顾长铭就开始做转账的准备了。

然后，他打了个电话给黄秘书，黄秘书刚进来，顾长铭就猛地将桌面上的保温杯狠狠地扔出去，将黄秘书砸得直接跌坐在了地上。

“顾总……您这是干什么？”黄秘书睁大了眼睛看着顾长铭。

“回去告诉郭笑，要玩，不要玩得太大！这偌大的纵合万象，要塌下来其实很快！”

顾长铭的目光很锐利，这种锐利带着玉石俱焚的气势。

“赵婳栩告诉你了？她果然沉不住气。”黄秘书摸了一下自己额头。

顾长铭沉默不语。

“顾总，你是在拿纵合万象威胁郭先生吗？”

“对。还是说你们打算再搞个什么事把我搞死算了？那样也行，我也不想再为你们这些乱七八糟的事情收拾摊子！”

“顾总，我理解你现在的心情，但是你不用担心，郭先生这不是把周暖都放回来吗？”

顾长铭的唇角扯了起来，他缓慢地从办公桌的后面走了出来，来到黄秘书的面前，缓缓地蹲下来，与对方对视。

“所以，这果然是郭先生为我准备的大礼?”

黄秘书愣了愣，这才明白刚才的一切都是顾长铭在诈自己。他冷静下来就能想到，赵婳栩那么怕顾长铭恨她，又怎么会把郭先生的计划告诉顾长铭。

“顾总，你不用这么激动。郭先生一定会让宁韵然回来的。”

顾长铭摇了摇头，他很少笑，而此刻当他的唇角上扬的时候，就像是刮过眼球的刀刃。

“不，他不会让宁韵然回来。赵婳栩对宁韵然很怀疑，虽然时至今日都没有足够的证据来证明宁韵然有问题，但郭笑为人比赵婳栩更小心谨慎，与其花时间和精力去证明她没有问题，不如直接让她死。被绑匪撕票，是很完美的方式，又有周暖做掩护，我和赵婳栩就不会被怀疑与这件事有关。”

“顾总，如果真的如同你所说的那样，郭先生不需要绕这么大一个圈子。宁韵然目前为止所做的一切选择，郭先生都很满意。你所谓的撕票，只是在她暴露出问题之后郭先生才会这么做!”

顾长铭的目光还是很凉。

“所以，说到底，郭先生还是做好了要杀她的准备。一步行差踏错让郭先生不满意了，命就没了，对吗?”

黄秘书缓缓站起身来，拍了拍自己的西装。

“任何人，在郭先生的面前行差踏错一步，后果都是一样的。”

“你是在警告我了?”顾长铭问。

“我是在说事实。这些年，顾总所有的判断和决策，郭先生以及秦老板都很满意，他们也相信你会继续让他们满意下去。已经走了这么久的路，走偏一步就是悬崖。这么窄的路，就是转身回头，也会掉下去。”

黄秘书细细地看着顾长铭的眼睛，但这个男人的所有情绪都沉落下去，没有一丝波澜。

“我对我自己走的路很满意，但是我不喜欢有人在我的路上搞幺蛾子，还越搞越大。我想往前走我的路，可总有一大片幺蛾子迎面飞过来，要是黄秘书，这条路你还走得下去吗?”顾长铭的手指在对方的肩头戳了戳，“我所有的计划都被你们打乱，我做好的所有准备都是白费，我想要达到的目标全部都完蛋了，还是那句话，你和郭笑如果那么有想法决定让我当摆设，那就让我去休个假，吹吹海车左侧没有后车灯！请出示你的驾照！”

邓浩顿了顿，立刻将自己的驾照递出去说：“我就是要去修理我的后车灯。不开出来，维修的也不会上门，对吧？”

就在这个时候，后车盖发出砰砰的声响。

交警看了过去，立刻说：“同志，你的后备厢里有什么？麻烦你把它打开！”

邓浩不说二话，立刻踩下油门，车子飞驰而去。

交警骑着摩托车追了上去，立刻向上级汇报，包括车型、车牌号以及他怀疑后备厢内有人。

这个消息很快就传到了章队长那里，根据车型，章队长带人追了上去。

后备厢里的宁韵然能感受到邓浩的车速，他不断摁着喇叭，甚至不惜闯红灯。

几分钟之后，她听见了持续不断的警车声音。

宁韵然的眼泪都快掉下来，太好了！一定是警察追上来了！

邓浩开着车被四面八方的警车围堵，他发了疯一般，向后撞开车子，震得宁韵然脑袋都要裂开了。

接着又是旋转，城市道路本就拥堵，他好不容易退出去之后，不顾红灯又冲向另一个方向。

紧急而来的一辆越野车根本来不及刹车，正好撞上了邓浩。

只听见哐啷一声巨响，宁韵然的脑袋砸在车上，而邓浩的车也被撞着侧移。

越野车停下来造成了后面的连环车祸，整个十字路口直接被堵住了。

宁韵然头晕目眩，耳边是持续不断的嗡鸣声。

被堵住的章队长当机立断打开车门，叫了句：“下车！”

警员们纷纷下车，从各个方向冲向邓浩。

此刻的邓浩脑袋撞在车窗上，也受了伤，血正顺着他的额头流进眼睛里。

他抬起手来将血抹开，就看见警察围了上来。

他立刻将车门打开，正要逃跑，章队长一个横扫将他摔在地上，接着用膝盖死死地将他抵住，手铐响亮地扣上了。

“快把后备厢打开！”

随着章队长一声吼，其他警员们纷纷来到后面，将后备厢打开。

清新的空气涌入，亮光对于宁韵然来说刺眼到让她想要哭泣。

看着出现在眼前的警服，宁韵然一直绷着的心终于放松，眼泪哗啦啦掉落下来。

“报告章队长！后备厢里是人质！”

“废话什么！把人扶出来！”

宁韵然手上的绳子被割断，警员将她从后备厢里扶了出来。

一个警员正要撕掉她嘴巴上的黑色胶带，宁韵然立刻捂住嘴，她可不想再感受一遍皮肤都被撕扯下来的疼痛了！

宁韵然头晕得厉害，一下地就直接歪倒下去，还好旁边的警员眼疾手快将她扶住了。

她知道自己很可能是脑震荡了。

章队长走了过来，向她确认身份：“你是宁韵然，对吗？”

“我是……有什么问题以后再问……我头晕想吐……”

“那可能是脑震荡了。救护车呢？救护车来了没有？”

几分钟之后，宁韵然被送上了救护车。

她获救的过程被市民用手机拍了下来，现场也有记者赶到。

陆毓生激动地抱住了莫云舟的肩膀：“小舅舅！小舅舅太好了！他们找到宁韵然了！太好了！”

莫云舟一动不动，看着电视上的画面。

“小舅舅，你怎么了？你不高兴吗？你怎么不说话？”

莫云舟还是站在那里，陆毓生却发现他的眼睛红了。

陆毓生顿了顿。

他从没有见过莫云舟露出那样的表情。

“我……我现在就去帮你问她被送去哪个医院了！”

当陆毓生转身时，莫云舟才走近电视机，他的手指触上那个画面，仿佛这样就能碰到宁韵然一般。

良久，他才低下头来，肩膀颤动得厉害。

“小舅舅！我问到了！她被送去市二院了！章队长说她可能有点脑震荡！”

莫云舟仍旧低着头，他深深地呼出一口气来。

陆毓生看着莫云舟的侧影，良久才说：“我嫉妒了，真的特别讨厌宁韵然了。”

"嗯?"莫云舟的回应声音很轻。

他仿佛耗尽了所有的心力，坚持了太久，此刻一碰就会倒下了。

"她让我看到了一个从来没有见过的你。"

陆毓生转过身来，呼出一口气："走吧。你肯定是不能开车了，我送你去看她。"

"谢谢。"

上了车，陆毓生一边发动车子一边说："你睡一会儿吧，到了医院我叫醒你。"

莫云舟苦笑了一下。

"我根本睡不着。这两天，我只要闭上眼睛，就会忍不住想象……章队长打电话给我，不是说人找到了，而是叫我去医院辨认她的遗体。"

"我们是去医院看她，是活生生的她。"陆毓生伸出手来摁住莫云舟的肩膀安慰他。

"嗯，所以在我看到活生生的她之前，我根本不敢睡。"

陆毓生吸了一口气："好，现在我们走。"

车子开了出去。

与此同时，顾长铭也接到了来自郭笑助理张铁的电话。

"顾总，郭先生让我告诉您一声，宁韵然已经平安获救。他说，他做的一切不是为了让您在这条路上走不下去，而是希望您走得更顺畅。"

顾长铭扯了扯嘴角。

"看来黄秘书把我想说的话带到了。"

"郭先生的意思是让顾总不要多心。世上也许能有许多个赵谦，但是只有一个顾长铭。"

"那就替我谢谢郭先生了。"

挂了电话，顾长铭缓缓来到落地窗前，双手覆在窗子上，长长地呼出一口气来。

这时候，郭笑的助理张铁转过身来，看见郭笑正闭着眼睛喝着红酒。

"郭先生，我感觉顾长铭的反应很大。您不担心他脱离我们的控制吗?"

"但他是纵合万象集团的董事长，他能坐到今天这个位置，享受了那么多年的金钱和地位，如果他想要脱离我们的控制，代价就是一无所有，在牢狱里度过他漫长的岁月。”

“那么如果这些他都不在乎了呢？”

“有人能够把名利、地位和自由都放下吗？”郭笑扯起嘴角，“他也许会一时冲动，想要突破束缚，毕竟猎鹰都是有利爪的。”

“但是一旦冷静下来，他还是知道自己能干什么，或者只能干什么。”黄秘书点了点头。

“况且，顾长铭本来就是一个冷静的人。”

“那么宁韵然呢？郭先生，您到底是想将她怎么样？”

“本来我是想要解决她的。当然，我所谓的解决并不是指杀了她，而是同意顾长铭所说的将她调离纵合万象集团的核心。但是这一次她的表现我很满意。我忽然在想，赵婳栩虽然老到，这么多年有那么多人想要抓她的把柄都没有抓到，她是很厉害，但已经是众矢之的了。我们是不是该培养一些新鲜面孔了？”

“可是赵婳栩对宁韵然很反感和抵触。她一直怀疑宁韵然，这么多年培养起来的直觉……会错吗？”

“还有其他值得你怀疑的吗，黄颖？”

黄秘书想了想，摇了摇头说：“我派了人监视她，赵婳栩也找了周暖监控她的手机和邮箱，都没有发现什么问题。”

“宁韵然的问题就在于她激起了赵婳栩的危机意识，她让赵婳栩感到顾长铭的注意力被吸引了。”

“郭先生是要培养宁韵然了？”

“她离值得我培养还太早了，而且我很想知道当周暖把文件给她，她怎么能那么斩钉截铁地把文件毁掉呢？要知道围住周暖的可是穿着制服的警察啊。”郭笑摸了摸下巴，“一个人的行动再果断，思维再敏捷，她所做出的选择都必须要合理才行。”

“我明白了。”

躺在病床上的宁韵然昏昏沉沉，她总能感觉有光影从自己的眼前晃过，但是却没有力气睁开眼睛。

在光影交织之间，她感觉有人小心翼翼地抚摸上她的额头。

她闻到了熟悉的属于那个男人的味道。

时而很近，时而遥远。

她抬起手想要抓住，却什么也抓不住。

当迷雾散去后，她看见他站在彼岸，唇角带着他一贯从容淡泊的笑容，右手揣在口袋里，即将转身。

她刚想要抓住他，就听见尖锐的刹车声，剧烈的碰撞声，天地旋转，分不清方向。

“莫云舟——莫云舟！”宁韵然拼命地在这场旋转中挣扎，伸长了胳膊，试图抓住远去的他。

忽然，一只手死死扣住了她的手腕，强有力地将她从这场陷落中骤然拖曳起来。

她逆流而上，终于冲进了光亮之中。

“我在这里，小宁！我在这里……别着急，我在这里……”

宁韵然终于有了一丝力气，她缓慢地睁开眼睛，眼前又是一片白，鼻间是消毒药水的味道。

她被一个怀抱紧紧地拥着，那力度就像是要将她永远圈在里面，可偏偏又生出对自由的向往来。

剥开所有浓重的她所不喜欢的气味，她闻到了清淡的属于他的味道。

他轻轻地贴着她的脸颊，在她的耳边说着话。

“我在这里，我在这里。我抱着你呢，你不用去那么远的地方找我……”

当他温暖的气息绕上她的耳畔时，一切情感犹如决堤。

她的眼泪掉下来，沿着脸颊落在他的袖子上。

好像从前对自己催眠了一千一万遍的“我不喜欢你”，此刻终于变成了一句按捺不住的真话。

“我好后悔……”

“后悔什么？”莫云舟的手指抹开她脸上的泪水，用一种看待孩子的永远无限包容的目光看着她。

她从没见过他红眼的样子。

这一次她见到了。

原来对于这个男人来说，“失而复得”的表情是这样的。

没有撕心裂肺，没有呼天抢地，但是她就是能看出来他有多害怕，又有多喜悦。

“我后悔的事情太多了……说不完……”

我后悔没有一直拿着手机听你的声音，就那样奔跑到路的尽头，你说过，走投无路你会来接我。

我后悔没有万分认真地听你说你的心意。

我后悔如果我真的会死……怎么能没有好好说过一句“我喜欢你”。

我是那么喜欢你啊，喜欢你的样子，喜欢你的声音，喜欢你做的每一件事。

从指尖到发梢的每一个细节都好像是老天爷为我设计的。

如果我真的会被撕票……怎么能没见到让我那么喜欢的你？

莫云舟不问她后悔什么，只是抱着她。

对啊，她还后悔从前没有像此刻一样安静地躺在他的怀里，体会他的力度，还有他的心。

他轻轻拍着她，像是哄着惊魂未定的孩子。

她在他的怀里安心地又睡了过去。

这对于她来说才能叫真正的睡着。

迷迷糊糊之间，她似乎听到了陆毓生的声音。

“小舅舅，她还好吧？”

“她还好。就是医生给她用的药会让她比较嗜睡。怎么了？”

“麦莉说给你打电话你不接，于是就打给我了。她问你那五千万既然不汇了，她是不是可以开始投资了？之前兑换外汇还有卖出基金，让你损失了几百万……”

“几百万还好。我还活着，小宁也活着，钱我可以再挣，人没了，这些就都没意义了。”是莫云舟的声音，宁韵然听得不怎么真切。

“你别说得好像宁韵然已经是我小舅妈了好吗？如果她嫁给你了，按照家里的规矩，你就不能付赎金了。”

小舅妈……谁是你的小舅妈……什么赎金？

宁韵然的眼皮动了动，缓慢睁开，看见的正好是莫云舟的喉结，缓慢向上，视线触上的是他的下巴。

从这个角度看他，有一种凌厉的美感。

“哟，小舅妈，你醒啦？”陆毓生露出有点欠揍的表情。

宁韵然摸了半天，想找东西摔他脸上，结果除了莫云舟的手，什么也没摸着。

陆毓生立刻看出了宁韵然想干什么，嘴巴咧得更明显了：“哎哟，你要打我啊？你是要把我小舅舅拎起来打我吗？”

宁韵然要呕血了。

一抬眼，却又看见莫云舟浅浅笑着，仿佛陆毓生的那声“小舅妈”让他心情非常好。

宁韵然这才想起之前邓浩说过，要向莫云舟勒索赎金。

她抬手拽了拽莫云舟的袖口。

“怎么了？是不是哪里不舒服？”

他低下头来，看着她。

“那个绑架我的人是赵谦的秘书邓杰的……儿子邓浩。”

“我知道。你休息的这段时间，章队长已经对邓浩进行了审讯。”

“他说他要向你勒索……他勒索多少钱了？”宁韵然看着莫云舟。

这时候，有护士来送药了。

莫云舟一边把水递到宁韵然的面前，一边用很平淡的声音问：“你猜猜看，他向我勒索多少钱了。”

宁韵然想起邓浩说过，周暖跑了，向纵合万象勒索几千万不可能了，能向莫云舟勒索几百万也好。

好歹自己也是一个人，莫云舟也有点身家吧。

宁韵然试探性地问：“三百万？”

莫云舟摇了摇头，一旁的陆毓生抱着胳膊凉飕飕地说：“你觉得自己在我小舅舅那里值多少钱？”

宁韵然被哽住了。

陆毓生这意思就是她不值钱啰。

“两百万？”

两百万总要有吧？

两百万刚好在T市的市区买一套一百平方米左右的二手房。

莫云舟扬了扬下巴，说了声：“先吃药。”

宁韵然被这个问题吊着，眼巴巴地看着陆毓生。

陆毓生摇了摇头。

宁韵然有点泄气："一百万总要有吧？不然那个邓浩费那么大劲儿，还找了那么多个帮手，这多不值得？"

陆毓生还是摇头，然后伸出了五个手指。

宁韵然觉得自己受到了重重的打击。

"才五十万啊？五十万我去贷款给他就好了啊！他干吗要这么折腾自己的人生？"

宁韵然觉得邓浩的脑子有很大的问题。

陆毓生朝天翻了个白眼："是五千万，我的小舅妈啊！"

宁韵然正喝了口水，要把胶囊放进嘴里，"五千万"忽然压下来，她冷不丁一口水喷了出去，接着咳得眼泪都要飙出来。

而对面的陆毓生还好躲得快，不然就接受"雨露滋润"了。

"你文明一点好不好！"陆毓生嫌弃地看了宁韵然一眼。

"邓浩疯了吧？他拿我向你勒索五千万！你怎么可能会给他五千万呢？"宁韵然看着莫云舟说。

莫云舟浅笑了一下，然后扬了扬下巴："药还没吃。"

"一定不是五千万……五百万已经丧尽天良了。"宁韵然看着莫云舟，想要向他确认陆毓生说的到底是不是真的。

莫云舟递矿泉水瓶的手停在那里一动不动，神色也没什么变化。

宁韵然越发看不出真假了。

"对，五百万都丧尽天良了，五千万是惨绝人寰！可就算是这样，我小舅舅他也抛售名下……"

陆毓生的话还没说完，莫云舟就打断他了。

"好了毓生，你不是说麦莉打电话给你了吗？我手机没电了，你去帮我回复她，就说现在没事了，让她继续处理我的资产就好了。"

陆毓生还是忍不住要继续往下说，莫云舟一个眼刀扫过来，他只能闭嘴，气哼哼地走出去。

一边走一边不满地说："我的零花钱记得还给我！"

当陆毓生走了以后，莫云舟微微叹了一口气，刚要低下头来叫宁韵然吃药，就发现宁韵然一直看着自己。

莫云舟被她看得不自在，直接将掌心的胶囊塞进她的嘴里，接着灌了她一大口水。

“你是不是真的准备了五千万？”宁韵然把药咽下去了，还是继续问这个问题。

莫云舟侧过脸去，站起身来：“我去问问医生，你要入院观察多久。”

他还没有离开椅子，就被宁韵然一把拽了回来。

“所以……真的是五千万？”

宁韵然知道，以莫云舟的家世和这些年的积累，五千万的个人身家并不稀奇。但要在短时间内拿出五千万流动资金来，却并不容易。

“你卖了什么？股票？房产？还是……”

莫云舟沉默着看向另一个方向，似乎一点都不想宁韵然看见他此刻的表情。

“你该问的问题不是他勒索了多少钱，也不是我是否准备了赎金。”

“那我该问什么？”

莫云舟这才缓缓地看向她。

他的目光很深，带着一种无奈和了然。

“你该问的是，为什么邓浩不拿你勒索别人，却拿你来勒索我？”

心脏又被戳了一下，然后那个破裂的地方越来越大，突然之间四散而去，而她的面前豁然开朗。

他眼中是另一个更广阔的世界。

“为什么连不相干的人都知道你对我重要，而你却不知道？”

莫云舟的声音听起来还是跟从前一样从容，可是她却听到了他的无奈。

“你是不是觉得……喜欢我是一件很倒霉的事情？”宁韵然问他。

如果没有遇见她，他会更加大刀阔斧，无往不利，更加不会有人向他离谱地勒索五千万。

可如果他觉得倒霉了，觉得后悔了，她……会很难过。

“对啊，很倒霉，也很后悔。后悔当初为什么会在那个咖啡馆里跟在你身后买单？为什么在蕴思臻语见到你的时候没有直接炒掉你？为什么会觉得你写的字明明难看还有错别字却傻子一样留着你的卡片？为什么看了你画的素描会觉得这个傻丫头说不定喜欢我？为什么每次看见你一个人走在去地铁站的路上会忍不住跟着你？为什么你干的每一件愚蠢得让人无语的事情……我回想起来都觉得……”

宁韵然拉着莫云舟的袖子，她能感觉到他的身体轻轻颤动着。

“都觉得什么？”

她就像面临着一场审判，站在最危险的边缘，能够拉住她的，只有他。

“都觉得很想再经历一次。”

宁韵然愣在那里。

这个男人是个傻瓜啊，傻得可爱。

可他的傻气，却是真心。

他没有看起来那么睿智，其实是个认真的笨蛋。

可他的认真，是因为情深。

“我有秘密，不能告诉你，你也不能问我。我也曾经在心里无数次地说……莫云舟啊，莫云舟，我根本不好，你千万不要喜欢我……”

宁韵然的喉咙很哽咽，她知道，她在他的面前没有什么值得隐藏和坚守的了。

他说喜欢她，是真心话。

她愿意爱他，哪怕信任他会成为一场大冒险。

如果不是非她不可，他又怎么会赴汤蹈火呢？

“你是不是喜欢我，我无所谓。找不到你的时候，我像个不懂事的小孩一直打你的电话。知道你出事了，我无时无刻不在心惊胆战……我对自己说，无论你喜欢谁，只要你能回来，都是我莫云舟三生有幸。”

莫云舟轻轻地挪开她的手。

“我去医生那里看一下，你的脑震荡严不严重，会不会影响大脑。”

他的声音很哽咽。

她知道他一定是不想让她看见自己眼红的样子。

“莫云舟，我的养父曾经对我说过，‘小宁啊，人这一辈子，除了生死，没什么算真正的大事’。但是被扔进后备厢里，我战战兢兢地觉得自己会被撕票的时候，我觉得他乱讲。除了生死，我还有你。”

莫云舟转过头来，傻傻地看着她。

他的眼睛是真的红得彻底。

喉结颤动得那么厉害。

宁韵然第一次发现，当自己真的非某个人不可的时候，在那个人的面前，她可以脸不红心不跳，理直气壮到令人发指。

“所以莫云舟，你应该觉得庆幸。世上那么多帅气多金的好男人，我只对你有想法。”

她看着他的眼睛，不再回避，不再遮掩，不是因为他肯为她拿出五千万，而是因为她知道，如果他一定要靠近看似美好却危险的大海，他只甘心被她淹没。

他低下头的时候那么突然，他的吻带着横冲直撞的热烈，他不是要征服她，而是要将自己完全交给她。

他的舌尖沿着唇缝挤进来，那么突然，挑动着她的心绪，将她的一切理智撩拨开，露出最本来的样子。

他的义无反顾让她承受不起，她的手向后想要撑住床头却被他扣住了手腕，用力拉起来，绕在他的脖子上。

这是来自他的抗议，和他的任性与放肆。

她被他挤在这个世界最狭小的缝隙里，没有属于自己的呼吸，只有莫云舟的气息。

他掠夺她，同时也为了她抛弃了所有的自制与理智，他的淡然像是被一把火烧上了天，蒸发掉了一切。

宁韵然的颅骨都快被碾碎，这才是真正的莫云舟。

他不是个绅士，他有属于自己的渴望和执念。

她忽然明白，莫云舟其实也有属于他自己的不安。

他也有不甘，他不想自己的情深不寿变成自作多情和自取其辱。可是爱上一个人对于他来说却是不归路，他只能悄悄放纵渴望。

她侧过脸，用力吸了一口气，莫云舟便迫不及待地又在她的唇角上亲了一下。

这一吻很轻。

好像在对她说：我所有的骄傲只在你的面前妥协。

那一刻，宁韵然一点都不觉得对未来忐忑，相反，她感到的是坦然。

好像无论发生什么，她都不会再不安和害怕了。

得知宁韵然醒过来，章队长特地带了人来看望她，顺便了解宁韵然被绑票的经过。

宁韵然并没有掩饰自己撕碎文件并且冲掉的经过，而是一本正经地回答说：“当时我看他们的气质就不像真正的警察，而且对周总还很粗鲁。周总叫我毁掉

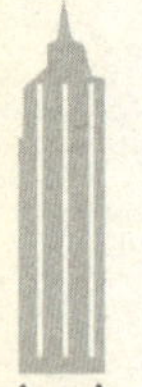

文件，我就跑了几条街，进了一栋写字楼，把文件撕碎了冲进马桶里了。谁知道一跑出来，就被人捂住口鼻，对方好像用了乙醚，我就昏过去了。”

“根据周暖所回忆的，绑匪不止一个？”

“对。当时有三个人看住我们，还有另一个组织者。那三个人称呼他为‘老板’。无论老板问我们什么问题，都是由那四个人中名叫阿东的来问我和周总。打我们的也是他。”

“根据邓浩的交代，他就是这场绑架案的组织者。”

“是吗？”宁韵然有些怀疑地看着章队长。

“怎么了？”

“我只是觉得奇怪。一开始邓浩并没有露面，我连他说话的声音都没有听到过，为什么在周总逃跑之后，他不干脆放弃这一场绑架，让一切不了了之呢？”

“邓浩在追捕过程中受伤了，我们将他送进医院医治，根据医院的体检报告，邓浩患有脑部恶性肿瘤，就算入院治疗他也熬不过半年。”

宁韵然呼出一口气来：“所以这才是他铤而走险的原因？”

“是的。而且他作为司机，长期待在赵谦的身边。他坦言，是赵谦和赵婳栩打电话商量让渡手中纵合万象集团股权的时候，他正好听见了，于是就起了心思。”

“可是……”

“可是什么？宁小姐不如有话直说。”

“我只是觉得邓浩的学历不高，也没见过什么大世面，来来去去都在给赵谦当司机。他是怎么想到雇用小混混假装警察来骗取周暖手中的文件的？而且在绑架的前期，在那个木材仓库里，邓浩一直非常小心，连话都没有多说一句，可到了后期绑架我的时候……总觉得不是一个人的风格。最后一点，我听说邓浩向莫云舟勒索五千万。五千万是不可能要现金的，他扛都扛不走，所以他要求莫云舟汇款到他给的海外账户。他这种做法确实不在乎自己会不会被发现，他带着我出城要么是想杀了我，要么是想拖延等莫云舟付款。可是那个海外账户是哪里来的？受益人是谁呢？和邓浩有什么关系？”

“宁小姐，一般被绑架的人……都是惊魂未定，感受劫后余生的喜悦。但是您真的不一样。”章队长笑了笑说。

“我对于自己劫后余生确实很庆幸。但我不想再历劫了，所以这一切我都想要弄清楚。”

宁韵然的表情很认真。

章队长点了点头：“我们会给宁小姐一个答案的。”

当章队长离开时，宁韵然并没有觉得轻松。

因为病房门口站着两个保镖，那姿势要多专业有多专业，雷打不动，就像雕塑。

他们原本是莫云舟的姐姐请来保护他的，这会儿又被莫云舟派过来守医院了。

宁韵然有一种自己忽然成了第一夫人的错觉。

有人敲了敲门，宁韵然一抬头就看见周暖站在门口，他的身后跟着的是顾长铭。

“周总？你怎么来了？”

周暖缓慢地走到了宁韵然的面前，不好意思地抓了抓脑袋。

“如果不是你在那个木材仓库帮了我，还不知道我会被怎么样呢。我知道你是为了帮我才故意跑向另一个方向的，我得救了，却听说你没回来，你不知道我有多内疚……我是个男人啊，危急关头却要女人来帮我……”周暖有些懊恼地砸了一下自己那条不是很方便的腿。

“谢谢周总。”宁韵然仰着头笑了。

“谢我什么？谢我给你拖了后腿啊？”

“谢谢你把我当女人啊。”宁韵然望向他身后的顾长铭说，“还有顾大哥，我也要谢谢你。”

“谢我什么？”顾长铭的目光还是一如既往地沉敛。

但是宁韵然却能在这种沉敛里看到内疚。

“莫云舟傻傻地要去支付五千万的赎金，你也转了钱给他，不是吗？”宁韵然发自真心地感激对方。

“能够给钱解决的，都是小事了。但是莫云舟和我最后并没有起到关键的作用，反而是你自己救了自己。”

“我也是歪打正着运气好。邓浩并不傻，如果不是正好碰上道路施工声音本来就大，他哪里会不知道我在后备厢里踹车灯？”宁韵然笑着说。

第二十章 岁月漫长

“所以你是天降福星啊，每一次都能化险为夷!”周暖笑起来，露出了他的小酒窝。

宁韵然终于抓到机会，在他的脸上戳了一下。

“哎呀，不好意思，没忍住。”她的表情可一点都不像不好意思。

“你小心我告诉莫云舟，你非礼我!”周暖眼睛都睁圆了。

“啊?”宁韵然的耳朵忍不住要红了。

“你还‘啊’什么啊!你要小心一点，现在知道你的命有人愿意出五千万来赎的人可不止顾大哥和莫云舟了。要是我出马，保准既拿到赎金，又神不知鬼不觉。”周暖的脸上有点小嘚瑟。

宁韵然的手指又要发痒，想要戳对方了。

周暖就像是知道了宁韵然的不轨企图，竟然向后退了半步，完美躲过。

“看到你平安无事，我和周暖都可以安心了。等你出院了，我会请你好好吃一顿大餐。”

提起“出院”，宁韵然忐忑了起来。

因为在发生绑架案之前，顾长铭就提起过，要将她派去下面的子公司担任部门经理。

现在秦耀把郭笑都派出来了，这么难得的机会，就这样离开总部，宁韵然很清楚局里想要派第二个人走得像她这么深入是多么困难。

“什么大餐啊！顾大哥，你怎么不告诉宁韵然，你都到城南的宁安寺去许愿了？你说，只要宁韵然能平安归来，就算倾家荡产、一无所有你都愿意？”

周暖说完，宁韵然真的很惊讶。

因为顾长铭根本就不像那种会相信鬼神之事的人。

“不是我许的愿，是周暖从病床上爬起来，求我带他去的。而且明明是他许的愿，也不知道为什么要写倾家荡产、一无所有的人是我？”顾长铭无奈地看了周暖一眼。

周暖用理所当然的语气说：“因为我本来就没什么家产啊。如果我跟佛祖说愿意倾家荡产，这多么没诚意啊？”

虽然周暖的笑话有点冷，但是宁韵然还是很给面子地笑了一下。

“我还有事要处理，小暖，你是要留在这里一会儿自己回医院，还是现在跟我走，我送你回去？”

周暖不满意地跟了上去：“当然是蹭你的车回医院啊。”

宁韵然看着顾长铭的背影，虽然很挺拔，但是却很疲惫。

她知道，当自己出事的时候，他一定是彻夜未眠。

“顾大哥，有时候不需要太认真，做自己想做的事情。”

顾长铭侧过身来，浅笑着看着她说：“你还记得你对我说过什么吗？”

“我对你说过很多话，废话也特别多，不知道顾大哥你说的是哪一句？”

“如果走投无路，你会开车来接我。”

顾长铭的声音很平静。

这种平静中带着破釜沉舟的力度感。

宁韵然愣在那里。

顾长铭是下定了什么决心，还是知道了她的身份？

“好好休息，早日康复归来。”

顾长铭带着周暖走了出去。

宁韵然靠在床头，不断回想着顾长铭对她说过的那句话。

翻来覆去将近一个小时，喝水的时候被子都湿掉了，她才醒过神来。

现在她猜测得再多都没有意义。

顾长铭话里真正的意思，只有等她回到了纵合万象才能知晓。

现在有觉睡的时候就要好好睡，说不定等离开了这个医院，就有硬仗要打了。

不知道自己睡了多久，她感觉有人在自己的身边躺下，胳膊轻轻地环在了她的身上。

宁韵然微微睁开眼睛，就看见一双眼睛正静静地看着自己。

那双眼睛的轮廓很有深度，却带着细腻的美感，微微向上的纤长的睫毛并不阴柔，反而衬托得双眼之间的鼻梁更加俊挺。

宁韵然缓缓伸出手来，手指沿着对方的眉骨滑过，就像是在探究，又像是在感受什么。

“你知不知道，我从没有让人摸过我的眉毛。”莫云舟用只有宁韵然能够听到的声音说。

他明明疲倦，当她出事的这几日，他一定合不上眼，也落下来很多事情没有处理。

这样的疲倦，让他显得脆弱，也让宁韵然心疼。

“嘿嘿，你真好笑。”

宁韵然继续摸着他的眉毛。

“哪里好笑？”

“你的眉毛又不是你的腰，有什么摸不得的？”宁韵然有点嘚瑟地说。

“那你是想摸我的腰了？”莫云舟一笑，眼睛弯了起来，很是赏心悦目。

在医院里无聊了一整天的宁韵然忽然觉得这个世界都变得有意思起来。

“才不要摸你的腰。男人的腰硬邦邦的，有什么好摸的？”

“你怎么知道男人的腰是硬邦邦的？你摸过谁的？”莫云舟又上前靠了靠。

他的鼻尖正好在宁韵然的鼻尖上蹭了一下。

那股柔和的暖意瞬间滑过，宁韵然以为他会吻自己，但是没想到他只是在这个明明就要吻到却不再上前的距离看着她。

“我摸过我老爸的。”

宁韵然一说话，她的气息就掠过了莫云舟的唇。他的唇线弯了起来，就连眼角浅浅的笑纹，宁韵然都莫名地觉得性感。

喉咙那里烫烫的。

应该说，全身从头发丝到大脑深处，都在发烫。

“那我让你摸一下，以后就不能再摸别人的了。”莫云舟用有点认真的语气说。

“你神经呢。”

“当然，如果你给我生了儿子的话，小东西的腰你可以摸。”莫云舟一本正经地说。

宁韵然的脑子差一点没炸掉。

“你……你胡说八道什么鬼啊！谁……谁给你生儿子啊！”

她有一种预感，莫云舟肯定是又下套了。

自己正往里面钻呢。

“是吗？好可惜啊。我都想好了，如果你嫁给我了，我就有属于我自己的家了。那我要成立我自己的家庭信托基金。以后无论我的事业是起是落，你还有你给我生的孩子都会有固定的收入来源，不会缺衣少食，你不用为了生活而发愁，无论是你还是我们的孩子，只需要去追求自己想要做的事情就好。”

莫云舟轻轻说着，他温热的气息也触上了宁韵然的嘴唇，让她心痒，让她心烫。

她明白，其实他许诺给她的并不是安稳奢侈的生活，而是精神上的自由。

“我们昨天好像才表白的吧？你不觉得你现在跟我说我们以后的生活……有点太遥远了？”宁韵然其实很想把被子拉起来，罩住自己的脸。

总觉得这样的莫云舟，是在用甜言蜜语哄骗自己。

“对啊，我们进度太慢了。昨天才表白，什么时候你才能变成莫太太啊？所以今天我们要赶紧接吻，刷新亲密度。你觉得怎么样？”

莫云舟还是那样一副认真无比的表情，不知道的，还以为他在开什么重要会议呢。

“我不想理你了。”宁韵然翻过身去，赏对方一个后脑勺儿。

但是莫云舟却笑了，在宁韵然的头顶上亲了一下。

宁韵然不需要回头，也知道这个男人笑得很开心。

“我告诉你啊，我很久没有洗过头了。”

说完了，宁韵然才觉得自己煞风景。

但是说出去的话，如同泼出去的水，早就蒸发咯。

“没关系啊。我知道你的内心是个抠脚大汉。”

宁韵然满心的粉红泡泡全都破灭了。

“你才抠脚大汉呢！”

她用力拱了拱，莫云舟却抱着她没有松手。

他们安静地待着，宁韵然觉得这样在一个人的怀里，明明什么都没做，却觉得很满足。

“其实，我真的以为自己会一直像个糙汉子一样，一个人走在风雨中也能吹着口哨昂首挺胸。”宁韵然抬起手来，轻轻地覆在莫云舟的手背上说。

“然后没想到会有另一个人拉着你的手替你遮风挡雨？”莫云舟问她。

宁韵然扯起了嘴角：“遮风挡雨太俗气了。那个人放下了绅士的身段，陪着我在风雨里吹着口哨昂首挺胸，成了一个糙汉子。”

她有点小得意。

应该是非常得意。

原本以为世界很大，人有无尽的欲望。

在莫云舟的怀里，她才明白其实世界可以很小，一点温暖就能安心到无欲无求。

“小宁……你昨天说你有秘密，不能告诉我。”

宁韵然微微一怔，忽然紧张了起来。

难道莫云舟要问她那个秘密是什么？

她可以说吗？

如果说了，凌队长还有杜若会不会像打蟑螂一样把她拍死？

“其实我也有个秘密。”

“啊？”

“我也不能告诉你。”

现在换莫云舟很得意了。

宁韵然腾地转过身来，仔仔细细地看着对方说：“你都有秘密？什么秘密？”

莫云舟笑而不答。

“喂！什么秘密？你有女朋友？”

“没有。”莫云舟还是笑。

“你有私生子？”宁韵然不开心了。

“如果你没嫁给我就给我生了儿子，才能勉强算是我的私生子吧？”

“你……你有隐疾？”

“我很健康。如果不是你现在没有非常健康，我很乐意让你试试看我有没有隐疾。”

宁韵然真的忍不住了，哗啦一下坐起身来，看着对方说：“那你到底有什么秘密嘛！”

莫云舟懒洋洋地侧着身躺在原处说：“如果我不告诉你，你是不是会一整个晚上都睡不着?”

“对啊！”宁韵然回答。

“哦。那我就更不能告诉你了。”

莫云舟伸长了手臂，在宁韵然的脸颊上捏了一下。

“什么鬼？信不信我跟你一刀两断！”

“甄晴告诉我，你和她一刀两断很多次了，到现在你们还是没断。所以你的一刀两断没有威胁力。”莫云舟耸了耸肩膀。

宁韵然的心中无数头野兽咆哮而过。

“你到底说不说啊?”

莫云舟摇了摇头，似笑非笑地看着宁韵然：“你的秘密是什么，我想我知道。但是我的秘密是什么，我不想告诉你。”

“你还能知道我的秘密?”

“嗯，天大的秘密，要你命的秘密。”

宁韵然紧张了起来，感觉颈动脉的跳动声她都能听见。

“有……有什么秘密能要我命啊！”

“我的秘密也要我命啊。”莫云舟还是笑。

宁韵然第一次觉得这个男人不美好了。

“你慢慢想啊。我为了你，无数个日夜都睡不着，怎么样也要让你感同身受一下吧。”莫云舟直起腰来，在宁韵然的额头上用力地亲了一下，然后翻身下床。

“莫云舟?”

“我一生自认为没有软肋，但最近被人戳得脊梁骨都要断了。我报复不了社会，只能到你这里刷一下存在感了。”

说完，这家伙竟然走了！

“漫漫长夜，享受辗转反侧的感觉。”

“我说要和你一刀两断是真的！”

宁韵然火大。

莫云舟算不算她的男朋友？

如果是男朋友，不是要哄着自己的吗？

她怎么有一种找气受的感觉？

躺在病床上的宁韵然除了辗转反侧莫云舟所谓的“秘密”到底是什么之外，也在烦恼着一旦出院之后，顾长铭是不是就会调她去子公司做办公室经理。

在她出院前的那一天下午，顾长铭就带着花来看她了。

“顾大哥，我明天就出院了，集团里事情又多，你不用来看我的啊！”

宁韵然从病床上坐起身来。

顾长铭将那束花放在了宁韵然的床头，在她的身边坐了下来。

“上一次带着周暖来看你，有些话没有来得及跟你说。”

宁韵然侧着脑袋看着那束花，唇线弯了起来。

“我第一次收到花，就是顾大哥送给我的红色天竺葵。”

“如果你喜欢花，莫云舟会天天送给你的。”顾长铭淡然一笑。

提起莫云舟，宁韵然就有点不自在。如果莫云舟真的送她花了，她还不敢收呢，总觉得会有个大坑在等着自己。

“顾大哥，你特地来看我，到底是有什么话要对我说呢？”宁韵然能感到顾长铭的表情很认真。

“我是来谢谢你的。虽然认识你的时间远不如周暖还有婳栩的时间那么久，但我也知道你是什么样的人。”

“我在顾大哥的心里，是怎样的人？”宁韵然歪着脑袋问。

“你有自己的原则，而且也有坚持自己原则的魄力。所以我很好奇，当周暖对你说不能把文件交给那些假警察的时候，你为什么会想都不想就把它们毁掉了？”顾长铭看着她的眼睛。

他的眼睛里有太多的话语，也有属于他的矛盾与决断。

而那一刻，宁韵然忽然明白了他眼中的暗示与默契，低下头来，呼出一口气。

“因为周暖对我说，如果那些文件真的落到了警察的手里，顾大哥就完了。”宁韵然以同样认真的目光看向对方。

“我好不好，对于你而言重要吗？”顾长铭扯起的唇角里有一丝无奈的意味。

“因为‘顾大哥’这三个字对我而言就很重要。这些年我经历过什么，你应该知道。我失去了我的父母，他们是因为车子被高空抛落的电脑主机砸中出车祸而死的。那个电脑主机是属于地下钱庄的。我的养父是因为卷入非法集资而自杀的。你让我叫你大哥，你就是我的亲人。我不可能再看着你因为钱这个东西而出事了。我不在乎那个文件里面有什么，我也很清楚就算追着我和周暖的人是真的警察，只要文件袋里的东西没有了，警察就没有证据，我会没事，你也会得到时间来处理和那个文件有关的问题。”

宁韵然的声音很平静，这种平静里带着一丝冷锐，仿佛这个一贯阳光的女孩突然之间变成了另一个人。

“你会劝我收手吗?”顾长铭又问。

“收手?”宁韵然摇了摇头，“绑架我们的邓浩事情是干得挺蠢的，但有一句话却说得很好——钱不是万能的，没有钱却是万万不能的。”

顾长铭沉默了，低下头来，不知道在想什么。

宁韵然单手撑着床，靠向他，看进他的眼睛里：“顾大哥，我从小就知道金钱的力量有多可怕。它有它存在以及操控它的法则。它让我失去了我生命中最重要的亲人，如果我害怕它，它就会像毁掉我的父母一样毁掉我。所以，我们要反过来操纵它，用它的法则来达到我们的目的。”

顾长铭看向宁韵然，微微笑了笑，抬起手来，轻轻地揉了揉她的脑袋。

“如果你想要驾驭它，就要很小心很小心。每一步都不能行差踏错。你去得越高，越远，就越危险。我希望你不会失去自我，除了看着你，一切的决定都在于你自己。”

“不用担心，我不是小孩子。我知道为我自己的选择负责。”

顾长铭点了点头：“我不打扰你休息了。你是喜欢睡懒觉的。等上班了，就没有懒觉睡了。现在赶紧多睡会儿吧。”

“嗯。顾大哥你也不要多想，一切顺其自然。”

“对，顺其自然。”

顾长铭转过身去，走出了病房。

而那一刻，宁韵然的手心里以及背上全部都是冷汗。

因为当顾长铭走进来，在她面前坐下的时候，他的手指就在膝盖上敲着，宁韵然一眼就认出来他敲的是摩斯密码：小心回答，有人在监听。

读懂他的暗示时，宁韵然的心脏都要从嗓子眼里跳出来了。

到底顾长铭是以此为暗示来试探宁韵然的身份，还是他真的想帮她掩饰？

无论哪一个选择，都意味着顾长铭知道她的身份了！

宁韵然只能用最安全的答案来回复他。

靠着枕头，宁韵然的心跳仍旧没有平复。

顾长铭会用摩斯密码来暗示自己，表示那个正在监控的人不仅仅是要知道宁韵然的反应，也想要知道顾长铭的反应。这个人不是警方的人，也不是赵婳栩。因为如果监控他们的人是赵婳栩，顾长铭的反应会更放得开。

蓦地，一个名字闪入宁韵然的脑海中——郭笑。

只有他能让顾长铭投鼠忌器。

如果是郭笑……宁韵然瞬间理清楚了一切。

一开始，宁韵然看到文件里那些有意收购梦幻星空乐园的海外公司就觉得奇怪，这些公司的规模一来没有大到可以吃下梦幻星空乐园，二来它们的经营范围根本不适合收购乐园。再加上那些警察是假扮的，宁韵然当时就在怀疑这一切是赵婳栩的另一个局。

只是当周暖跟着自己一起被绑架，又被揍得很惨的时候，宁韵然就不那么确定了。根据杜若提供的信息，赵婳栩一直对周暖很好，她再恨也不至于让周暖陷入危险之中。后来发现邓浩才是绑架的幕后黑手，而邓浩又是赵谦的司机，加上赵谦又和赵婳栩关系匪浅，宁韵然又不敢肯定这个局真的和赵婳栩无关。

而现在顾长铭的反应让她有七成的把握，这些都是郭笑设下的局。

那么顾长铭选择暗示她，又是出于什么目的？

难道仅仅是为了保护她吗？

这一个又一个的问题，远比莫云舟的“秘密”更闹心！

她现在只想要赶紧回到公寓和杜若商量这一切。

床头桌上的红色天竺葵的香气让她的心绪稍稍平静。她伸长手臂，从花束中将那张卡片拿了下来。

一打开，就是顾长铭苍劲有力的字迹。

她本来以为对方写的是希望她早日康复之类的话，但没想到却是：做你想做的事，别畏惧山穷水尽走投无路。

宁韵然的指尖一颤，此刻，她完全明白了顾长铭的想法。

这个男人隐忍了这么多年，一朝爆发的力量绝对不容小觑。

离开医院来到了停车场，顾长铭打开车门，坐了进去。

他的驾驶座上坐着郭笑的司机，副驾驶座是郭笑的助理，顾长铭摘下自己西装上的一粒扣子，扔给郭笑，声音里带着一丝凉意：“不知道郭先生满意了没有。”

郭笑对于顾长铭的态度倒是一点都不生气，拿起了那个纽扣式摄像机把玩了一下：“长铭，我以为你会很高兴，我们这位宁韵然小姐对你很维护。”

“郭先生用摄像机而不是窃听器，就是想要看清楚她的反应，想要确定我没有给她任何提示。你真正怀疑的恐怕不仅仅是宁韵然，还有我吧？”

郭笑摇了摇手说：“长铭，你跟着我们这么久了，如果你有二心，早就动手了，哪里会等到今天呢？我真的不是怀疑你，只是想要看清楚她的反应而已。因为有时候一个人说的话会骗人，但是眼睛却骗不了人。”

“哦，那不知道郭先生到底对宁韵然是个怎样的想法？我已经让黄秘书准备了人事抄告，打算送她去腾跃了，免得郭先生还有婳栩心有芥蒂，花大量的时间和精力去试探她。有这个闲工夫，早就把梦幻星空乐园搞定了。”

顾长铭看向窗外，这几天气温高升，地面就像要被高温烧着了一样。

郭笑发出了轻轻的笑声：“我知道了，你是在生气周暖也受伤了，对吧？我的试探，和赵婳栩的试探目的是不同的。”

“哦？有什么不同？”

“你啊，又不是不知道婳栩对你的心思。一个女人跟着你十年，陪你把纵合万象从一个小小的IT公司变成现在的商业帝国，你以为只是为了事业？她喜欢你，她一直以来步步为营，带着疑心去看每一个人，不仅仅是为了她自己，也是为了让你能屹立不倒。如果不是她小心，那个经侦队派来的刘雨早就把你纵合万象闹翻了天。”

“宁韵然不是刘雨。”

“对，就是因为宁韵然不是刘雨。赵婳栩能捉到刘雨的把柄，刘雨是敌人，她不需要嫉妒她。可是宁韵然不一样，赵婳栩怎么也不能证明宁韵然有问题。宁韵然越没有问题，你就会越信任她，越偏向她，赵婳栩就会越嫉妒。讲白了，宁韵然会吃这么多苦头，还是因为你让赵婳栩患得患失了。长铭啊，宁韵然和赵婳栩你是不可能一碗水端平的。凡事都有先来后到，就算你不喜欢赵婳栩偶尔激进的处事风格，你的这碗水也只能偏向赵婳栩，而不是宁韵然。”郭笑语重心长地说。

“那么郭先生你呢？你做局试探宁韵然的原因又是什么？”顾长铭问。

“好，我就跟你说说实话。起初，我和赵婳栩一样怀疑她。但是怀疑她就把她做掉，这种做法很低端，只能用一次。我们已经用刘雨给了凌睿一个警示了，如果宁韵然真的又是凌睿派来的，我们又把她干掉了，只会引起凌睿的愤恨。梁子结得太大，结局必然是鱼死网破。但是如果把宁韵然安排到下面的子公司去，听起来是一个好办法，你怎么知道凌睿会不会再派另一个人来？本来我们还知道小心宁韵然就好，结果等到她走了，我们连个小心的目标都没有了。还不如让凌睿对宁韵然抱有希望，不要再派人进来扰乱局面。当然，这一切都是建立在宁韵然真的是经侦队派来的卧底或者线人的前提下。”

“所以，郭先生也认为宁韵然有问题？”

“赵婳栩能够这么多年都没被抓到把柄，我对于她的怀疑是不可能不放在心上的。所以我亲自做了个局，而宁韵然的反应，让我觉得她有问题的可能性并没有那么高。首先，我安排了人假装警察去劫持周暖。我派了人去观察宁韵然拿到文件时候的反应，她没有多做犹豫，立刻带着文件就跑走了。如果她是凌睿的人，在这期间，她会打电话向经侦队询问到底今天有没有行动，但是从她拿到文件到她被我们的人抓住，她都没有打过类似的电话。”

“那也有可能是因为她看出来那些警察是假的。”顾长铭的声音很平静，但是另一侧的拳头却握得紧紧的。

“所以，我这个局不是只有一环。下一环，就是让假警察变成了绑匪，为了让这场绑架看起来真实可信，很抱歉我让周暖也跟着吃了些苦头。但是你放心，我的人一直在现场看着，我吩咐过了，他们动手也只是给宁韵然看，绝对有分寸。”

“那么这一环，郭先生又是为了证明什么？”

“之前赵谦的梦幻星空乐园出了事，赵婳栩不是一直怀疑是因为宁韵然看到了流水，怀疑她有超乎常人的记忆力吗？所以宁韵然拿到文件，绝对会找机会看文件内容，可以在毁掉之前记下来。但是当她和周暖都被打了以后，她仍旧没有说出来文件里面涉及哪些公司。”

“也许当时情况很紧急，她根本没有看。”

“如果她看都不看，那就更加不符合赵婳栩对她能力的怀疑了。真的记忆力有那么强大，哪怕记不全，记一部分的能力总是有的吧？可是她和周暖都处于那样的情况下了，她还是不说，所以我真的不认为她有那么强大的记忆力，更不用说能记住赵谦电脑上的流水了。那么，赵谦出事儿，应该和她无关。在这之后，她的应变能力我很满意。”郭笑摸了摸下巴，唇上是一丝笑意。

“郭先生指的是她让绑匪拍照片来勒索我，从而暗示我绑匪的手上没有文件，让我放心报警？”

“对，这也说明她很信任你。她和你的默契度，倒是胜过了婳栩。不仅如此，她还很有胆量，把周暖给救下来了，而且还偷走了绑匪的手机，用它来报警。一个女人，而且这么年轻，能有这样的行动力，我很欣赏。”

“郭先生就不怕这是她身为警察受到的训练？”

“哈哈哈，”郭笑拍了拍手，“我对她也进行过调查。从她留学回国到她的第一份工作蕴思臻语画廊，不过三四个月而已。就这么三四个月，就能被训练成这样？”

“那么邓浩呢？他也是郭先生派来的吧？”

“对。自从邓浩的父亲出事之后，他的母亲就跟着他的妹妹去了加拿大。邓浩有癌症，也是在他父亲入狱之后才查出来的。我答应了他，这件事无论成或者不成，我都会给他的母亲和妹妹一笔钱，足够他们在加拿大过得衣食无忧。当邓浩绑架了宁韵然之后，我让他再次去试探了一下宁韵然到底知不知道文件内容，宁韵然还是不知道。和其他的绑匪不一样，邓浩是有明确身份的人，而且明明白白和赵谦有过节，宁韵然如果知道文件内容，没理由不告诉他。”

“但是宁韵然还是什么都没说。”

“所以啊，到了这个份儿上，宁韵然应该真的不是凌睿那边派来的。那么多需要她当机立断的决定，她都没做错，我没有办法像赵婳栩那样觉得她有问题。而且，莫云舟真的愿意拿五千万来赎她，这说明她对于莫云舟来说很重要。莫家的规矩我是听说过的，他们是绝对不付赎金的，但是莫云舟愿意给钱。我早就说过，对于莫云舟这样的人，我们宁可和他相安无事，也不要和他成为敌人。既然宁韵然在他心里有分量，那不妨请她做个和事佬。毕竟黄颖那一次派人去撞莫云舟的车做得太过分了。像莫云舟这样习惯了成功的年轻人，有人对付他，他要以牙还牙很正常。而且必要的时候，我们也可以利用宁韵然来控制莫云舟。”

“郭先生想得很远，我和婳栩都比不上。”

“提起婳栩啊……她很要强，这些年习惯了把一切都控制在手心里，她不像你那样懂得隐忍，总是让自己锋芒毕露。就算她再小心，也终究是被凌睿给盯上了的，人在河边走，鞋子终归是会湿的。到了那个时候，总归是要有人能够接得了她的位置。”

“郭先生，你的意思是说，如果凌睿查得紧了，你要放弃婳栩？”顾长铭侧过脸来，冷冷地看着郭笑。

“也只有婳栩才会愿意牺牲自己保全你啊。婳栩只是能让大老板的钱来去自如，而且她的手法这么些年了也没有新的花样，但是长铭你不一样。”

“我和她哪里不一样？”

“你能让大老板的钱生钱啊，你有的是一个商人的头脑和大格局。”郭笑拍了拍顾长铭的肩膀。

“那么如果有一天，婳栩真的出事了，谁坐她的位置？”

“这是一个问题。不过我也听说宁韵然也是学会计出身的？她今天跟你说要掌握金钱游戏的规则，挺有意思的。可以观察观察，再培养培养。大概因为年轻又有胆子，她做事倒是经常出乎我的意料。婳栩嘛，虽然小心，但做什么都在我的意料之内，少了点新意，也让针对我们的人有迹可循。”

“是不是有一天，我也会成为郭先生的弃子呢？”

“哈哈哈，你也好，婳栩也好，和赵谦的那个秘书邓杰还是不一样的。你们都是有功劳的人，如果我和大老板过河拆桥，以后谁还敢为大老板做事？”

第二天的早晨正好是周日，宁韵然还在睡懒觉呢，反正医院病房又不是她出钱，空调也是杠杠的，电费都不用掏，谁知道已经有人坐在了她的床边，床头抽屉被打开，里面零零碎碎的小东西都被收拾出来，放进了包里。

宁韵然懒洋洋地睁开眼睛看了看，只见漂亮修长的手指正有耐心地抚平衣服上的褶皱，折着自己胡乱扔在病床上的衣服，一看就是莫云舟的手。

反正一切都有莫云舟收拾，宁韵然直接抱着被子翻过身去继续睡。

这让莫云舟觉得好笑，他在宁韵然的身边坐下，故意对着她的后脑勺儿呼出一口气。

“你说你怎么那么懒？”

“我如果不懒，就没有你发挥的余地了。”宁韵然回答。

“你是在生我的气吧？因为我没有告诉你我的秘密是什么。”

莫云舟的声音里带着笑意，听在宁韵然的耳朵里，暖洋洋的，让她更加犯懒了。

“哦，那你现在准备好了告诉我你的秘密是什么了吗?”

“我想在一个更有震撼力的情景下告诉你。”

“可以啊，你现在赶紧把医院炸了，够震撼了吧?”

“好了，起来吧。你不是发微信跟我说你觉得自己很倒霉，这一年已经进医院很多回了吗?”

“对啊。”提到这里，宁韵然可不爽了，呼啦一下坐起身来，“你看我，肠胃炎住院，被梁玉宁勒伤脖子也来了医院，被赵谦那个老东西暗算进了医院，坐在你的车里差一点被撞下跨江大桥又来了医院！这一回，被绑票了撞出脑震荡，住院了!”

“明天你就要回去上班了，肯定没时间。所以我想今天带你去市郊的宁安寺祈福。只是你继续睡懒觉，那肯定是来不及的。”

莫云舟的眼底也是笑意。

宁韵然很久没看他笑得这么自然惬意了。

“你笑得满眼桃花，挺招人烦的。”宁韵然撇了撇嘴，掀开被子。

莫云舟蓦地低下头来，在她的鼻尖上亲了一下。

宁韵然下意识地一缩，瞪圆了眼睛：“你干什么啊?”

“你害羞啊！我是你男朋友，当然是亲你了。”

“男朋友”三个字，让宁韵然的心脏扑通扑通又跳起来了。

活了二十多年，她竟然有了男朋友?

想起以前读书的时候甄晴还开过她的玩笑，说她这辈子就是个糙汉子，做别人的男朋友还差不多。

可是偏偏这样的她，遇到了莫云舟。

“喂，莫云舟……”

“怎么了?”

“你以后不能突然捉弄我，还有欺负我。”宁韵然一本正经地说。

莫云舟顿了顿，看向她，用调侃的语气说：“糙汉子没有不被捉弄和不被欺负的特权。”

宁韵然却咧着嘴巴笑了起来：“我最近无聊，刷甄晴的朋友圈，看到了一句话。”

“什么话?”

“岁月漫长，要心地善良。”宁韵然用手指戳了一下莫云舟的胸口。

莫云舟笑了，笑得真的挺好看。

“我对你一直很善良。”

“好吧，反正和我待久了，估计你也会变成糙汉子。”

“我糙吗?”莫云舟摸了摸自己的下巴，假装认真思考，“我觉得自己现在还是活得很细致的。”

“你糙的不是外表，而是内心。”宁韵然眯着眼睛笑着。

莫云舟垂下眼帘，无奈地摇了摇头。

离开了医院，莫云舟真的开车带她去市郊的宁安寺了。

宁安寺位于宁安山上，香客要将车停在山下，徒步上山。

一般人上山总是气喘吁吁，宁韵然却脚步轻松，莫云舟不紧不慢地跟在她的身后。

山上松柏环绕，将日光遮蔽，偶尔能听见几声钟鸣，回音久久不散。

站在半山腰转过身来，宁韵然看见T市的高楼大厦远去，心中的喧嚣仿佛也烟消云散了。

而莫云舟就在她的身后，云淡风轻地笑着。

“你是不是爬不动了啊?”宁韵然有点小得意地问。

“怎么可能。我只是觉得这里风景很好，可以慢慢欣赏。不需要为了和你一较高下而浪费了好景致。而且……”

“而且什么?”

“而且你会等着我。”莫云舟三两步走到了宁韵然的身边，向她伸出手。

那种将自己的手交给另外一个人的感觉很特别。她习惯了什么都靠自己，而莫云舟掌心的温度以及他握着自己不松不紧却让她留恋不舍的感觉让她下意识地放慢了脚步，跟着对方慢慢向前。

香火的气味缭绕，宁韵然却能透过它闻到属于莫云舟的味道。

让她安心的、依恋的味道。

"你说你从小在国外长大，受的是西式教育，应该是个无神论者吧？怎么还会想到庙里来拜佛?"宁韵然歪着脑袋调侃对方。

"来庙里上香，并不是迷信地去相信神佛的力量，而是让自己的心宁静下来。与其说是向神佛许愿，不如说是向自己许愿。"莫云舟抬起眼来，望着庙门，他的目光很远，宁韵然原本因为顾长铭的试探而有些凌乱的心也跟着平静下来。

"你看着我干什么?"莫云舟侧过脸来好笑地捏了一下宁韵然的鼻尖。

"青灯古佛不能让我内心宁静，但是你能。"宁韵然眯着眼睛笑着。

虽然还是一脸没心没肺的样子，但是莫云舟却顿了顿。

他悠然开口道："见到你之前，我没有什么是特别喜欢的，也没什么好执着的。"

"我知道嘛，你这个人一看就是这辈子一帆风顺，想要什么有什么。而且你还挺有自制力，清心寡欲。"宁韵然继续咧着嘴笑。

"可遇到你之后，我的欲望却日渐增长。"莫云舟的目光很沉敛，有一些宁韵然看不懂的东西。

"什么……欲望?"

"从一开始只是想要知道你的脑袋里到底在想些什么，到现在发疯一样希望这个世界无限小。"莫云舟唇角的笑容有几分无奈的意味。

"啊?"

"这样你就能紧紧地挨着我，永远都在我的视线里，我也就不用患得患失了。"

他拉着她继续向前走。

宁韵然看着他离自己那么近的背影，竟然有几分虔诚的意味。

能够像他们这样爬了几百级台阶的还是少数。

就连跟着他们一起进了庙的老人家都感慨年轻人的身体就是好。

莫云舟若有所指地靠着宁韵然的耳朵说："人家夸我们身体好啊。"

"你……你什么意思?"

"我没什么意思啊！问题是佛祖面前，你的脑袋瓜里有没有胡思乱想什么。"

莫云舟还是笑，笑得宁韵然想打他。

偏偏，莫云舟却又是一副认真的样子，将跪拜的蒲团端到了她的面前："佛祖面前不可造次。你赶紧跪下，向佛祖好好反省一下你这段时间的所作所为。"

“我有什么好反省的啊！”宁韵然凉凉地瞥了对方一眼。

“你对我不够好啊。”莫云舟半真半假地说。

“我怕我真的对你好了，你承受不了！”

宁韵然认认真真地拿着香，在心中默许心愿，上香之后又回到蒲团上跪拜。

而一旁的莫云舟也是闭着眼睛，她从没见过他这样认真的样子，仿佛真的在向佛祖许愿。

香火缭绕之间，这个男人看起来很近，又仿佛很远。

摸得到，却又抓不住的样子。

上完了香，两人起身在庙里看了看。

这座庙不大，但是香火旺盛。

宁韵然看到了一整面墙的长生牌。

她本来对这些是不感兴趣的，但是别开脸的时候却看到了自己的名字。

顺着她的目光，莫云舟也看到了。

“这个……是同名同姓的人吗？”宁韵然抓了抓后脑勺儿。

“你有时候蠢得也挺让人无奈的。”莫云舟叹了一口气。

“哦！难道是你给我立的？”宁韵然睁大眼睛问。

“你不是说我是无神论者吗？”

“那是谁？”

“是顾长铭。”莫云舟的眼睛里是对顾长铭的无限同情。

“顾大哥？”宁韵然这才想起周暖来医院看她的时候说过，他拉着顾长铭去庙里上了香。

没想到，他还给自己立了长生牌位。

“是啊，感动吗？”莫云舟斜着眼睛，不知道为什么，宁韵然觉得他有点酸酸的。

“嗯，感动啊！”

那一刻，宁韵然的心忽然放松了下来。

之前她还在担心顾长铭昨天来问自己的那一番话到底是不是对她的试探，而今天，她在这里得到了答案。

顾长铭并不知道她有一天会来宁安寺，也不知道她会看到自己的长生牌，所以他做这些是真心的。

一个真心希望她平安的人，又怎么会转过头来害她呢？

所以他才会用摩斯密码提醒自己，有人在监控他们，不要露出马脚。

而顾长铭写在红色天竺葵卡片里的话，就是在告诉她，他愿意全力以赴来帮她。

想到这里，宁韵然忽然轻松了起来。

不仅仅是轻松，如果顾长铭愿意帮他们，这个案子很快就会有结果了。

下了山，莫云舟送宁韵然回南山公寓。

莫云舟好奇地问她："我说，你在佛祖面前许愿了吗？"

"我在佛祖面前三省吾身，许愿这么俗气的事情，我才不会做呢！"

莫云舟笑了："你不说，我也知道你许了什么愿。"

"哦，我许什么愿了？"宁韵然撑着下巴看着对方。

"不就是不想再因为肠胃炎、脑震荡之类进医院吗？"

"才不是呢。"

"那你许了什么愿？"

"不告诉你。说出来就不灵验了。"宁韵然一本正经地回答。

"好呀，等你的愿望实现了，记得告诉我。"

"那估计要很久很久以后了。"宁韵然故作神秘。

莫云舟笑了。

她看着莫云舟微笑着的侧脸，就连落日的余晖落在他的鼻尖上都赏心悦目，让她心绪起伏。

我谢谢命运，让我遇到了你。

我知道没有人能够一帆风顺，单纯到底，但我感谢这一路一直有你。

所以我请求佛祖，这段路让你一直陪我走下去，从天荒到地老。

我不相信神明，但是为了这个心愿，我愿意相信佛祖的存在。

车子停在了南山公寓门前，宁韵然正要下车的时候，莫云舟叫住了她。

"小宁。"

"嗯？"

"我总是想要给你我认为最好的一切。"莫云舟握着方向盘，眼睛并没有看着她。

仿佛对着她的眼睛，自己就会说不出话来。

“比如呢？”

“比如为你做的每一个选择，走的每一条路，见到的每一个人而担心。”

“……谢谢。”

“我不知道我的担心你是否需要，但我不会再像这样担心另一个人。”

他的声音不大，身后的马路也一直车来车往。明明有那么多的声音，唯独他说话的声音那么清晰。

宁韵然忽然将脑袋又伸进了车子里，在他的脸颊上亲了一下。

他有些惊愕地看向她。

“还是这样的莫云舟比之前那个什么都尽在掌握、眼高于顶的家伙可爱。”

说完，宁韵然就背着包进铁门了。

她的心也跳得很快。

就像是你说你不会像这样担心另一个人一样，我也不会那么想要和某个人在一起。

回到了自己的房间，宁韵然不知道对面还有没有人在监视自己，她继续拉着窗帘，将包放下，去到了对面。

当门打开的那一刻，她第一次在杜若的脸上看到松了一口气的表情。

“进来吧。”

“杜师兄，你有没有很想我啊？”宁韵然嬉皮笑脸地问。

“你还好意思说？我已经吃了好多天的泡面了。”杜若还真的正在烧开水，准备泡面。

这让宁韵然微微歉疚了起来。杜师兄就快吃防腐剂变成木乃伊了……

“不好意思，让你担心了啊，杜师兄。”

“你被绑架的消息传来，凌睿差一点就冲去告诉章队长，你是我们的人。他很担心，你的身份是不是暴露，秦耀是不是想用这种方法解决你。”

宁韵然的眼睛眯了起来，撑着下巴，看着杜若。

杜若将泡面的盖子打开，倒水的时候瞥了宁韵然一眼：“你看我干什么？”

“杜师兄漂亮嘛！”

“你想死啊？”

"我不想死，但是你们的态度倒是有几分奇怪。"

"我们的态度？"

杜若随手拿了鼠标垫盖在泡面上，向后靠着沙发背，看着宁韵然。

"你刚才说的是秦耀想要干掉我，而不是顾长铭。"宁韵然的目光很沉静。

杜若笑了："几日不见，你长进了啊。"

"我本来就只是看起来蠢而已。"

"好吧，其实你想，像是纵合万象这样的大型集团，连续五年获得T市的企业纳税人标杆称号，是怎么引起经侦队的怀疑的？"

宁韵然沉默了。

对于纵合万象集团的怀疑，首先不可能是因为税务，企业纳税人标杆的称号可不是徒有虚名，赵婳栩也不可能让纵合万象集团因为税务被查。

"难道是因为对秦氏兄弟的调查追溯到了纵合万象？"宁韵然问。

"为秦氏兄弟洗钱的途径里面，纵合万象集团是我们最后一个怀疑的对象，也是隐藏得最好的一个。哪怕秦氏兄弟落网，赵婳栩都有让纵合万象集团独善其身的能力。"

"线人的举报？"宁韵然不是很确定。

如果是线人，这个线人必然处于纵合万象集团财务的核心。在财务上，赵婳栩只手遮天，更不用说她对危险敏锐的嗅觉。光是刘雨，潜入之后刚得到一点秘密就被拔除了，可见赵婳栩对身边的人是多么小心。

"要说是线人，在你出事之前，我们一直不知道对方是谁，也不知道他的消息是否准确。三年前，凌睿破了一个地下钱庄洗钱案，第一次牵扯到了大毒枭秦氏兄弟。这个案子还上了省级报纸，也让凌睿一战成名。"

宁韵然被泡面的香味引诱得又嘴馋了，虽然回来的路上和莫云舟大吃了一顿火锅，但现在又想吃了。

只是她的手刚伸过去，就被杜若狠狠地拍了一下。

"杜师兄，你继续说，我听着呢！"

"就在那天晚上，凌睿的邮箱里就收到了一封匿名举报信。信里面举报的是纵合万象集团帮助秦氏兄弟洗钱，还明确指出了他们是利用网络科技的信息咨询的价格差来洗钱。"

"我知道。纵合万象集团是做IT技术起家的，三年前正好是纵合万象科技有

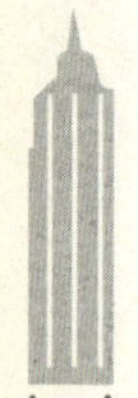

限公司出品的游戏《鏖战天下》最火爆的时候。是不是纵合万象科技集团假借购买某种科技服务，向另外一个境外空壳科技公司支付洗白后的资金？”

“是的。凌睿并没有大张旗鼓地去调查，而是默默地分析两个公司的流水，调阅税务资料，但是很可惜，没有抓到关键性的证据，但是隐隐地也能感到一点苗头。”

“向凌睿匿名举报的人肯定是纵合万象集团的高管，不然赵婳栩做得这么隐蔽，这么完备的准备，普通的集团员工，哪怕是普通的中高层，都很难知道。”

“这是当然。凌睿让我们分析了这个邮箱地址。对方是一个高手，用来注册邮箱的身份是假的，发送邮件的 IP 地址也无法被追查到。”

宁韵然第一个反应就是周暖，但很快又反应过来不可能是他。

“本来连杜师兄你这样的水平都找不出发送邮件的 IP 以及对方是谁，应该是周暖这样的高手。但是根据我在纵合万象集团里的观察，周暖与世无争，但是也承担着保护赵婳栩信息安全的工作，而且周暖不懂财务方面的东西，所以这方面的事情赵婳栩应该不会和周暖商量。”

“对。而且周暖很维护顾长铭，这种会让顾长铭置身险境的事情，他不会做。但是这三年以来，对方一直为我们提供有用的信息，包括对胡长贵 KTV 的调查以及对蕴思臻语画廊的调查。甚至当刘雨进入纵合万象集团身份被识破后，在她出事的前一天，对方也发了邮件去警示凌睿。”

刘雨自从进入纵合万象之后，因为为人圆滑，再加上又是刚毕业的名校大学生，很得赵婳栩的欣赏，赵婳栩几乎将她带在身边来培养。

能够见到刘雨，并且确切知道她有危险的人……宁韵然的指尖颤了一下。

她知道那个发匿名邮件的人是谁了。

“凌睿收到邮件之后，就要求刘雨立刻离开纵合万象集团。但是刘雨表示自己第二天有一个重要项目，很可能会得到重要线索，她想要看看第二天的情形再做辞职的决定。但是没想到……她出事了。”杜若看着宁韵然，“你现在是不是也猜到那个人是谁了？”

“是顾长铭。”宁韵然回答。

她早就该想到了，像顾长铭这样的人，一步一步靠着自己的能力在 T 市站稳脚跟，他有自己对未来的期待和理想，怎么可能会甘心一辈子被秦耀控制？

但是像秦耀这样的人，一旦察觉到被出卖，就会毫不留情地将顾长铭抹杀，包括他身边所在乎的人，比如说周暖，还有赵婳栩。没有一击必杀的把握，他是不会轻易向警方暴露自己的。

“对。”杜若的这个肯定，让宁韵然的心情既轻松又沉重。

轻松的是，顾长铭一直以来对她果然不是试探，而是保护。

沉重的是，一直以来走在钢丝上的是顾长铭。他想要挣脱秦耀的束缚，身下却是万丈悬崖。而这一次，他向她暗示自己的心迹，无异于破釜沉舟。

“本来凌睿是要和章队长一起来找你，为了让纵合万象集团感觉到压力，让他们不敢动你，甚至打算对赵婳栩进行调查，还好收到了顾长铭的邮件。他提醒这一切都是来自郭笑的试探，如果你通过了郭笑的试探，就能真正在纵合万象集团站稳脚跟了。包括你被困的那个木材仓库，也是顾长铭先找到了地址告诉了凌睿。只是可惜，事情又有了变数，郭笑竟然让邓浩再次绑架你并且向莫云舟要赎金。”

宁韵然这才明白，当莫云舟决定要为支付赎金做准备的时候，顾长铭为什么会毫不犹豫地倾囊相助。

“你已经对章队长讲述了你和周暖被绑架的整个过程，不介意对我说一下细节吧?”

宁韵然点了点头，将绑匪之间所有的对话包括自己当时的想法都告诉了杜若。

“我当时就觉得奇怪，始终觉得这一切不像是邓浩一个人策划出来的。原来他的背后是郭笑。”

“对。现在我们对纵合万象盯得很紧，赵谦几乎完蛋了，郭笑是不会希望纵合万象也倒闭。必要时刻，他很可能会弃车保帅。”

“他要舍弃顾长铭?”宁韵然心中一惊。

杜若直接在宁韵然的脑门上敲了一下。

“顾长铭是帅！郭笑要舍弃的是赵婳栩!”

宁韵然睁大了眼睛：“舍弃赵婳栩？他们上哪里再找一个高手?”

杜若笑着看着宁韵然。

宁韵然被他看得心里发毛：“你看我干什么啊!”

“郭笑对你的应变能力很感兴趣。但是不代表他已经完全对你放下了怀疑。如果拿掉赵婳栩，换上顾长铭和你，这个草台班子做起事来你应该更得心应手吧?”

宁韵然睁大了眼睛。

“我的妈啊！你们这玩得也太大了！”

“你不敢玩？”

“你们敢，我当然敢！但是赵婳栩可不是想弃就能弃的车！”

“来日方长。凌睿忍了这么久，不差这一会儿。你还有其他事情要汇报吗？”

“有。”宁韵然呼出一口气来，“杜师兄，我有男朋友了。”

“哦，莫云舟吗？”杜若不置可否地扬了扬眉梢。

“我知道你和凌队长肯定会觉得如果我和莫云舟在一起了，一定会让局势变得复杂，也会让莫云舟深陷其中造成难以预料的后果。但是我喜欢他，他对我很重要。虽然我一直想要让他离我远远的，但是……我还是忍不住。走到今天这一步，我已经找不到任何借口来拒绝他了。甚至我故意说不喜欢他，他也能看出来……”

“那我该庆幸，还好你喜欢的是莫云舟。”杜若笑了笑。

“杜师兄，我很认真跟你说这件事！而且我怕我和莫云舟在一起，会给他带来危险。如果下一次郭笑再想要设计什么，说不定会把莫云舟也卷进去！”

宁韵然看着杜若那不当一回事的样子，立刻着急了起来。

“宁韵然，你没听过一句话吗？人最难以掩饰的就是咳嗽、贫穷和爱。你喜欢他，那就好好喜欢。越掩饰越叫人怀疑。而且莫云舟的身份摆在那里，你和他正常地恋爱，对于郭笑来说，一方面顾及莫云舟的商界地位，不会再轻易对你下手。另一方面，梅沙仓争夺战里，他们企图伤害莫云舟遭到莫家和陆家的联手对抗，郭笑对莫云舟的实力也有所忌惮。”

“怎么听起来和莫云舟在一起，是我占了便宜？”

“难道不是你占便宜？”

杜若揭开方便面的盖子，大口地吃了起来，看得宁韵然口水直流。

“你刚出院，垃圾食品少吃。”杜若很有良心地建议说。

回到自己的房间，宁韵然躺在床上，她觉得自己距离那个核心只有一步之遥。

可是要得到郭笑的信任，这一步谈何容易。

她要小心，否则不仅仅莫云舟，就连顾长铭也会跟着翻船，后果不堪设想。

第二十一章 我的女主人

怀着这样忐忑的心情，迎来了周一。

宁韵然一上班就成为了焦点，之前不怎么来往的同事都忍不住过来询问，什么伤好了没有，绑架她的真的是赵谦的司机吗。

宁韵然知道这些人真正想问的是被绑匪劫持之后发生了什么，她又是如何获救的。

再加上周暖获救之后，和他们部门的人渲染了一番宁韵然是如何英勇，如何把他从仓库里救了出来，于是大家脑补了一场好莱坞动作片。

好不容易出了电梯厢，就看见一大束向日葵忽然出现在她的面前。

“Surprise！（惊喜）”

宁韵然一哽，然后看见周暖的脸从向日葵的后面伸出来，眯着眼睛的样子还真的很像一只猫。

“周总!”

“像我们这样的患难之交，你就不要再叫我周总了，多见外!”

周暖一边将向日葵按进宁韵然的怀里，另一只手搭在她的肩膀上，一副哥俩好的样子。

宁韵然有点受宠若惊。

“怎么了？你不喜欢向日葵吗？我觉得向日葵可适合你了。”周暖见宁韵然反应平平，有点失望。

“其实比起向日葵，我觉得葵花子更实在。比如奶油炒的……”宁韵然用手指拨了拨向日葵的花盘。

“你不用这么实在吧?”周暖抓了抓后脑勺。

“不过看见小周总平安无事，我比吃了葵花子还高兴啊!”

“等等……你从哪里听来的小周总啊？我跟你讲，我可一点都不小!”周暖一本正经地说。

“因为小周总是纵合万象集团所有老总里面年纪最小的啊！以前我听你们部门里的人叫你小周总，我还以为有个大周总啊！我还特地在集团通讯录里查了一圈，结果姓周的老总只有你一个，别无分号啊!”宁韵然眯着眼睛笑着。

周暖明明还大她两岁，只是细皮嫩肉的，又长了一张娃娃脸，穿着和顾长铭同款的西装，看起来就像儿子偷拿了老爸的西装，以前不敢说，现在觉得很滑稽。

“肯定是我部门里那些小兔崽子，等我好好教育他们!”

说着说着，宁韵然就来到了办公室的门口。她向周暖做了一个“嘘”的手势，周暖知道她要进去上班了，也就不再开玩笑了。

“今天中午我请你吃饭!”周暖做了一个手撕鸡腿的动作，“炭烤大鸡腿霸王套餐!”

宁韵然好不容易正经的表情差一点又要笑喷出来。

在宁韵然的桌上是各部门送给她的花，这让她花了不少时间来整理桌面。

只是她刚坐下不到十分钟，桌面上的电话就响了。

黄秘书的声音传来：“小宁，你跟我一起去一下顾总的办公室。”

宁韵然的心里一抖，想起杜若曾经说过，凌睿一直怀疑的匿名举报人就是顾长铭，而这一次在医院里，顾长铭也对她做了暗示。

现在就看顾长铭到底是要将她留在这里，还是如同绑架案之前所说的，要将她调离总部。

虽然脸上是平静的表情，心里却忐忑得厉害。

宁韵然跟在黄秘书的身后，走进了办公室。

这一次，顾长铭没有批阅文件，而是十指交扣，看着宁韵然走来。

每一步，都像是无限接近那个秘密的核心，还有他不为人知的世界。

“坐吧。”顾长铭抬了抬下巴。

黄秘书很大方地坐了下来，直接开口说：“宁韵然的实习期已经结束，到了该对她定级定岗的时候了。”

纵合万象集团虽然不是国有企业，但是在人事制度上有着非常严谨的规定。

“你们对她的评价呢?”

“在这里。”黄秘书将评级表交给了顾长铭。

这也让宁韵然忍不住伸长了脖子。

黄秘书看着她的表情不由得笑了，轻声说了句：“还是小孩子啊。”

“你们给她的评价是集团中级秘书?”顾长铭抬头看了黄秘书一眼。

“是的。这是根据她试用期间的工作质量，她的学历以及之前的工作经验，其他部门主管的评价，进行的综合评价。”

中级秘书对于宁韵然来说是万万没有想到的级别。

各部门主管的评价，周暖体现了浓浓的“偏爱”，什么都给满分，任性得可以。宁韵然本来还担心赵婳栩对自己的防备，但是她给的评价也很中肯，觉得宁韵然的工作有逻辑并且高效，甚至于没有明显的缺点。至于宁韵然的直属上司黄秘书，他是最了解宁韵然工作能力的人，给的评价也不低。

“顾总，如果您也没有意见，我就可以交给人事部门下抄告单了。”黄秘书说。

“下吧。小宁，新的起点期待你有新的表现。”顾长铭很爽快地签了字。

然后他低下头来继续看报告，没有再提过要调任宁韵然去子公司的事。

离开了顾长铭的办公室，黄秘书在她的耳边打了个响指：“周五晚上，我们和你一起庆祝你的转正升职。”

“谢谢大家了！到时候大家点什么都算在我的身上!”宁韵然拍了拍胸口说。

“我说的‘我们’，可不是我们办公室的同事。”黄秘书高深莫测地一笑，走了过去。

那一刻，宁韵然意识到，黄秘书所说的也许是指高层，比如说顾长铭、赵婳栩，甚至郭笑。

她既紧张，内心深处又有一种隐隐的兴奋。

到了中午，周暖破天荒地在办公室的外面等着宁韵然了。

“喂！我听说啦！你升到中级秘书啦!”

“那也要谢谢小周总给我的评价啊!”

“郑重地再次跟你说一遍！你要么继续尊称我为‘周总’，要么就直接叫我周暖，为什么要加个‘小’字啊……”

周暖不爽的样子，在宁韵然看来真的很爽。

当他们走到大楼大厅的时候，正好碰上了赵婳栩从另一个电梯厢里走出来。

与赵婳栩对视的那一刻，宁韵然还是很恭敬地称呼了对方一声“赵总”。

“小暖，你和小宁一起去吃饭啊？”赵婳栩笑着问。

“对啊！对面的鸡腿皇饭，上面的鸡排有脸那么大！”周暖伸出自己的手比画了一下。

“赵总要不要一起去？”

宁韵然刚问完，周暖却开口说：“婳栩姐要吃养生套餐的！她每次都说鸡腿皇套餐太油腻！小宁，你不怕胖的，对吧？”

“我不怕胖啊……而且我还经常吃夜宵！”

“那婳栩姐，我们走啦！”

周暖晃了晃手，就走远了。

宁韵然跟在周暖的身后，她明显地从滑动门玻璃上看到赵婳栩脸上失落的神色。

她隐隐地明白过来，那一场绑架大戏，周暖应该并不知情，他的作用就是让自己相信这场绑架案的真实性。

而赵婳栩多少是知道的，事后周暖反应过来了。无论赵婳栩如何亲近周暖，至少对于周暖来说，她利用了他。

一边吃着午饭，周暖一边向宁韵然眉飞色舞地说着自己最近沉迷的游戏，各种通关秘籍，俨然一副行家的样子。

他在她的面前是完全天真的样子，让宁韵然想到了陆毓生。

但是她没有忘记，刘雨的身份之所以暴露，很有可能是因为周暖对刘雨的各种电子信息化追踪。就算顾长铭暗示自己愿意和警方合作，那么周暖呢？

他到底站在哪一边？

就在这个时候，周暖在小票单上写了几个字，挪到了宁韵然的面前。

宁韵然一看，不由得愣住了。

上面写的是：郭笑会问你如果有大量现金要洗掉，你会用什么方法。

宁韵然惊诧地看向周暖。

周暖低着头，认认真真地啃着鸡腿。

宁韵然将那张小票撕碎了收进口袋里。

她很清楚，这不是周暖透露给她的，而是顾长铭让周暖来提醒她的。

“这家的鸡腿饭好吃吧？鸡肉烤得鲜嫩多汁。”周暖笑呵呵地说。

“嗯。”宁韵然点头，脑海中思索着的却是周暖给她的那个问题。

周暖看她眉头紧锁的样子，用筷子轻轻敲了敲碗：“其实大家都知道你的男朋友是我们的老对头莫云舟啦！”

宁韵然瞥了对方一眼说：“你要逼我分手吗？”

“怎么可能啊！我的意思是说，如果在业务上你有什么不懂的地方，可以请教他啊！他的段数肯定比你高多了！”

“你就不怕我泄密？”宁韵然好笑地问。

“商场上，没有永远的朋友，也没有永远的敌人，只有永远的利益。你怎么知道会不会有一天，莫云舟的利益和我们是一致的呢？”周暖眯着眼睛笑着。

这时候，宁韵然的手机上收到了一条来自莫云舟的微信：晚上一起吃饭吧？

对面的周暖肆无忌惮地伸着脖子看：“哇，莫云舟请的，一定很好吃！”

“又不带你去，关你什么事！”

“是不关我事啊！希望莫先生能抬高一下你的格调！嘻嘻！”周暖那张娃娃脸，笑得有点儿欠抽。

想到今天自己第一天回来上班，很多工作进度都落下来了，也不知道需不需要加班，宁韵然回复对方说：不知道几点能离开公司呢！

周暖看了之后继续摇头：“你应该说‘我有好多事情没有做完，你要耐心等我一下哦，么么哒’。”

那声“么么哒”让宁韵然全身鸡皮疙瘩都起来了。

莫云舟的微信回复得很快：没关系，我等着你。

周暖摸了摸下巴，继续调侃：“你这样的，莫云舟都吃得下？他的胃口真好啊！”

宁韵然忍无可忍，伸手把周暖摁开。

“走了走了！回去上班了！”

“明天中午还一起来吃鸡腿皇套餐吗？”周暖跟在宁韵然的身后问。

“不吃。”宁韵然虎着脸回答。

“好歹我也是周总啊！都是‘总’，怎么差距那么大呢？”周暖有模有样地叹息。

宁韵然肚子里的鸡腿饭都要喷出来了。

不知道是不是因为她升职了，许多烦琐的工作她都不需要直接经手，而是为其他员工复核，到了下班时间，手头上竟然没有什么需要加班的工作。

当她背着包来到楼下的时候，就接到了莫云舟的电话。

“我在街角的7-11便利店等你。”

宁韵然顿时觉得莫云舟真的很会为她着想。如果他把车开到公司下面接她，就太高调了，会引起其他同事的非议。

一想到他在等她，宁韵然的心里就雀跃不已。她一路小跑着，冲向便利店。

大楼的顶部，周暖站在顾长铭的身边，看着宁韵然飞奔而去的身影。

“你说，她能让郭先生信任吗？我有点担心她……我不想她变成第二个刘雨。”

“刘雨太出众了。因为一门心思想要进入纵合万象的核心，反而让婳栩生疑。当初婳栩要你帮她把病毒植入刘雨的手机里，你并没有想到她会杀了刘雨。”

“到现在，我还是会想起刘雨的死……我就站在这个位置，看着她过马路的时候被撞飞。我以为，如果婳栩姐证明她有问题，让她离开集团就好了，没想到她会安排人杀了刘雨。从那一次起，我就觉得婳栩姐真的好可怕。”

“所以我们第一步，就是要让婳栩出局。”

“嗯。”周暖的额头贴着玻璃，看着宁韵然绕到了大楼背面再也看不见了，才直起背脊。

宁韵然打开莫云舟的车门，坐了进去：“饿死我啦！我们去吃什么？”

“你想吃什么？”莫云舟侧过脸来问。

“吃烧烤，喝啤酒！”

莫云舟的唇角勾了起来：“好歹这也是你承认喜欢我之后，我们第一次约会，你不认为我们应该正式一点？”

“好像很有道理。”宁韵然点了点头，“但是可不可以不要去那种一顿饭要吃几个小时，不可以大声说话，刀子还不能和盘子碰出声音的地方？”

“又不是晚宴。”莫云舟笑着开车。

下班高峰期的T市有些拥堵，但是莫云舟的车开得不急不缓，一次也没有因为突然刹车而让宁韵然感觉不适。

车子里放着蓝调音乐，仿佛时间也跟着音乐慵懒着延长。

莫云舟一只手握着方向盘，另一只手轻轻地扣着宁韵然的手。

她从来不知道怎样才能“小鸟依人”惹人疼爱，她早就习惯了自己解决一切，所以当莫云舟这样握着她的时候，让她产生一种并不是自己需要被莫云舟保护，而是莫云舟需要她的错觉。

“第一天回来上班，没什么难事吧？”

“还好啦。不过今天同事们在讨论一个有意思的话题。”宁韵然撑着下巴看着莫云舟的侧脸。

以前不明白甄晴为什么会花痴帅哥，现在看着这个男人，还真有一种百看不腻的感觉。

“什么有意思的话题？”

“你知道从年初开始，T市就在重点打击金融犯罪，维护经济发展秩序吧？”

“嗯。就是因为这样，那个什么连锁KTV的老总落网了吧？还有高峻。前几个月又有几个皮包公司被查了，我收到的消息是说这几家公司还购入了大量纵合万象集团的股票，导致市局的经侦队还对赵婳栩进行了调查。怎么了？没牵扯到顾长铭吧？”

莫云舟淡定地开着车，宁韵然却对他消息的灵通程度感到很惊讶。

这几个皮包公司都是赵婳栩精心准备的，为了方便秦耀给纵合万象集团注入资金来争夺梅沙仓股权的。结果是莫云舟在这场博弈中获胜，而赵婳栩却暴露出了自己的实力。

虽然凌睿并没有抓到这几家皮包公司和赵婳栩之间的关键证据，但这些皮包公司都不能再用了，而且面对监管部门的跟踪调查，赵婳栩很难再有大动作了。

这也意味着，纵合万象集团帮助秦耀洗钱的能力也被束缚了。

“还好啦！听说只是一些人想要用他们的非法收益在纵合万象股价上涨的时候赚一杯羹，和赵总还有顾总都没有直接的关系。”

“那么你们又讨论了什么相关的有意思的话题？”莫云舟的声音轻轻的，他的心情很好。

“就是这些什么游乐园啊、KTV、餐饮业都不好收现金的时候，还有什么方式能帮这些非法分子处理掉这些现金?”

“有多少现金？一屋子，几个亿?”莫云舟半开玩笑地问。

“我们的讨论就是以一个亿为前提!”讨论起这个，宁韵然原本因为蓝调而昏昏欲睡的神经忽然兴奋了起来。

“你呢？你想到了什么办法?”

虽然他的声音淡淡的，但是宁韵然从他的眼睛里就看出来他对这个话题很感兴趣。

“比如现在流行的P2P网络贷款？在这个领域，用户信息缺乏监管一直是个大问题。大额非法现金持有者，可以冒用他人身份资料，注册成为放贷者和借款人，通过网贷平台，自己给自己放贷，从而将黑钱洗白。”宁韵然歪着脑袋看着莫云舟。

“是个好主意。”莫云舟点了点头，他是认同宁韵然的。

“那么你呢？你会用什么办法?”宁韵然好奇地问。

“我的话，会简单直白一点。有时候越直白，就越难找到痕迹。”莫云舟抿着嘴唇笑着。

那样子，让宁韵然第一次明白甄晴那些乱七八糟小说里的“腹黑男主角”到底是什么样子了。

“怎么个直白法?”

“我想到了大毒枭古兹曼的洗钱手法，当时就让FBI十分头疼。在网络信息化的现在，他的方法看起来传统，但恰恰很难在信息世界里留下痕迹。”

正好到了红绿灯的时候，莫云舟停下车来，看着宁韵然。

“哦——你是说用现金去买黄金?”

宁韵然睁着大大的眼睛看着他。

“对，首先第一步，毒枭把毒品买卖获得的巨款在芝加哥的珠宝店买入金条、金块，然后运送到迈阿密的Natalie Jewelry（纳塔莉珠宝，下同）。接着，Natalie Jewelry将黄金卖给精炼厂，把黄金熔化，除去熔化前的标记，这样黄金无法被追踪，接着再把黄金转给Natalie Jewelry。最后一步把钱转给古兹曼完成交易，这是最有技术含量的一步。”

莫云舟看着宁韵然，眼睛里是狡黠的光。

这个男人如果有了坏心思，一定比秦耀还难对付。

宁韵然点了点头："我知道，最后一步就是毒枭古兹曼在墨西哥搞了个空壳公司，然后 Natalie Jewelry 向古兹曼的空壳公司出售此前买入的黄金，并向其开出正规的发票，这样古兹曼的钱就以黄金的形式从美国将他的赃款成功转入了墨西哥。"

"对啊，通过这种方式，古兹曼一共转移了九千八百万美元，在今时今日也是非常嚣张的金额。"莫云舟扬起唇角。

"莫云舟……"宁韵然将脑袋凑过去，很认真地看着他。

"干什么？"莫云舟侧着脸，眼睛因为笑得开心弯了起来，"你靠我这么近，是不是想我亲你呢？"

"才不是呢！我是想说……你是不是做了很多我不知道的坏事？"宁韵然很认真地看着他。

"小宁，你变了。"莫云舟摇了摇头。

"我哪里变了？"

这个家伙是要岔开话题吗？

"变得更脑残了。"莫云舟的手指忽然用力在宁韵然的脑门上弹了一下。

"哎哟！"

"有宝剑在手，不代表剑要出鞘。知道做坏事的方法，也不过是让别人没办法利用我来做坏事而已。"

宁韵然摸了摸脑门，然后笑了。

"是哦，我怎么忘了，小船儿那么清高，你的自尊心让你做不了坏事。"

"小船儿？你是叫我吗？"

莫云舟微微蹙了蹙眉头，那样子有点可爱。

"对啊，还是你喜欢叫舟舟？或者你一直眷恋着抖 M 那个通讯录备注？"

"还是小船儿吧。"

他轻轻地笑着，宁韵然知道这家伙正在心里大大地开心着呢。

"你刚才竟敢弹我的脑门儿？我觉得你该去一个地方了。"宁韵然一本正经地说。

"去哪里？"

"去水果店里跪榴莲。"宁韵然细细地看着他的反应。

他一点都没生气，反过来说了句："等你嫁给我了，我会考虑。"

不知道为什么，心底柔软的地方就这样被对方触到了。

她想到周暖的提醒，想到自己越走越深，也意味着越来越危险，她很清楚他会为了她义无反顾，哪怕她千百万次说“我不喜欢你”，既然如此，她宁愿让他知道自己的心意。

“喂，小船儿，你有没有想过喜欢我的代价是很大的。”

“比如呢？”

蓝调音乐还在继续着，莫云舟的声音很远又很近。

“比如我一辈子都是个糙汉子。”

“哦，我也在努力走糙汉风。”莫云舟无所谓地耸了耸肩膀。

“比如我没喜欢上你。”宁韵然的目光沉了下去。

“嗯。可能我生来自负，总是觉得我喜欢的人最后一定会喜欢我。”

“比如我一不小心玩掉了自己的小命。”

说出这句话，宁韵然紧张了起来。

对于她来说，她指的是赵婳栩的怀疑，郭笑的试探，秦耀的威胁。但是对于莫云舟而言，他能想到的也许只是之前的绑架案。

“那么我宁可抱憾，也绝不将就。”

莫云舟看向她，虽然只是短暂的一眼，但她知道他的心里是多么坚定。

车子停到了一个看起来很高端的西餐厅门口。

已经是夜晚，餐厅的灯光并不十分明亮，暖色调微微偏暗的光线下给人以暮色已至珍惜此刻的感觉。

“这个是……一个法国大厨开的餐厅吧？听说这个法国大厨喜欢上了一个中国留学生，但是那个留学生不愿意留在法国，也有感于两国的文化差异，所以就回国了。后来这个法国大厨就放下巴黎的一切，追到这里来，开了这家餐厅。”宁韵然记得甄晴对自己说过。

“嗯，是啊。”

“我还以为这个爱情故事只是餐厅用来宣传的广告啊！看来是真的？”

“是啊，只是结局是法国大厨没有和那个中国留学生在一起，而是和这个餐厅的经理，一个离婚之后的单身母亲共结连理了。”莫云舟回答。

“哦，那还真可惜啊？”宁韵然抓了抓脑袋。

“没遇到你之前，也许我也会觉得很可惜。就好比从前的我，以为自己会和一个知书达理又有人生智慧的女人在一起。”

“哦，我没有知书达理，也没有人生智慧，真的对不起咯。”宁韵然撇了撇嘴。

“但是你与我臭味相投啊。”

“谁跟你臭味相投了！”

“你没听过一句话吗？有的人觉得海很美，有的人却说淹死过人。而我和你，都是直面大海，不惧怕被淹没的人。”

莫云舟微微一笑，牵着宁韵然的手走了进去。

位子早就留好了。

莫云舟和宁韵然相对坐下，宁韵然打开菜单，舔了舔嘴角。

“吃什么好呢？”

莫云舟看着她的样子，撑着下巴笑了。

“刚来到T市，我开着车路过这家餐厅。那时候我就想，如果我喜欢上一个人，表白的时候我会带她去只有我们两个人的地方，请她吃她一直想吃的东西，做电影里老套但浪漫的事情，在她最高兴的时候告诉她我喜欢她。”

“嗯嗯！莫先生你不用开口，微微一笑对方就会拜倒。”宁韵然向莫云舟竖起大拇指。

不过她没想到，莫云舟竟然这么有古早言情小说男主角的潜质啊！

“哇，这家的奶油焗蜗牛我一直都想吃！”

“好啊。”

“我要双份。”宁韵然很认真地说。

“只要你吃得下，多少都可以。”

点完餐，宁韵然的一颗心早就飞到后厨去了。

这时候，一个身着晚宴西装的年轻男子来到了他们的桌边，拉起了小提琴。

隔壁不远处的一桌看了过来，女客人还用羡慕的目光看着宁韵然。

宁韵然低着头，用手机发了一条微信给莫云舟：小船儿！这个小提琴怎么拉得像《二泉映月》？我都快哭了！

莫云舟滑开手机，看了一眼，抬起手来摸了摸眉毛，然后回复：那不是《二泉映月》，是“*A Time for Us*”（《我俩的时光》）。

还附带了一个汗颜的表情。

宁韵然摸了摸后脑勺儿，真的不是《二泉映月》吗？

过了没多久，开始上菜了。

宁韵然凑向对面的莫云舟，小声说："蜡烛的火晃来晃去的，我吹掉它你不介意吧？"

莫云舟优雅地拿着刀叉，语气没有起伏地回答她："吃你的蜗牛。"

宁韵然撇了撇嘴，看来这个蜡烛是不让吹的了。还好，蜗牛的味道又鲜又嫩，她忍不住又凑脑袋过去说："还能再要一份蜗牛吗？"

莫云舟淡淡地回答："餐后甜点你还吃得下吗？"

"吃得下啊，要不然我打包回去吃，反正你又不会在里面放求婚戒指。"

莫云舟的手指握紧了刀叉，宁韵然觉得他好像生气了，联想到莫云舟今天的古早言情男主角行为模式，忍不住又问了一句："总不会你真的在甜点里放了戒指吧？这个很危险的！如果不小心吃下去了，还得去医院……"

莫云舟忍无可忍，手指伸了过来，将宁韵然的脑袋顶了回去。

"放一万个心，你咽不下去！"

"什么？餐后甜点里真的有东西？"

"甜点不上了，你还是吃蜗牛吧。我给你叫十份，你吃不完打包。"莫云舟低着头，一本正经地切着他的小牛排。

宁韵然怎么看怎么觉得对方切的是自己的肉。

"那我不吃蜗牛了，我吃甜点。"

"我说了，不上甜点了。"莫云舟抬起眼来，笑着回答。

"你不要生气了啊。"宁韵然不知道怎么哄他了。

一个从来不生气的人不高兴了，还真的不知道该怎么办。

"我没有生气。"莫云舟请来了侍应生，真的说要十份蜗牛。

宁韵然赶紧说："我不要蜗牛，我要餐后甜点！就是之前选的甜点。"

侍应生疑惑地看着他们两个。

宁韵然接着说："我是女士，要尊重女士的意愿。"

侍应生看向莫云舟，莫云舟微微点了点头。

甜点真的上来了，是很普通的巧克力熔岩蛋糕。

但是这家餐厅的熔岩蛋糕却做得很完美，当巧克力芯流淌而出的时候，宁韵然却无心欣赏，而是用勺子仔细找着里面的东西。

好不容易，她把搅和得认不出原样的熔岩蛋糕吃完，还不断地抵着舌头生怕自己不小心把什么东西咽下去了，但……它只是熔岩蛋糕，真的什么都没有。

宁韵然一抬头，就看见莫云舟撑着下巴，捂着嘴，不知道笑了多久了。

“你骗我!”宁韵然瞪圆了眼睛。

“我什么时候骗你了?”莫云舟一本正经地问。

“这里面什么都没有!”

“本来就什么都没有啊。我从来没说过里面有什么。”莫云舟的表情无辜到欠打。

“那你摆出一副很遗憾我不吃这里甜点的样子干什么?”

“因为这里的熔岩蛋糕很有名啊?你要是打包回去，肯定没有在这里吃的时候好吃啊。”

宁韵然顿在哪里，然后觉得自己太蠢了。

莫云舟……怎么可能会用那么土的方式送她戒指啊!

“吃饱了的话，差不多可以去看电影了。十份蜗牛还要不要打包?”莫云舟非常绅士地对她笑着。

“猪血粉比较适合打包，蜗牛还是算了吧!而且现在临时去电影院，肯定买不到票了啊。”

“不会啊。电影院就在两百多米的地方，这个时候正好看一个悬疑惊悚片《沉默的窗》。”

宁韵然这才明白，莫云舟早就订好电影票了，而且……

“你怎么知道我想看《沉默的窗》?”

同期上映的还有一部史诗大片和浪漫爱情喜剧，依照莫云舟的品味，他应该更喜欢那部史诗片啊!

“我也想过要不要和你一起看《墨色风云》，这样你大概会乖乖地靠在我肩膀上睡觉，不会说些煞风景的话。但我又怕你把口水流到我的肩膀上。”

又是那样眯着眼睛笑着，好像在说“其实跟你在一起做什么我都觉得开心”。

“那下次我请你看《墨色风云》，我绝对不会睡着!”宁韵然一副要对天发誓的样子。

莫云舟却笑得更明显了：“就算是请你喝特浓咖啡，你还是要睡着的吧?”

当他们到达电影院的时候，贴片广告已经放完了，影院里一片漆黑。

从前都是她走在前面拉着甄晴，这一次是莫云舟拉着她，向前走。

是不是无论怎样的路，无论是否看得清前面有什么，他都会这么拉着她？

莫云舟订的位置正好是中央，既不会太远，也不需要仰着头看。

他将爆米花放进她的怀里，好笑地低声说："你还吃得下？"

"吃得下啊。"

整部电影的故事情节都很惊悚，不断有人死掉，主角陷入了惊恐和迷茫之中，不知道凶手是谁。

而观众们也很入戏，他们身边的情侣们都依偎在了一起。

宁韵然聚精会神地看着屏幕，偶尔咯吱咯吱地把爆米花往嘴里送。

像是这样的故事，一般都会在细微之处暗示凶手的身份，宁韵然决定不放过每一个细节。

"你冷不冷？"莫云舟靠向她，在她耳边问。

他的气息暖暖的，宁韵然微微耸了耸肩膀。

"不冷啊。"

宁韵然觉得自己火力旺着呢，区区影院空调不能把她怎么样。

"一个姿势累吗？"

他挨着她，隐约之间她感觉他的嘴唇似乎在自己的脸颊上蹭了一下。

"不会累啊！"她觉得靠向他的那一侧脸颊微微发烫。

她一把一把地抓着爆米花往嘴里送，咯吱咯吱的声音仿佛能掩饰她刚才陡然变快的心跳。

"那3D眼镜重不重？"

这时候正好是幕后杀手追杀主角的紧要关头。

"……电影让你无聊了？没关系，就快结束啦！"

宁韵然心想还是该看那个史诗电影啊，瞧把莫云舟无聊的哦！

谁知道他忽然一把拽过她，将她拉向自己，强行改变坐姿，摘掉眼镜，吻了上去。

他的唇很暖，吻她的力气却很大，她的心脏瞬间呼啦啦燃烧起来，耳边是嗡嗡嗡的声音。

她愕然地看着他黑暗中的眼睛，他搂着她，一只手就在她的肩膀上，将她的脑袋摁在自己身上，轻声说：“这个才是看电影的正确姿势。”

之后的二十分钟，电影画面从宁韵然的面前闪过，她却什么都没看进去，连结局是什么都没明白。

心里只是重复着一个想法：哦，原来靠着他是这样的感觉。

电影结束的时候都十点半了，莫云舟将宁韵然送到了南山公寓楼下。

宁韵然刚要下车，莫云舟却钩住了她的后衣领。

“这个才是送给你的礼物。”莫云舟将一个小盒子递给她。

“啊，真的有礼物啊……”

“怎么？你嫌弃我没把它放进熔岩蛋糕里送给你啊？”莫云舟好笑地说。

“怎么可能……”宁韵然发现他真的很喜欢开自己的玩笑。

“那我看着你上去。”莫云舟微笑着扬了扬下巴。

宁韵然背着包，走了两步，忽然想到了什么，又走回来打开了莫云舟的车门。

“怎么了？”

“有东西掉了。”宁韵然低下头，在座椅下面找。

“什么东西？钥匙吗？”

莫云舟拿出手机，打开手电筒，低下头来伸下去帮她照亮。

冷不丁，脸颊上热了一下，他一抬眼，就看见宁韵然眯着眼睛看着他。

“找到啦！我走啦！”

她打开车门跑了。

莫云舟在车子里，摸了摸自己的脸，良久才说一句：“就这样亲一下，怎么就这么小气啊。”

宁韵然回到了自己的房间，背着房门呼出一口气来。

她刚才也是临时想到的，忽然很想亲亲他，但是又不想看到他那么从容的样子。

明明是老套的方式，没想到他还真的露出惊讶的表情来。

忽然觉得有点儿可爱。

宁韵然笑着将莫云舟送给自己的礼物拿了出来，那是一个黑色的缎面盒子，再没有其他的装饰了，就像莫云舟一贯的为人处事的作风，简洁明了。

她将盒子打开，发现里面竟然是一把钥匙，还有一张卡片：给我的女主人。

宁韵然的脸唰一下就红了。

"什么啊！搞得就像我答应嫁给他了一样！"

但不管怎么说，脸还是又红又烫。

宁韵然到洗手台前给自己泼了好几捧水，热度还是没下去。

"等等……我压根儿就不知道他家住在哪里！这算哪门子的女主人啊！"

尽管这样，宁韵然躺在床上还是做了一个梦。

梦见她和莫云舟一起靠在沙发上，看着所谓的史诗大片。莫云舟给她端着锅，认真地看着屏幕，她低着头，呼噜呼噜地吃着泡面。

生活不能更美好了。

然后在闹铃响起的那一刻，莫云舟不见了，泡面翻了，然后宁韵然惊醒了。

"呼……吓死我了……"

宁韵然起身去上班了。

每一天对她而言都是一个开始，她在等待着，到底顾长铭什么时候会带她去见郭笑。

在这之前，宁韵然已经通过杜若和上面商讨了许多次，假如郭笑问起如何处理那些本来应该经由梦幻星空乐园洗白的现金，她应该给他一个怎样的方案。

周五的早晨，宁韵然接到了来自顾长铭的电话。对方淡淡地在电话里对她说："你来一下我的办公室。"

宁韵然紧张了起来。

她起身，走进了办公室，来到了顾长铭的面前。

对方并没有坐在办公桌前，而是背过身来，看着落地窗外的世界。

"顾总。"

宁韵然的眉心下意识地蹙起，因为顾长铭的背影看起来就像是随时要从高处一跃而下一般。

"你知道楚君是自杀的吗？"

顾长铭的声音很平静。

这样的平静里，有一种绝望。

而他在这样的绝望里已经很久很久了。

"我……听说过。"

"楚君跟着我来到城市里的时候，正好十七岁。同村里有个男孩儿来城里读大学，和楚君很要好，楚君很喜欢他。”

“嗯……”宁韵然缓缓来到他的身边，这才发现他的目光飘得很远。

“从农村到城市里，那个男孩子的自尊心很强，明明没有足够的能力却总是不能隐忍，总想要别人尊重他的价值观和一切。他想要挣钱，在一个酒吧里打工……然后染上了毒瘾，成了个毒贩子。他有钱了，对楚君也很好，楚君一直劝他收手，他不肯。最终，他在一次逃避执法的时候，从酒吧冲到马路上被车撞死了。”

宁韵然的肩膀颤了一下。

顾长铭的声音微微颤着，宁韵然一把扣住他的胳膊。

“我明白了，不用再说下去了。”

像楚君这样的女孩，是忍不了救自己的钱的来源就是害死自己心爱的人的原因。

“我带着楚君的骨灰回村子里的时候，我爸妈却不在了。”

宁韵然心里一怔，顾长铭所谓的“不在”是什么意思？

“我最后一次和我父亲通电话，是在两年前。他说他过得挺好的。”

宁韵然的喉咙哽咽起来，她终于明白为什么这么多年顾长铭从不反抗的原因了。

因为他的父母在秦耀的手上。

“所谓挺好的……就是一周之后他脑溢血去世了。”

“那你妈妈呢？”

“我最后一次听见她的声音，是一个月前。我听得出来，她状态不是很好。之后，我再没有接到她的电话，也没去问为什么我妈没有打电话来。”

顾长铭侧过脸来，看向宁韵然。

有时候不需要说得太明白，理解彼此的人立刻就能知道对方说的是什么意思。

顾长铭的母亲一旦真的不在了，秦耀就会担心无法掌握他。秦耀不会轻易干掉顾长铭，毕竟这样一个大集团的老总没了是大事，但他也不会让顾长铭沾手他的黑色收入，要抓住秦耀的经济命脉就更难了。

顾长铭不去问母亲的事情，秦耀不告诉他母亲还在不在，他们能保持表面上的平衡。一旦他问了，秦耀就会怀疑他要反抗，很可能会直接解决他。

“让孀栩回头是岸是不可能的了。只有摔下来，才知道自己原本站的位置并不对。”

顾长铭的声音还是那么平静，宁韵然却知道这个男人已经下定决心了。

“我知道。”

顾长铭从口袋里取出一张纸，递送到宁韵然的面前。

宁韵然打开一看，发现上面写的是“宏信贷”三个字。

这是几天前宁韵然向杜若汇报工作的时候，杜若告知他们的计划也是利用“宏信贷”。

它是最近一年在网络信贷行业异军突起的P2P（全称Peer to Peer Lending，点对点互联网借贷，下同）平台。最重要的是，凌睿和这家平台的老总有非常密切的合作关系，如果郭笑选择这个信贷平台，对于凌睿他们的行动也会更有保障。

但是宁韵然并不确定，郭笑会同意使用这种网络借贷平台。

看着宁韵然微微蹙着眉头似乎在疑惑的样子，顾长铭开口道：“婳栩的资金操作看起来准备充分稳妥，但其实她有她自己的习惯和渠道。”

“我知道，是利用空壳公司的交易居多。而且这些交易本来就难以衡量价值，这个价值就是她的操作空间。”

“但很显然，这种方法一旦被盯上，迟早都是要出事的。郭先生希望能够有新意一点。婳栩很要强，如果是郭先生决定的方法，她一定会很积极地去执行，希望能够重获郭先生的信任和重用。”

“我明白了。”

要说对赵婳栩性格的了解，没有人能比过顾长铭。

“走吧，今天不是说要一起去庆祝一下你的升职吗？”

宁韵然跟着顾长铭离开了纵合万象。

坐在他的车上，她的心里莫名紧张着，手指握紧，手心里是一层薄汗。

她知道顾长铭是要带她去见郭笑了。可是郭笑并不是好糊弄的人，他的防备心不亚于赵婳栩。宁韵然想起那一次在画廊，郭笑拿走她胸针的那一幕。

顾长铭侧过脸来看了她一眼，开口道：“他不会马上信任你。应该说，他不会相信任何人。你只需要让他对你脑子里的东西感兴趣就好。”

宁韵然闭上眼睛，深深地吸了一口气。

她想起了那天晚上，在莫云舟的车里，他们聊着怎样洗白大额现金。

那场讨论，就像是纯粹的头脑交流，游戏而已，没有任何的物质欲望。

她告诉自己，淡定下来，就像莫云舟那样从容。

把和郭笑的一切交谈，当成游戏就好。

越认真，越紧张，对方就会越怀疑。

顾长铭的车停到了一个高端会所。

这里包间的隐秘性很好。

当宁韵然跟着顾长铭走进去的时候，看见了一张圆餐桌。

餐桌的主位上空着，而郭笑很低调地坐在右侧，他的身边坐着他的助理张铁。

而主位的另一侧则是赵婳栩和黄秘书。

黄秘书向她点了点头，而赵婳栩也是一脸和蔼的样子。赵婳栩一向对她心有怀疑，只是这顿饭真正的东家是郭先生，赵婳栩怎么着也得在宁韵然面前表现出团结友爱的样子来。

宁韵然在心里想着，看来除了周暖，所有为郭笑办事儿的人都到齐了。

周暖应该是不参与直接的洗钱过程，而且他好像对商务一窍不通，所以没来也不奇怪。

“唉？郭……郭先生?”

虽然知道郭笑会来，但是在画展上郭笑只对她说过自己的姓，这个时候自己是不能表现得早就知道郭笑是谁。

“啊，宁小姐。我和长铭还有婳栩都是老朋友了，今天我约了他们吃饭，结果长铭对我说，他有一个小妹妹，今天升职了，答应了要陪她吃饭庆祝的。所以我就冒昧地说，那我就请你和你的那个小妹妹一起吃饭吧。你不介意吧?”

郭笑看起来很有风度，就像一个有涵养的商界成功人士，根本无法让人联想到他是毒枭的资金代理人。

“当然不介意……只是，顾总说我是‘小妹妹’，让人挺不好意思的……”宁韵然摸了摸后脑勺儿。

“哈哈，之前婳栩说你有点像长铭的妹妹，我还不相信。现在见到你，觉得笑起来的样子确实有点像。”郭笑拍了拍身边的位置，对顾长铭说，“长铭，坐啊!”

顾长铭点了点头，在郭笑的身边坐下。

而赵婳栩也热络地起身，挪开身旁的椅子，朝宁韵然笑着说：“来，小宁，坐这里。”

“谢谢赵总!”

“这又不是上班的时候，不用叫我赵总，叫婳栩姐就可以了。”

宁韵然坐下之后，露出她标准的没心没肺的笑容：“谢谢婳栩姐。”

“你看你喜欢吃什么？本来我说先点菜，但是郭先生说今天是帮你庆祝的，怎么着也得你来点喜欢吃的菜。”

赵婳栩将点菜用的平板电脑推到宁韵然的面前。

宁韵然抬起头来看了一眼顾长铭，顾长铭点了点头说：“想吃什么就点什么。”

郭笑看到宁韵然和顾长铭之间的目光交流，不由得笑了：“小宁还真像妹妹一样，什么都听长铭的啊。”

“她其实有自己的小想法，只是有郭先生在，她装腼腆而已。”顾长铭淡淡地说。

宁韵然低下头，继续看菜单，然后一边选还一边看赵婳栩，赵婳栩也跟着笑了。

“你平常挺有想法的啊，还真像你顾大哥说的，郭先生在这里，不好意思了?”

“她不是有想法，她是能把这里的所有菜都吃一遍。”

顾长铭的话刚说完，郭笑就笑了。

在等着上菜这段时间，郭笑和他们几个聊的都是纵合万象集团从年初到现在的经营情况，还有T市的商业格局。

郭笑眼睛的余光瞥过了宁韵然的脸，她以一副很认真的样子在听他们说话。

他们聊到了赵谦的梦幻星空乐园，说是到现在，梦幻星空乐园的账目以及建成之后到现在的所有投资都在被严查。

话题一点一点地就扯到了现金收入如何进入金融系统了。

“唉，我在T市的朋友最近也为这个头疼。他的生意收了很多的现金，如果正常存入银行的话，缴税很高，不知道怎么处理。”郭笑很为难地摇了摇头。

宁韵然以一副不是很感兴趣的样子，吃着水煮鱼。

这个会所的水煮鱼很新鲜，鱼肉很嫩，就连汤底里的蔬菜都火候刚好。

“主要是最近T市正在大力打击洗钱犯罪。郭先生，你的朋友现金收入太多又不想缴税，可别撞到了枪口上。”顾长铭的声音淡淡的。

“对啊。从去年下半年经营星耀 KTV 的胡长贵被查出来洗钱，到今年上半年蕴思臻语画廊的高峻，还有好几个经营连锁超市和餐厅的老板也被查出来有洗钱嫌疑，不只是缴罚金，连人都进去了。”黄秘书以一副很担忧的样子说。

“婳栩，你那边有什么法子吗？”郭笑看向对方。

“我这边看看能不能走一点什么国家扶持小农经济的收入来给郭先生的朋友避税吧。但是如果金额很大的话，也比较困难。”赵婳栩回答。

宁韵然没有参与他们聊天谈话的意思，转着转盘，专心致志地吃着糯米蒸排骨。

“唉，小宁啊，我记得长铭说过，你是美国哥伦比亚大学商学院毕业的吧？而且之前婳栩还特别想把你带进财务部，结果被长铭抢走了？”

随着郭笑的视线，其他人也跟着看了过来，宁韵然正好咬着排骨，吞也不是，吐也不是。

心中人神交战了许久，宁韵然还是放下了排骨，看着郭笑，认真地点了点头。

“哈哈，你别紧张。我就想问问你，如果是你会怎么做？”郭笑向后，靠着椅背，看着她。

宁韵然敢肯定，郭笑所指的大额现金并不仅仅是大额而已，而是巨额。

这笔钱说不定被藏在市郊的什么小仓库里，不知道该怎么办才好呢。

谁要赵谦那边不敢顶风作案收不了现金了，加上凌睿最近打压得特别狠，许多帮着郭笑进现金的服务行业都被端掉了呢。

“郭先生……我也不知道啊……”宁韵然的视线又瞥向顾长铭。

他们的默契就是要让郭笑觉得，宁韵然很听话，顾长铭能管得住她。

这时候顾长铭缓缓开口了。

“小宁，郭先生只是想避税，尽量保证资产价值而已。你如果有想法的话，可以说出来。你不说，那么就没有人能和你一起来探讨你的想法好不好，有没有实施的可能性。”

顾长铭说完，宁韵然就抬起手来抓了抓自己的脑袋，想了好一会儿，才开口问：“郭先生，你有没有听说过 P2P 平台啊？”

“听说过，这一两年发展得很快，已经有很多相似的平台了。这是一种点对点信贷，属于个人信贷的一种。它现在出现的形式基本上都是小额借贷，通过平台汇集小额度资金，然后借贷给有资金需求的人。但是，目前在国内发展得并不成熟，特别是监管方面。”

郭笑明显对宁韵然提出的P2P平台很感兴趣，撑着下巴看着她。

“不成熟才有利用的空间啊。如果都完全成熟起来了，那么可操作的空间也就不够了啊。”黄秘书说。

宁韵然说到这里，郭笑就点了点头，示意她有什么想法就继续说出来。

“我们国家的P2P网络借贷平台的交易过程，首先是借款人注册平台用户，提供身份和财务状况证明，审核通过后，就可以在网站上发布借款邀请。接着，有意贷款的用户开始竞标。当借款募集额满后，借贷合同生效。”

“我明白，就是一方向平台证明自己的身份后提出需要借钱的要求，而有钱的人则提供资金，赚取利息。”郭笑点了点头，“这个我还是有所耳闻的，就是没有很深入地了解过。”

“P2P网络借贷平台的本质就是民间借贷的网络版。我们都知道，身份识别制度在金融监管，特别是……反洗钱制度体系中处于核心地位。可是这些平台无法对客户提供的身份资料进行核对和甄别，这种非面对面业务形式留下了一些漏洞。”

宁韵然说完，就抿了抿嘴唇，有些话不需要说得太明白，郭笑就懂该怎么做了。

既然这些P2P平台无法具体核实用户的身份，而上传的各种资料也可以伪造，郭笑可以购买多个身份证，同时注册为贷款人和借款人，通过贷款竞标，将非法所得通过P2P平台放款获取本息。

以郭笑的执行力，搞到五百个账户，每个账户分散存入十万元现金，短短一个月就能洗白五千万元。

如果他更大胆，在监管部门察觉到之前，还能洗得更快。

郭笑的表情很淡，但是宁韵然却在他的眼睛里看到了笑意。

“小宁，你对互联网金融很了解啊？”郭笑问。

“这个挺有意思的，现在都进入电子信息化时代了嘛。说不定再过几年，实体银行都不需要了，以后郭先生出门，买什么东西，真的刷脸就可以了。”

郭笑忍不住笑出声来：“长铭，你把她从婳栩那里抢过来，一定是因为她是个开心果吧？”

“她能不能娱乐别人我不知道，但是自娱自乐她倒是挺在行的。”

这顿饭吃完了，宁韵然跟着顾长铭他们身后离开。

顾长铭转过头来说了一句：“小宁，你跟着黄秘书先回去吧。”

“哦，好的。”

宁韵然点头。

接下来，就靠顾长铭让郭笑去使用 P2P 平台，而且还要委任赵婳栩全权处理。

进了电梯，郭笑无意地看着景观电梯外面的街景问：“最近比较火的 P2P 平台是哪个？”

“恒信贷、放心贷，还有宏信贷。”顾长铭回答。

“那么业务量最大的呢？”郭笑又问。

“这个要去调查一下才知道。郭先生是真的对 P2P 平台感兴趣？”顾长铭问。

“传统的方式弊端太多。既然 P2P 平台还存在可操作的空间，我们就要在这个空间还没被封闭之前，好好利用。”

“传统的方式弊端太多”这句话让一旁的赵婳栩的脸色瞬间变得不好看了。

但是她很快就扬起了微笑，开口说：“郭先生，关于这几个 P2P 平台的调查就交给我吧。我知道我们需要选择一个业务量相对较高，准入资格较低的，这样子如果我们真的使用 P2P 平台的业务也会不那么显眼。而且最好这个平台有保障，不会让我们的资金有去无回。”

“嗯。婳栩，你做事，我放心。我们可以先试一试。”

“那是当然。”

宁韵然上了黄秘书的车。一路上，黄秘书对她似乎比以前更有兴趣，问了许多互联网金融方面的知识。

一整个下午，宁韵然坐在办公桌前，思维却不知道飘到哪里去了。

她一直在等着顾长铭回来，她想要知道，郭笑到底接不接受这种方法。

但是等到下班，顾长铭也没有回来，估计是要和郭笑深聊吧。

下班的时候，莫云舟早早地就在街角的 7-11 便利店等她了。

一想到莫云舟的笑容，宁韵然就觉得自己不需要那么焦躁，就像莫云舟那样，山来水往淡然处之，一切都会有答案。

只是宁韵然来到莫云舟的车前，却发现开车的人是陆毓生。

而莫云舟坐在后排，笑着朝宁韵然招了招手。

“咦？毓生和我们一起吃晚饭吗？”

“你不欢迎吗？如果不是我，你的现任男友，未来的老公就没了！”陆毓生用夸张的语气说。

宁韵然这才发现，陆毓生的左眼好像被揍了，隐隐地泛青。

“怎么了？”宁韵然正要碰莫云舟的胳膊，就感觉他微微缩了一下，“你受伤了？怎么回事？”

“你还记得你和我小舅舅在跨江大桥上的车祸吗？”

“记得啊！”

那么惊心动魄，午夜梦回都不想拿来回味！

“今天我和我小舅舅去商务洽谈，在停车场里见到那个卡车司机了！我就追了上去，谁知道那家伙还有同伙啊！”

“你怎么那么冲动啊！”宁韵然恨不得把陆毓生的脑袋揍爆掉，“报警你不会啊！你小舅舅肯定是为了保护你才受伤的！”

“明明我很威猛地解决了一半！”

“我知道啊！五个打你，五个打他！”宁韵然的白眼都快翻上天了。

“什么五个打我啊，是我打他们！我那个时候就在想啊，要是你在就好了！肯定会帮我小舅舅的，对吧？”

“不啊，我会全部都让他解决。”

宁韵然用理所当然的语气说。

“为什么？”陆毓生不可思议地问。

“因为你小舅舅比我厉害多了！如果我在，那我的男朋友更要保护我了！”

“你哪里需要人保护啊！”

“后来呢？那个人跑了？”

“哪能啊！我小舅舅报警了，把他们全逮住了！”

宁韵然这才呼出一口气来。

看着她蹙起的眉头缓缓舒展开来，莫云舟侧着脸好笑地问：“刚才你还对我的身手自信满满，现在怎么又一副担心的样子了？”

那是因为她担心是郭笑派人来对付莫云舟！

但是现在听来，应该是陆毓然“主动”去招惹对方的了。这是妥妥的自作自受啊！

只是这顿晚餐就有点让人无语了。

莫云舟的胳膊有伤，宁韵然难得非常积极主动地给他夹菜，但是陆毓生实在太煞风景了。

“小舅妈，我小舅舅不爱吃糯米，你这块排骨上的糯米太多了，还是我帮我小舅舅吃吧。”

也不等莫云舟点头，陆毓生就直接将筷子伸进了莫云舟的碗里。

“唉，水煮鱼的油太多了，我小舅舅一向饮食清淡，水煮鱼还是交给我和你来消灭吧！”

陆毓生直接用勺子将宁韵然看中了的鱼片捞走了。

宁韵然在桌子下面握紧了拳头。

看在你也鼻青脸肿的份儿上，我忍你！

宁韵然夹起广东菜心正要放进莫云舟的碗里，谁知道陆毓生竟然又有废话要说。

“那个，我小舅舅只吃菜心最嫩的部分，你挑的这根太粗犷了，还是交给我吧！”

陆毓生的筷子就要再度伸过来，宁韵然真想把那一盆菜心扣到他的脸上。

这个死孩子是不是故意专门跟她抢的啊！

就在宁韵然准备在桌子下面狠狠踹他一脚的时候，莫云舟却用筷子挡住了陆毓生的魔爪。

“你缺爱啊？故意要抢我的东西吃？”

莫云舟的眉梢挑起来，似乎是生气了。

陆毓生这才撇了撇嘴说：“对啊！看不惯你们秀恩爱！你们自己说你们这样对吗？我抓到了差一点把你们撞到江里面去的坏蛋呢！我还担心小舅舅的胳膊受伤没法开车，亲自给你们做司机啊！结果呢，你们连个大蒜都没给我夹过！”

莫云舟的唇角勾了勾，侧过脸来看着他：“明明报警就好，是你无脑惊动了那个家伙。招惹了对方又打不过，还是我给你摆平的。我还以为你帮我开车是因为内疚，原来不是的啊？”

陆毓生张了张嘴，被哽住了。

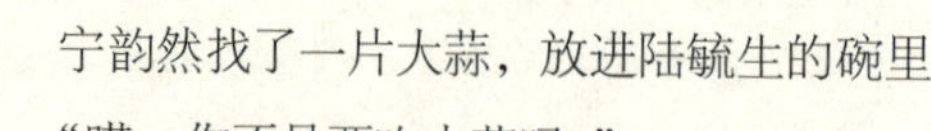

宁韵然找了一片大蒜，放进陆毓生的碗里。

“喏，你不是要吃大蒜吗?”

“你们太过分啦!”

宁韵然看他吃瘪的样子觉得非常爽。

晚上她回到了公寓，第一件事情就是去对面找杜若。

“杜师兄，那个在跨江大桥上企图将我和莫云舟撞下桥的家伙被抓了，对吧?”

杜若不紧不慢地泡了一壶龙井，来到宁韵然的面前，给她也倒上了一小杯。

不得不说，杜若长得好看，那气定神闲沏茶的模样还真有点雅韵。只是他把茶都泡上了，看来要说的话也会很长。

“小宁，一直以来我们都在试图控制秦耀的资金洗白。你知道目的是什么吗?”

“一方面当然是为了抑制洗钱犯罪，维持金融秩序……另一方面，我们现在跟进的这个案子相当于是大毒枭秦耀贩毒的下游犯罪，我们希望借由洗钱能对抓获秦耀起到作用。”

“是的，但是要发挥作用，需要契机。要感谢你的男朋友莫云舟，把这个契机送给了我们。”

“什么意思?”宁韵然眯起了眼睛。

“那个撞你们的卡车司机名叫陈水，他一直跟着郭笑，大部分时间都听从郭笑的指挥。但是指使陈水对莫云舟下手的人是黄颖。”

“黄秘书……”

宁韵然当然知道黄秘书和郭笑是一伙儿的。

“这个陈水虽然专门负责干一些不干净的活儿，但因为和郭笑的助理是拜把子兄弟，所以秦耀的一些大事儿，他还是知道一点的。”

“什么大事儿?”

“秦耀收了某个香港毒枭巨额资金，答应为对方提供一批高纯度的货。但是这批货被一次东南亚联合缉毒行动给截获了。这就意味着秦耀要么给那个毒枭再提供一批同等质量的货，要么就要根据约定以三倍的金额赔偿给对方。但是据我所知，他手头上要再凑出这个分量的货来，实在不容易。而其他毒枭也不愿意把货卖给他，他们巴不得看着秦耀出事，好瓜分秦耀这块肥肉。”

“怪不得郭笑会冒着那么大的风险亲自来T市！是不是秦耀收的那个香港毒枭的资金已经进入T市，还有之前挣的黑钱，所以郭笑才会那么急着想要借助网络信贷平台来洗白这批现金，将它们转出去给秦耀补窟窿？”

“没错。如果这批现金的洗白渠道被堵住，如果这批现金直接被我们查获……”

“他就得卖掉梦幻星空乐园来凑这笔钱了？”宁韵然跟着杜若，思维也逐渐清晰起来。

“如果这些都没办法实现呢？”杜若轻笑着问她。

“……那么秦耀就要去买货？假如这边大量的资金被执法机关查获，别家卖货给他价格就会成倍上翻……他只怕将老底掏出来也买不起吧？”

“他这些年洗白的钱多的是。我们只需要让他觉得在这里亏损的实在太多了，这样，假如有另一个供货人以一点五倍或者两倍的价格卖货，要求当面交易，秦耀上钩的可能性会很大。而缉毒队的同事们就可以埋伏好出手了。”

“可是这样一个供货人……缉毒那边的兄弟怎么肯定那个供货人会听他们的？”

“现成就有一个。前段时间一个活跃在云南的大毒枭江城被我们秘密抓捕了，只是新闻一直没有公布，我们只要借用一下江城就好。”

“但是还是需要核对这个陈水说的消息是否准确，如果大毒枭秦耀根本不缺货也不缺钱，我们之后做什么都是无用的。”

“你放心，等我的通知就好。”

宁韵然点了点头，从杜若的表情，她可以看出来，那个陈水交代的消息只怕八九不离十。

她回到了自己的房间，感到沉重的压力仿佛要从天花板上坠落下来。

但她也知道，只要坚持到最后，就会有黎明的曙光到来。

手机里有一条未读的微信信息，宁韵然将它点开一看，发现是莫云舟发了一张照片过来。

是他穿着浅咖色的丝质睡衣，靠着床头，前面的扣子扣得好好的，一点遐想都没有，只露出了他长长的颈子。灯光是浅橘黄色的，照在他的脸上，柔和中带着几分隐约。

他只留了一句话：记得做手机壁纸。

宁韵然笑出声来了：“没见过这么自恋的家伙！”

可是他自恋的样子，也是要命的可爱。

第二十二章
莫云舟的身份

赵婳栩的行动是极为迅速的，她通过熟悉的财务公司，买到了两百个账户信息，交给了郭笑，郭笑派人存入资金，开始洗钱。

接着，赵婳栩又向另外的财务公司，购买了五百多个账户信息作为借款方，用于在平台上接收贷款。

为了避免因为 IP 地址相似被贷款平台的系统追查，这五百多个账户都交给了周暖进行 IP 地址重新设定，地址遍布全国。

一切看起来相当顺利，上班的时候，宁韵然在电梯厢里正好碰到了赵婳栩。

对方向宁韵然点头浅笑，从她的目光里，宁韵然可以看出来她是真的很高兴。

“小宁，如果当秘书当得无聊了，我的财务部张开双臂欢迎你。”

“谢谢赵总。”

走出电梯厢的宁韵然，笑容缓缓地隐没下来。

她知道，赵婳栩不会笑太久了。

因为赵婳栩不知道当周暖进行地址设置操作的时候，已经秘密地将这些用户名全部留存了下来。

顾长铭通过匿名邮件，将这五百多个账户的具体信息发送给了凌睿。

凌睿立刻进行了流水调查，这些账户都是经过小额现金存入，每个户头里都有三十万到五十万元的现金。

收到这个消息的凌睿立刻召集队里的核心骨干，对如何通过这几家财务公司来上溯追查赵婳栩进行探讨。

在凌睿的办公室里，他笔挺着背，包括老吕等几个他的心腹经侦员都聚集到了这里。

“我们已经拿到了这五百多个账户，而且根据线报，这周三赵婳栩和郭笑会在一家会所的包厢内面对面交易，赵婳栩会把这五百多户的信息交给郭笑。我们要抓就要抓现行。虽说抓他们容易，定赵婳栩的罪也很容易，但是提供信息给我们的线人就很危险了，也会影响他们为我们传递后续线报。”

凌睿看着几名经侦员说。

“哦，我明白了……老大，您是想要唱一出戏，让赵婳栩和郭笑认为我们的线报并不是来自纵合万象集团内部，而是她自己的原因。”经侦员梁超说。

“从被赵婳栩控制的那几个财务公司入手，行不行？让她以为是她手下提供这些账户的财务公司出了问题！”老梁试探性地建议说。

“毫无疑问，如果我们直接以冒用他人信息在 P2P 平台开立账户进行非法借贷的理由去调查这几家公司，一定会打草惊蛇。赵婳栩随时会将它们当成弃子，像壁虎一样断尾求生。”

凌睿沉冷地看向办公室里所有的人。

在这里的都是 T 市经济侦查的精英，他们在这个领域里工作了许多年，早就练就了火眼金睛。

可如果不是顾长铭几年前的匿名邮件，他们没有一个人会怀疑纵合万象集团，足以说明赵婳栩手段之高超。

“赵婳栩狡兔三窟。在凌队长收到匿名线报之前，我们并不是没有抓过她的尾巴，只是这些尾巴都被她利落地砍断了，我们甚至没有机会意识到和她有关。”老吕对这个对手的能力还是很认可的，但他也经常感叹赵婳栩的脑子没有用在正道上。

“这些财务公司代理了不少中小企业的业务，为了给赵婳栩扩展财务资源，它们没少参与小企业之间的融资，充当了资金掮客。我就是在想，是不是可以从这个方面下手。”经侦员梁超说。

“小梁的建议很好。我们不可能同时对赵婳栩控制的这些财务公司下手，只需要轻描淡写地和其中一个聊聊天。事后，以赵婳栩多疑的性格，一定会以为是自己的财务公司泄密了，这样就不至于让她怀疑到我们的线人身上。”凌睿说。

老吕一拍脑袋，开口说："我想起来了！这是南山区经侦大队林大队长的一个案子，是去年年前的事了，时间有点久。有一家小广告公司，叫画眉鸟传媒，它的老板姓曾。为了获取高额的贷款利息，这个曾老板通过赵婳栩控制的一家财务公司，将钱借给另一家中型企业叫作光明小康实业，谁知道这个光明小康实业竟然倒闭，后来企业老总卷款消失了！曾老板找不到光明小康实业还钱，于是将这个财务公司给告了。但是这个财务公司太精明了，根本没留下什么有用的证据，所以南山区的林队长明明盯着这个财务公司很久了，也只能作罢。"

凌睿双手合十，指尖抵着下巴，微微闭着眼睛。

办公室里瞬间安静了下来。

老吕和小梁他们都知道，当凌睿露出这样的表情时，就是有主意了。

果然，十几秒之后，凌睿的唇线缓缓地弯了起来。

"如果是我们市局的经侦支队出马，就太扎眼了。这回还得麻烦我们的林大队长设个套子，以之前的案子为借口，把那个财务公司的负责人请过来喝喝茶。当然，只是单纯的喝茶而已。"

"哈哈哈，这是个好主意。而且林大队长说过要请我们兄弟几个吃他们对面的啤酒鸭拌粉，听说味道绝杀啊！"小梁咽了咽口水。

老吕直接在小梁的后脑勺儿上拍了一下："你这个没追求的东西！"

"好了。"凌睿压低声音，办公室里立刻安静下来，大家纷纷看向他。

"今天我们商量的一切必须保密，否则我们不仅仅会错过这个扳倒赵婳栩千载难逢的机会，还会使为我们提供消息的线人身陷险境。我们的行动就是要快、狠、准。"

"明白！"

第二天上午，比格财务有限公司的老总唐姗正准备到对面的美容院去做SPA（水疗），谁知道刚到美容院的门口，就被南山区经侦大队的林大队长给拦下来了。

"唐女士，关于画眉鸟传媒有限公司和光明小康实业之间的经济纠纷，我们有一些问题需要请您跟我们走一趟，配合一下调查。"

林大队长向唐姗出示相关文书，他在比格财务有限公司的楼下等了很久，为的就是在唐姗离开公司之后再带她走，否则如果财务公司里有赵婳栩的眼线，直接向她汇报这个情况就不好了。到时候伏笔没有埋成，反而打草惊蛇。

“不会吧？这个案子不是已经结了吗？画眉鸟传媒的曾老板已经撤诉了……林大队长，您能透露一下是因为什么又要请我去调查吗？”

“好吧……”林大队长叹了一口气，“之前光明小康实业的老板不是卷款消失了吗？就在两天前，我们找到他了，所以这个案子还有一些细节需要请唐女士前去了解清楚。”

之前因为南山区经侦大队的调查，赵婳栩已经勒令唐姗必须尽快解决经济纠纷，赵婳栩是绝对不允许自己手下的财务公司有任何把柄落在执法部门手上。否则经侦大队一旦深查，之前的一些灰色操作都有可能被挖出来。

于是唐姗找到了曾老板私了，并且答应了赔偿他的损失。

在那之后的大半年，赵婳栩几乎没再找唐姗办过什么事儿了，这让唐姗惴惴不安起来。毕竟这些年，赵婳栩给她的提成不少，没了这些灰色收入，她如何甘心。

可就在最近，赵婳栩要她帮忙提供五十个身份信息，要求无借贷记录、信用良好，并且财务状况简单。

唐姗精挑细选了五十个给她。

她知道，只要五十个，说明赵婳栩对她之前那个案子还是心存芥蒂。

现在忽然又提起这个案子了，唐姗心里不安起来。

她心里知道自己应该跟赵婳栩说一声经侦大队又来找她了，但是给曾老板钱的时候，她就料想到了如果光明小康实业的老板被抓回来，就和曾老板约定必须将她摘出去。

假如被赵婳栩知道经侦大队又来找她了，只怕赵婳栩这一次是真的要放弃她了。

没必要给自己惹一身臊，不如等弄清楚怎么回事再说。

唐姗跟着经侦大队的林大队长来到了南山区分局。

当她坐在椅子上，看着一个和林大队长一样身形高挑穿着制服走进来的男人时，唐姗莫名地有一种不妙的感觉。

这个男人明明带着礼貌的微笑，但是目光里透露出来的某种力度感，让唐姗下意识地吞咽口水。

在这半个小时里，林大队长讯问的都是之前画眉鸟传媒和光明小康实业之间的经济纠纷，这些唐姗早有准备，她紧张的心绪平静了下来，对于林大队长提出的问题，对答如流。

当林大队长点头说了声“谢谢您的配合”的时候，唐姗以为这个案子已经可以把自己摘出去了。

离开的时候，唐姗再度在心里庆幸，自己并没有跟赵婳栩说这件事。否则问题明明可以解决，赵婳栩也一样会把她当成弃子。

她有一种感觉，赵婳栩要搞一个大生意，自己跟着她绝对能挣到钱。

此时，办公室里的凌睿和林大队长端着茶杯，相视一笑。

“这要多谢林大队长了。还是你对唐姗知已知彼，料定了她不会告诉赵婳栩，不然我还真不敢用她来放烟幕弹。”凌睿说。

“好歹打了这么多年交道了，她脑子里想什么我怎么会不知道呢？”林大队长笑了笑，“本来我都有证据要抓这个唐姗了，这回是为了凌支队长，才打算延后的啊。”

“那就请林大队长收到我把赵婳栩带走的消息之后，再抓这个唐姗。这样一个巧合，赵婳栩就会更加怀疑是唐姗泄密了。”

几天之后，赵婳栩带着U盘开车前往和郭笑约定的私人会所。

车开到一半，就接到电话，说改变交货地点，让她去一家名叫莫里安的西餐厅和郭笑交换资料。

她这一改变方向，让后面跟踪她的侦查员们差一点乱了阵脚。

当赵婳栩来到餐厅时，让她没有想到的是，郭笑并没有来，来的只是他的助理张铁。

“这么重要的东西，郭先生怎么没有来？”赵婳栩有些不太满意。

张铁笑了笑说：“现在查得紧，郭先生没有选择酒店房间或者私人会所，也不亲自出马，就是为了让我们看起来只是朋友之间吃个饭而已。”

“好吧。”赵婳栩知道自己不为郭先生所信任。

他们这桌的菜上来了，赵婳栩耐着性子用餐，和张铁有一搭没一搭地聊着，一对年轻的男女走了进来，女孩子的声音爽朗，带着雀跃的笑意。

“我上次就跟你随口说一声想吃这家的牛排，没想到你就带我来了？”

“我们最近都比较忙，见面的时间都是挤出来的。一起吃个饭，当然选你想吃的来。”

“你不用这么顺着我吧？”

“不是顺着你，是每次看你吃东西都很有食欲。”

男人很出众，瞬间吸引了不少人的注意。衬衫勾勒出他上身挺拔的背脊，西装外套随性地搭在他的手臂上，哪怕是浅笑，也让人看了觉得很舒服。

赵婳栩和张铁一起看了过来。

“这不是宁韵然吗？”张铁有些好奇，“她旁边的是谁？”

“莫云舟。”

赵婳栩蹙起眉头，她没想到在这里竟然也能遇上他们。

张铁忍不住多看了两眼。

这个青年才俊比他想象中看起来要更加年轻。梅沙仓的争夺战闹腾得那么大，张铁本来以为莫云舟看起来应该很锐利，甚至有几分不达目的不罢休的气势，但是没想到很谦和，也很有风度。

“莫总，小宁，你们怎么也会来？”

见到莫云舟如果连招呼都不打一声，肯定是不合适的。

宁韵然正要起身，赵婳栩却压了压手，示意她坐着：“非工作时间，不用那么见外。”

莫云舟也只是朝着赵婳栩的方向点了点头。

赵婳栩还是开口问了：“真是巧啊，我和朋友来这边吃饭，还能碰上莫总。”

“因为小宁一直想要到这家餐厅尝他们的丁骨牛排。上周我就订了位子，结果你们正好开会，没有吃成，所以就换了今天。”莫云舟淡淡地笑了笑。

“莫总这是不高兴小宁加班了？”赵婳栩半开玩笑地问。

“哪里？她的工作职责，她应该做好。本来我说要她到我这边来，这样见面机会就多了。但是如果被我公司的人知道我们的关系，又要说三道四。她最受不了这个了。”

莫云舟还是很有礼地回答，但就连张铁都能看出他的疏远。

看起来，他似乎因为梅沙仓的争夺再加上上一次宁韵然被绑架，赵婳栩和顾长铭没有报警的事情而耿耿于怀。

“才不是。明明是你自己担心你姐姐和姐夫觉得你是公权私用，不想家里人教育你，你才觉得我跟你不在一个公司比较好吧？”宁韵然歪着脑袋不满地说。

“我和你不一样，我二十岁以后就不需要别人教育了。”莫云舟伸长了手，在宁韵然的脸颊上掐了一下。

因为有莫云舟在，赵婳栩不得不考虑还要不要交接那个U盘给张铁。

但是旁边的莫云舟和宁韵然好像真的是在吃饭，连看都没有再多看他们这边。

莫云舟说的都是宁韵然年假的时候，要带她去新加坡。

听到他们商量行程，赵婳栩的内心掩饰不住对宁韵然的羡慕。

她能够感受到莫云舟对宁韵然的包容和耐心，这一次莫云舟如果带着宁韵然去新加坡，很有可能就是去见家里人，这也表示他认定了宁韵然了。

而宁韵然又有什么特别呢？她一样没有家人，没有人关怀，甚至不像她赵婳栩那样事业有成，在商界万众瞩目，但是莫云舟却那么在乎她。

就在这个时候，餐桌对面的张铁轻轻地咳嗽了一声，赵婳栩立刻醒过神来。

“东西给我吧。”张铁拿起餐巾，擦了擦嘴说。

赵婳栩见旁边桌的莫云舟正拿出手机给宁韵然看新加坡环球电影世界的照片，两个人的注意力一点都没有放到他们这里来，也安心了一些。

于是将U盘放进餐巾纸的包装袋里，和餐巾纸一起递给了张铁。

张铁拿到了餐巾纸的时候，他们斜后方的客人忽然站了起来，一个路过宁韵然和莫云舟餐桌边看起来像是学生一样的年轻女生也围了上去。

“赵女士，我们收到线报，你今天会在这里向洗钱集团的接头人交换用于网络平台洗钱的账户信息。”

几个身着便衣的经侦员向赵婳栩他们亮出了身份。

张铁露出惊讶的表情：“账户信息？什么账户信息？你们搞错了吧，我们只是来这里吃饭而已。”

餐厅里的宾客们也纷纷看了过来，有的甚至站起来看热闹。

那个大学生打扮的经侦员走到了张铁的面前，正要去拿起他面前餐巾纸里的U盘，这时候旁边桌的宁韵然站了起来：“喂，你们搞错了吧？这位是我们公司的高管，她每年的年薪都很高，根本不需要去搞什么账户信息！而且这位先生也不是什么洗钱集团的接头人，而是我们公司一位大客户的助理啊！”

宁韵然走了过去，站在了张铁的身边。

莫云舟也起身走了过去：“你们的消息确实可能有问题。这位赵女士是纵合万象集团的高管，不可能和什么洗钱集团接头。你们要是胡来，我会通知你们郑局长。”

莫云舟的表情严肃，很有威慑力。

这时候，凌睿推开了餐厅的门，走了进来，不紧不慢地开口：“莫先生，请您放心，我们出任务肯定是有准确的线报。莫先生在这里，正好也做个见证，看看赵女士有没有传递什么东西给这位先生。”

被宁韵然挡住的那个经侦员将张铁面前的餐巾纸拿了过来，果然在里面看到了一个U盘。

赵婳栩的脸色看起来平静，但是目光却有一丝慌乱。

“哦，那只是一个U盘而已，是我办公用的，只是餐巾纸和U盘都放在包里，U盘掉进餐巾纸的袋子里，我递给张先生的时候没有注意到而已。”

凌睿笑了笑：“等我们回去检查一下U盘内容就知道了。在这之前，还是请赵女士和这位先生跟我们回去接受调查。”

赵婳栩的手心已经满是汗水了，但是桌子对面的张铁却从容地站了起来。

“清者自清。赵总，我们就跟着这位凌队长走一趟吧。我相信这个U盘既然是你平常办公用的，里面的东西就不可能是什么账户信息。”

赵婳栩在张铁的眼睛里看见了一种笃定。

难道他有什么方法让他们脱罪？

因为张铁明显是要她一口咬定里面的资料就是寻常办公用的。

但是赵婳栩却无法肯定张铁是不是要推她进火坑，让她来垫背。

当张铁离开餐厅的时候，仍旧回过头来向宁韵然点了点头。

这个动作，让赵婳栩不明就里。

这还是第一次，赵婳栩和凌睿这样面对面地打交道。

这个男人看起来没什么架子，但是他的眉眼中却带着一丝寒意。

就像隐匿在剑鞘中的利刃，一旦出鞘，不见血是不会归鞘的。

而且这些年，凌睿的大名对于赵婳栩来说如雷贯耳。她小心谨慎就是为了不想和凌睿在这样的情境下对话。

被凌睿盯上的，几乎没有一个全身而退。

而现在，终于轮到她了吗？

“赵女士，你应该知道我们为什么会让你来这里。”

"我不知道。"

"现在我们的人正在检查你那个U盘里的内容，如果你在我们核实之前坦白，和我们核实U盘内容之后再坦白，性质是不一样的，你知道吧?"

凌睿的声音里没有任何威逼的意思，好像真的只是请她来坐一坐而已。

"我当然知道，但是我没有做的事情，就是没有做。"

赵婳栩已经想好了，如果U盘里的内容被查出来，就说自己误拿了自己助理罗斌的U盘。

反正一直和那几个财务公司直接电话或者面谈的人也是罗斌，无论U盘里有什么，自己都一概不知。

本来这件事，罗斌就脱不了干系。

"赵女士，你是从哪里得到这些身份信息的？有身份证的扫描件、房产证的扫描件、行驶证、工资收入证明，应有尽有很齐全啊！"

凌睿的笑容冷上了几分，声音陡然下降一个八度，仿佛从高处狠狠砸在赵婳栩的神经上。

赵婳栩的脑仁隐隐作痛。

"凌队长，你说的这些我真的不明白。我没有在我的U盘里存入这些东西。你说的……我的U盘里真的没有。"

听到这里，赵婳栩在心中百思不得其解，到底凌睿是从哪里得到消息的?

这些信息……有机会接触到的，是提供它们的那几个财务公司，再就是自己的助理罗斌，甚至顾长铭都不知道它们具体是什么……

一个人的名字划破她的脑海……难道是帮这些账户设置IP的周暖?

以周暖的能力，他绝对可以在设置IP的时候使用什么手段把这些账户的具体信息都拿到，说不定他觉得那一次绑架案她也参与其中，所以他要报复她?

不……不会的……周暖很在乎顾长铭，如果她赵婳栩出事，很有可能牵扯到顾长铭，周暖不会冒这个险!

那么到底是哪一环出了问题?

毕竟郭笑要钱要得仓促，不然她一定会更加精细地准备。

而凌睿的车轱辘问题来回问，十分考验她的耐心。

这时候，一个经侦员敲了敲门，将凌睿叫了出去。

等到凌睿再度走进来的时候，他的表情更加冰冷了。

他的双手撑着桌面，看着赵婳栩：“赵女士，U盘里的资料已经核查完毕了。你还打算硬撑吗?”

赵婳栩的内心动摇得厉害，但是目光却万分坚定。

“U盘里没有凌队长你指控我的什么账户资料……还五百个，你是觉得我把整个纵合万象集团的员工资料都放进去了吗?”

赵婳栩已经盘算好了，大不了请律师打官司的时候，让助理罗斌来顶包，叫他承认U盘是他的，他到她的办公室里办公的时候，不小心将两个人的U盘拿错了。

罗斌是知道郭笑的厉害的，叫他顶个包，他不敢不做。

这时候老梁敲门进来，看见赵婳栩还坐在那里，露出了着急的表情：“凌队……刚才郑局长又打电话来了……”

赵婳栩露出一抹笑来：“凌队长，如果你真的有证据，那就走正规程序控告我；如果没有，就放我走。”

凌睿的双眼如同寒潭，仿佛要拖曳着她去深渊之中。

赵婳栩胆战心惊，但她的脸上却带着胜利者的微笑。

她知道，也许是顾长铭和郑局长打电话了。

不管怎么样，这一切都还有的筹谋。

“赵女士，你可以走了。但是你不可以离开T市，如果我们有进一步的调查，需要……”

“需要我配合的话，我会来的。”

赵婳栩很有风度地笑了笑，站起身来。

当她走出警察局的门口时，就看见顾长铭的车停在不远处等着她。

原本低落的心，在那一刻竟然高兴了起来。

她快步走过去，打开车门。

“我以为你会打算牺牲我呢。”

顾长铭瞥了赵婳栩一眼：“你办事太不小心了，郭先生很不满意。”

心里咯噔一下，但是赵婳栩却假装什么都没听见。

“张铁呢?”

“他在十分钟前刚回到酒店。”

张铁也平安回去了，说明这件事没被凌睿抓到尾巴，但是张铁是怎么做到的?

赵婳栩百思不得其解。

“U盘还在凌睿的手上。我已经想好了，让罗斌承认那个U盘是他的，因为和那几个财务公司联系的，也一直是他。”

“不用那么麻烦，你那个U盘被张铁带回去交给郭先生了。”

“什么？那个U盘明明被凌睿……”

“被凌睿拿走的，是宁韵然的U盘。如果不是宁韵然，你和张铁就全完了。现在郭先生正打算把那些账户里的钱全部转移出来，不能再放在上面了，根本不安全。”

赵婳栩微微一愣，她终于明白过来为什么凌睿带走张铁的时候，张铁那么淡定。

当时宁韵然挡在了她和那个经侦员的面前，莫云舟又起来说话，提到了郑局长，吸引了那些经侦员的注意力，宁韵然趁机将自己的U盘给了张铁，让张铁把餐巾纸里的U盘换出来。

这样当U盘被封入证物袋的时候，就已经不是赵婳栩的U盘了。

赵婳栩既庆幸那一刻宁韵然的临场发挥，又不由得嫉妒起来。

张铁一定会一五一十地向郭笑描述当时的全部过程，赵婳栩可以想象，郭笑会对宁韵然的应变能力多么欣赏。

这时候，黄秘书的电话打了过来，问他们到哪里了。

“我正准备送婳栩回家。”

“好，那我也去赵总家。”

黄秘书不肯在电话里说发生了什么事，让赵婳栩有一种深深的不安。

到了赵婳栩的家里，三个人坐在桌前，黄秘书脸上的表情很不好。

“怎么了?”顾长铭问。

“之前你给郭先生两百个账户，让他将现金存进去作为贷款方，这两百个账户全部被冻结了，钱根本转不出去!”

“什么!”赵婳栩站起身来。

“别激动，慢慢来，先搞清楚到底怎么回事。”顾长铭拍了拍赵婳栩的肩膀。

“这就说明赵总从你开始操作，凌睿那边就对你买来的这些账户资料一清二楚了！凌睿的目标不仅仅是你今天交给郭先生的那五百个作为借款方的账户！他今天只是想抓你一个人赃并获，只要能从你今天的U盘里找到那五百个账户，对上号，就能直接解决你。但是没想到你运气好，被宁韵然给救了。郭先生唯一庆幸的就是，因为宁韵然，他今天没把张铁给搭进去！”

“还好，每个账户里只三十万到五十万，总共八千万的话，还是勉强损失得起。我会想办法从纵合万象的利润里面拨出来还给郭先生。”顾长铭回答。

“郭先生急着用钱。你这八千万还要准备各种交易手续才能出境。现在纵合万象集团已经是凌睿的重点关注对象。别说八千万，就是八百万，被他抓住了辫子你们都能垮。要不然郭先生怎么会用P2P平台这种办法？”

“本来P2P平台从监管上很难被凌睿追查到，但是凌睿就像早就得到消息了一样。今天没有办了婳栩，却仍旧出手把郭先生存进去的现金给封了，他这是没有打到老虎，只好退而求其次，让老虎没饭吃。”顾长铭说。

赵婳栩摁着自己的脑袋，她是真的很想知道自己的问题在哪里。

“我想了很久，一直在想自己的问题在哪里……到底是财务公司那边有凌睿的线人，还是我们这边出了错？”

这时候的宁韵然坐在莫云舟的车里，看着窗外。

她的心中百转千回。

“你怎么一直看着窗外，也不看我？”

莫云舟的表情很平静。

“我只是在想，你亲眼看见赵婳栩被带走，却什么都不问？”

“问什么？她到底有没有洗钱？”莫云舟淡然一笑。

“你的表情看起来就像已经知道答案了。”

宁韵然看着莫云舟，这个男人的眼睛里有一丝得意。

“你觉得呢？”莫云舟侧过脸笑着看着她。

那种什么都被这个男人洞悉的感觉越来越明显了。

她的脑海中再度浮现出当自己靠向张铁，故意挡住经侦队员视线的时候，莫云舟主动起身跟他们说话，如果不是因为提起郑局长，宁韵然未必能那么顺利地把自己的U盘换给张铁。

以及……更有甚者，她今天早上得到的消息是赵婳栩会和郭笑在一个会所的包厢里递交那个U盘，如果是那样，根本就没有她宁韵然发挥的余地，凌睿只需要直接实施现场抓捕就好了。

但是没想到到了中午，在赵婳栩开车前往会所的途中忽然接到了张铁的电话，改变了交接地址。监听赵婳栩手机的同事将这个消息立刻通知了凌睿。

只有半个多小时的时间安排而已，凌睿当机立断恳请南山区大队的林大队长派同事便衣前往那个餐厅。

而宁韵然也接到凌睿的电话，凌睿告诉她，如果交接人是张铁不是郭笑，就算当场出手也抓不到郭笑，不如宁韵然干脆前往那个餐厅，如果可能，做个人情给张铁。

宁韵然本来觉得自己大老远地跑到那里去吃饭太奇怪，但没想到莫云舟竟然开车来接她，直接开口说要去那家餐厅！

这对于宁韵然来说是天大的好事，有莫云舟和她一起进那个餐厅吃饭，就会显得很自然。

负责这次行动的同事并不知道宁韵然是他们的人，就算她当时上前帮赵婳栩说话时没能成功地把自己的U盘换给张铁，对她而言也没有损失。

哪怕被便衣经侦队员发现了，她的帮忙也许能取得张铁对她的信任。

在现场，那么多双眼睛看着她，她发现要偷偷地把什么东西给张铁真的很难。

但是莫云舟站起来了，他从来不会抬出权贵来压人，却在那个时候说出了郑局长，一下子吸引了那些经侦员的注意力。

哪怕只有短暂的一瞬，也足够张铁拿到宁韵然背在身后的U盘，放进餐巾纸袋里了。

这一切看起来很惊险，也很幸运。

但是莫云舟为她所做的一切绝不是巧合。

“你知道刚才赵婳栩和张铁被经侦队围住的时候，我做了什么吗?”

宁韵然问出这个问题之后，心跳陡然加剧。

“我知道啊，你趁着我和那几个经侦队员说话的时候，把你自己的U盘给了张铁，让张铁把赵婳栩给他的U盘从餐巾纸袋子里换出来了。”

宁韵然睁大了眼睛，不可思议地看着他。

“你知道我在干什么，你不阻止我?”

也许在别人的心里，像是莫云舟这样的成功商人多少都做过游走在法律边缘的事情。

但是宁韵然却很清楚莫云舟心底深处的清高，这种清高不仅仅源于他的家教，更是因为他有自信，即使在规则之内，也能获得成功。

但是，明明知道她是要去换那个U盘，他还帮她掩饰?

这怎么可能?

莫云舟绝对不会毫无原则地去爱慕一个人。他越爱自己，就越会阻止自己去做错误的事情。

“我为什么要阻止你?你有做什么坏事吗?”莫云舟还是那样高深莫测地笑着。

一个答案在宁韵然的脑海中浮现出来，越来越清晰，但是她不敢相信。

“他们是经侦队员，他们在破案！我把他们最重要的证据换掉了！”宁韵然直起了背脊，她认真地看着莫云舟，希望他不要再绕弯子，不要再捉弄她，如果是她想的那个答案，就直接说出来，不要再让她忐忑了！

前面就是南山公寓了，莫云舟将车停在了路边，打开了安全带：“今天我送你上楼吧。”

“喂，我问你的问题，你还没回答我啊！”

“那我先问你一个问题，你觉得我是那种会无限纵容你包括帮你做坏事的人吗?”

莫云舟还是那样若有深意地笑着，眼睛里折射着路灯的灯光，好像有星星在里面。

宁韵然也打开安全带，关上车门，快步跟上莫云舟，停在了社区的铁门前。

“你当然不会纵容我做坏事。”

“那不就得了。”莫云舟扬了扬下巴，示意宁韵然打开铁门。

宁韵然看着莫云舟的眼睛三秒钟，还是一动不动。

莫云舟无奈地叹了一口气：“你我之间怎么会这般没有默契呢?”

说完，莫云舟直接从宁韵然的手里把钥匙拿过来，开了铁门，拉着她慢悠悠地进了电梯厢。

默契?

莫云舟的“默契”是什么意思?

宁韵然打开了房门，莫云舟直接将她的包扔进去，然后直接关了公寓门，拉着宁韵然敲响了对面杜若的公寓门。

杜若明明可以在猫眼里看见宁韵然不是一个人敲房门，竟然立刻就开门了，结合之前的所有一切，这说明杜若认识莫云舟。莫云舟难道也是他们的人，所以杜若才会轻而易举地开门?

果然，杜若对宁韵然视若无睹，直接将手伸向莫云舟："莫先生，辛苦了。"

"我们进去说。"莫云舟笑着看了宁韵然一眼。

宁韵然有一种预感，进去之后听到莫云舟和杜若的谈话，她一定会觉得自己是天下第一号大傻瓜!

"宁韵然，向你认真地介绍一下，这位是国际刑警新加坡分部的高级联络员莫云舟。他因为身份特殊，所以为东南亚一些跨国经济案件的破获提供了许多非常宝贵的情报，特别是最近秦氏兄弟的跨国洗钱案。"

脑海中一片嗡鸣，就像一座山从高处被扔进了海里，掀起轩然大波。

心脏被狠狠撞击，宁韵然发现杜若说的每个字她都懂，连贯起来却令人难以置信了。

从杜若的表情里，宁韵然可以看出他对莫云舟的尊敬。

宁韵然不说话，还在消化这个信息里所有的一切。

她刚才在车里，想到的顶多是莫云舟是警方的线人。

没想到他不仅仅是线人，而且是国际刑警中的一员。

她知道，为了抓捕秦氏兄弟，堵截他们的洗钱通道，是好几个国家联合行动，而国际刑警在其中穿针引线，提供了不少重要情报。

而莫云舟竟然是他们之中的一员?这怎么可能?

一个出身华商世家，家族在东南亚华商圈都很有号召力的家伙竟然会是一名国际刑警，根本没有人会想到啊!

莫云舟侧着脸，笑着看向她。

"你看起来很吃惊。"

莫云舟又露出他那狡黠的笑容，有一点坏，还很欠抽。

之前的许多片段，就这样从宁韵然的脑海中闪现而过。

比如自己刚刚进入蕴思臻语画廊的时候，正好在会议室里偷听到高峻和蒋涵在讨论洗钱的事，是莫云舟一直捂住她不让她出声。

也就是说，莫云舟这样的身份会去投资一个画廊还对很多事情亲力亲为，不仅仅是为了通过画廊来了解T市的商圈，而是和她一样在调查蕴思臻语画廊?

还有自己离开画廊要去纵合万象集团的时候，这个男人用尽各种方法请求她不要去，是因为他很清楚纵合万象是个大染缸……那个时候他应该还不知道自己是经侦员，所以拼命阻止她。

她进入了纵合万象集团之后，他仍然选择继续喜欢她。

他对她说，如果走投无路，记得告诉他，他一定会来接她……原来是这个意思！

现在想来，莫云舟暗示她自己是站在她那一边的已经很多次了，只是她不知道他的身份，所以无法肯定他的暗示！

“……高……高峻可能到现在还不明白自己怎么会死得那么快。”宁韵然恍然大悟。

“对于高峻，还有布里斯以及梁玉宁来说，他们落网的主要功绩还是你的。到底有哪些人购买了布里斯的画，高峻连我都不告诉，但是你却查到了。我也不过是知道布里斯接触我的目的本来就是打算跟高峻合作，于是我顺水推舟了一下而已，将这个大客户引进了画廊。”莫云舟笑了笑。

“但是星耀 KTV 老板胡长贵洗钱的信息确实是来源于莫先生的。”杜若说。

“是的。胡长贵是蕴思臻语的客户。像他这样的粗人，花那么多钱到高峻的画廊买画，本来就是一件很奇怪的事情。而且他每次到画廊里来选画，不超过半小时就定下来了，土豪到让我觉得不可思议。他买画的花费，完全超出了一个连锁 KTV 老板在艺术品投资方面的承担能力。再加上之前我们国际刑警本来就得到消息说高峻涉嫌在帮秦氏兄弟中的秦耀洗钱，我就自然地联想到胡长贵很可能也是这其中的一环。等到消息到了凌队长那里，他的动作很快，而且落到实处，拔出萝卜还带出了泥。”

宁韵然还是怔怔地看着莫云舟。

这一环套着一环，她直到现在才弄明白。

“所以……梅沙仓的争夺……你是，你是故意闹得那么大，让秦耀和纵合万象集团下血本的？”

宁韵然骤然想起，杜若跟她提过，希望云晟集团下手狠一点，逼到赵婳栩着急调资金，她越是着急就越是犯错。

“我是故意闹大，但是从来没有想过要拿我姐夫和姐姐交托的云晟集团中国分部来冒险。”莫云舟还是那样笑着。

外人来看，那场硝烟弥漫的梅沙仓争夺战已经是过去的事情了，但是对宁韵然还有她的同事们来说，却是相当惊险的。

“我明白了，从一开始你就没有想过真的要控制梅沙仓，你一早就想好了要和远程宏大集团合作了！”

“对啊。花那么大的价钱就为了吃一个梅沙仓？我的脑子又不是有问题。只不过前期是我们云晟集团来吊住纵合万象集团，等到把赵婳栩的咽喉勒紧了，远程宏大再出手而已。”

“可是你那么一闹，赵婳栩经营了许久的空壳公司全部都浮出了水面，有的被老大端掉了，就算没端掉，也在经侦队的监控之下，做不了灰色交易了。你让赵婳栩元气大伤，以至于现在，她也周转不过来了。”

“对啊，我厉害吧？”莫云舟揣着口袋，向宁韵然靠近，眼见着他的鼻尖就要撞上来，宁韵然赶紧向后一缩，耳朵立刻红了。

这家伙干什么忽然靠近啊！

杜师兄还在这里呢！

“你厉害个毛线！”

莫云舟的手伸过来，在宁韵然的脸颊上用力捏了一下。

“哎呀！”

“你怎么不问一问，我是什么时候知道你是凌睿的人？”莫云舟好笑地问。

蒙在鼓里的宁韵然有一种深深的懊恼。

“反正肯定不是你在蕴思臻语画廊里跟我表白的时候！你要是知道我是去查案的，就不会死乞白赖地不让我走了！”

亏得那个时候，自己还遗憾伤害了莫云舟呢！早知如此，当时他亲她的时候，她就该把他打成猪头！

“那你觉得是什么时候？”莫云舟问。

一旁的杜若百无聊赖地开了一罐可乐。

宁韵然不好意思地看向杜若，杜若一边仰头喝可乐，一边说：“不用管我，你们继续摊牌。”

宁韵然满头黑线。

杜若现在完全是看戏的表情，他算是宁韵然见过的最貌美安静的吃瓜群众了……啊，不对，是喝可乐的群众。

“我进入纵合万象之后……”

但是具体是什么时候，宁韵然也不知道。

总感觉，莫云舟好像不在乎她进入纵合万象“助纣为虐”，而是一直接近她。

那一次和华洋银行的江行长打高尔夫的时候，莫云舟脸上也很冷淡，但是去射击俱乐部的时候，还亲自教她飞碟射击了。

“打高尔夫之后，在射击俱乐部教我飞碟射击之前？”宁韵然不是很肯定地问。

喝可乐的杜若呛了一下，宁韵然狐疑地看了过去，只见杜若无奈地摇了摇头，似乎在说“真是个蠢材”。

“你们就不要在这里故弄玄虚了，有意思吗？到底什么时候？再不说就分手！”宁韵然不耐烦地推了莫云舟一下。

这家伙早就知道她是经侦员，还揣着明白装糊涂，看她为他难过，是不是心里面有一种变态的爽啊！

看着宁韵然像是炸毛了的小狮子一样的表情，莫云舟忍不住又要来揉她的脑袋了。

“不说就算了！以后都不要说了！反正全世界只有我是傻子！”

怪不得杜若听说她喜欢莫云舟的时候，一点儿没有阻止的意思！害得她还担心了那么久！还以为杜若会以任务为理由，阻止她人生中的第一场恋爱呢！

莫云舟好笑地拽住了她。

“好了，好了，别生气了！我们志同道合，这还不好啊！”

宁韵然气哼哼地问：“那到底是什么时候？是我的凌队长告诉你的，还是杜师兄告诉你的？”

一旁看戏的杜若终于忍不住了，放下可乐问：“你还记不记得你那张穿着警服的最美证件照？”

“啊？你说过……是有同事看到了……”

“你的最美证件照，就是莫云舟发现的。他替你把照片撤下来。你想一想，如果那天赵婳栩刚好到那个商场去购物，路过那个最美照相馆，看到你穿着制服笑得跟傻子一样的照片，你会怎么样？”

杜若用看傻子的目光看着宁韵然。

宁韵然这才明白，自己的运气有多好。

就连原本憋闷的空间也仿佛瞬间被戳穿了，空气涌了进来，豁然开朗。

“我原本百思不得其解，你为什么非要去纵合万象集团，难道真的是因为赵婳栩许诺给你的前途吗？我很失望，但又不断告诉自己，我不会喜欢上错的人，你一定有什么理由。”莫云舟低下头来，眼睑处留下淡淡的阴影，宁韵然可以想象自己决定去纵合万象集团的时候，这个男人是多么的落寞和难过。

那个时候她并不知道他有多么喜欢她，或者说不相信他会那么喜欢她。

而现在想起那个时候，他是不是经常一个人睡不着，不断思考着她离开的真正原因？

“当我看到那张照片的时候，我心里面欣喜若狂。我让照相馆的负责人把你的照片撤下来，也将这件事告诉了郑局长。我当时想的是你初入社会，怎么可能会是赵婳栩的对手呢？如果是派别人去赵婳栩的身边，我能理智地判断该怎么办。如果是你，我每天都会担心，如果你被揭穿了我又不在你的身边，你会不会出事？”

当莫云舟这么说的时候，宁韵然心中所有对他的不满和生气都烟消云散了。

比起那个时候自己带给莫云舟的失落和不安，他隐瞒自己的身份肯定也是上级的指示，自己又有什么可以怪罪他的呢？

“两位，现在开诚布公了，接下来就麻烦你们把这出戏好好唱到大结局。”

已经不想再看下去的杜若直接捏着空可乐罐子，发出“啪啦”一声。

宁韵然几乎可以看到杜若眼睛里的警告——师妹，秀恩爱，死得快哦！

“我是一个好演员，就不知道宁韵然小朋友的演技好不好了。”莫云舟轻笑了一声。

“少来，我演技好得很！”

“对对对，今天换U盘的时候，紧张得差点没把张铁面前的杯子给撞下来。”

“我那是故意的！如果杯子正好落在张铁的身上，我就刚好抽餐巾纸给他擦，直接就能把U盘给换掉了！”

“可是没成功嘛，最后还是得靠我啊。”莫云舟调侃说。

“对对对，你最厉害了，影帝！要不要颁发小金人给你啊？”

“你现在买不起小金人给我，以后做回公务员就更加买不起小金人了。”

莫云舟揣着口袋，任由宁韵然拽起沙发上的靠枕追着他打，可是连他的西装扣都没碰到。

“那个靠枕送给你们了，你们出去打。”杜若用手指了指门口。

莫云舟笑着将那个靠枕从宁韵然手里拿回来，放到沙发上。

“这个靠枕我们还是不拿走了。万一下一次，小宁惹到了你，你找不到东西，直接用遥控器砸她，把她砸傻了怎么办？还是靠枕安全又顺手。”

莫云舟笑了笑，把宁韵然拉出了杜若的房门。

当杜若的门关起来的时候，宁韵然站在那里，有一种恍然如梦的感觉。

“怎么了？”莫云舟好笑地问，“你还是觉得我骗了你，想要揍我？”

真的揍你，我怎么可能？

你的头发丝被人扯下来，我都舍不得。

这样的话，宁韵然是说不出口的。

在杜若面前，宁韵然很多话想说又不好说，而现在，她已经不记得想说什么了。

只是千言万语，千头万绪……仿佛真的是大梦一场，而自己还身在梦中。

“没什么，只是没想到，我们果然志同道合。”

压在心头上的大石落下来了。

以前她不敢太喜欢他。

越是装作不在乎，心底深处就知道自己多么在乎。

而现在，她可以无所顾忌，放肆任性地喜欢他了。

不用战战兢兢被发现身份之后，他会怪她的隐瞒。

也不用担心他会被郭笑他们伤害利用，这家伙的段数比她高多了！

“志同道合的适合做战友。我和你是臭味相投，所以才能一辈子。”

莫云舟笑着，宁韵然站在那里，明明是摁了电梯要看他下楼，但是自己却忽然舍不得了。

知道了他的那个秘密之后，自己仿佛更加依恋他了。

“你这样的女孩，奢侈品和甜言蜜语都诱惑不了。”莫云舟带着笑意的目光也柔和起来，给宁韵然一种莫名的安全感。

“哇，我这么崇高和坚定呢。”宁韵然笑出声来，但是鼻子酸了，眼睛也烫了。

“但一个懂你的男人，就能让你赴汤蹈火，溃不成军。”

他的声音很轻，像是某种捉摸不透的魔咒，落在她心底最柔软的地方。

宁韵然的眼泪忍不住滑下来了。

之前她真的很担心，如果莫云舟知道她是经侦员，会不会怪她守口如瓶，会不会怪她把危险带给他，会不会怪明明他那么在乎她，她还是不肯对他说实话。

但是现在，她一点都不担心了。

这个男人是全天下最懂她的人。

电梯门打开的时候，莫云舟朝她伸出手。

“嗯?”宁韵然看着他。

莫云舟哑然失笑：“你和我到底有没有默契啊!”

宁韵然这才把手交给他。

“我们干什么去啊?”

“现在才九点，我们去做其他情侣也会做的事情啊。”

“什么事情?”

宁韵然有点警戒地看着莫云舟，这家伙虽然对女人一向有风度，但是陆毓生也说过风度都是男人追女人的时候装出来的。

现在才九点，其他情侣会做的事情是什么?

宁韵然的心扑通扑通，越跳越快。

“轧马路啊！你难道没有很多话想对我说?”

莫云舟啼笑皆非地看着她。

“哦！拉着手散步啊！好啊！一起啊!”

“你刚才脑子里想的是什么?”

“没什么啊！就是这个时间出来轧马路，该不会是吸收汽车尾气吧?”

“是吗?”莫云舟怀疑地看着她，“你是不是在想什么不该想的东西?”

“我能有什么不该想的东西啊!”

“真的没有?”

“当然没有!”宁韵然露出非常肯定的表情。

“可是我刚才有想啊。”莫云舟的唇角弯弯的，有点坏。

“你……你想什么?”宁韵然不自觉地紧张了起来。

莫云舟扣着宁韵然手的手指紧了紧，故意凑到她的耳边说：“我想……要不要开车把你带回我家啊，我的女主人。”

“这么晚了，你……你自己回家吧!”

“好了好了，你陪我散散步。我虽然很早就知道你的身份，你却不知道我的。我为你担心，而你也在为我担心。现在，我唯一的秘密你也知道了，难道你就没有什么话想对我说？”

南山公寓外的路灯并不是很明亮。

但是宁韵然却很喜欢，因为模糊了影子的轮廓，她的影子看起来像他，他的也看起来像她。

“其实，当初我不让你进入纵合万象集团跟在赵婳栩的身边，除了我知道纵合万象有问题之外，还有另一个原因。”

莫云舟拉着宁韵然，他明明腿很长，宁韵然总是要迈开大步才能追上他，但是这一次他却很有耐心，悠闲而缓慢，偶尔还会一边拉着手，一边走到宁韵然的面前看她此刻的表情。

这样的姿态，她记得自己只在大学校园里见过，她一直以为永远不会有人这么享受拉着她的手缓慢行走的时光。

那个时候，她不知道世上有个莫云舟。

“哦？那你所说的另一个原因是什么？”

“顾长铭作为一个男人来说很完美。我一直有预感你会爱上他的。从来没有一个男人会让我这么有危机感。”莫云舟看向前方。

“你嫉妒了！”宁韵然像是发现新大陆一样，将脑袋伸了过去。

莫云舟无奈地轻笑了一声。

“对，我嫉妒了。因为顾长铭有一种我所没有的特质，而我也说不出来。应该说，他对你的感情很包容，他能克制自己站在最合适的距离，但也丝毫不影响他为你破釜沉舟做他一直想做却不敢做的事情。正是因为他能给你这种没有任何压力的感情，无论他做错了什么，你都会原谅他、尊重他，而我做不到。”

宁韵然低下头来，想了想，然后很认真地说：“我和他从一开始就注定不可能了。而且他对我，是带着一种对楚君的内疚。我经常能感觉到他很孤独。看起来赵婳栩陪在他身边那么多年，和他出生入死有了今天的成就，但是赵婳栩不懂顾长铭内心真正的追求。周暖是像顾长铭弟弟一样的人，他知道楚君的死对顾长铭的打击，也知道顾长铭为什么会低下头来帮秦耀洗钱，周暖愿意做任何事情来保护顾长铭这个大哥，但是顾长铭真正想要的是有人能给他反抗的力量。我对于顾长铭来说就像一个标志，一种预兆，就像老天爷给的一个机会。在他的心里，这个机会比一个男人爱上一个女人更重要。”

“所以，是命运替我解了围。”莫云舟轻轻地叹了一口气。

宁韵然却拽住了前行的他。

莫云舟回过头来看向她。

明明周围都是城市灯火，明明还有一辆一辆的车经过，车灯一一掠过他们的身边，但是莫云舟却看见宁韵然的眼神比他见过的任何事物都要坚定。

“不，是因为你真的太完美。”

她说得那么认真，莫云舟的心轻轻颤动了起来。

他将她抱紧，感觉着她的体温和呼吸，一点都不愿意松开。

“小宁，你觉得我像赌徒吗?”

他附在她的耳边，十分认真地问。

“不像。”宁韵然拍了拍他的后背。

这家伙问的问题很奇怪。

“那你知道我资产雄厚吗?”

“知道啊。”宁韵然撇了撇嘴。

这个家伙是在炫富吗?

“杜若所说的大戏，看起来很多人都在布局，但其实是一场豪赌。我现在已经上了赌桌。要么倾家荡产，甚至把命赔进去，要么把你带走。”

他说得轻描淡写，她却知道他有多认真。

那种眼睛很热、心脏很烫的感觉又来了。

整个城市的夜景在宁韵然的眼睛里模糊成一片水光。

“大傻瓜，你不用倾家荡产，也不用视死如归，我们本来就是属于彼此的。”

而莫云舟所说的那一场大戏，在第二天的早晨拉开了帷幕。

赵婳栩所控制的四个大型财务公司和六个中型财务公司全部都被凌睿派人突击调查。

赵婳栩坐在办公桌前，面前的电话不断响着，她的双手摁住脑袋，眉头蹙得很紧。

她很清楚，这场针对财务公司的检查其实是凌睿早就埋伏好的。他早就盯上它们了，就等着这个机会。

“婳栩姐，电话一直在响……你不接吗？”

周暖站在赵婳栩的房门前问。

听见他的声音，赵婳栩抬起头来，与他的眼睛对视。

“小暖，我问你……是不是你把我用来给郭先生操作资金的账户信息泄露出去了？是不是你把这些财务公司与我的关系告诉了凌睿？”

“……婳栩姐，你为什么会这样说？”

周暖呆呆地站在原处看着赵婳栩。

“因为……我始终觉得你在怪我那次让你送文件导致你被绑架。”

“这怎么可能！你与其怀疑我，难道不是更应该怀疑那些帮你提供账户信息的财务公司吗？我今天早上听见黄秘书在和郭先生的新助理说话。郭先生怕张铁留在T市会出事，让他赶紧离开避一避。我听黄秘书提起了一个什么叫唐姗的人……郭先生好像在怀疑她！”周暖的手指捏紧又松开。

这些名单确实是他在设置IP的时候秘密拷贝下来的，只是他没想到赵婳栩会这么快就怀疑到他。看来他高估了赵婳栩对自己的信任啊。

“唐姗？比格财务有限公司的唐姗吗？”

“对！就是那个什么比格的。听黄秘书的意思，是你那边的人出了问题！你怎么能怪到我的头上呢？上一次你叫我帮你监听刘雨，后来刘雨死了。我以为你就算发现刘雨有问题也顶多赶她走而已，没想到刘雨转眼就出车祸死了。我那么多个晚上睡不着觉，医生还给我开了安定片……即便那样，你让我帮你调查宁韵然的时候，我敷衍过你吗？”

“对……对不起，小暖。我现在要去找一下黄秘书，中午我请你吃好吃的赔罪，好吗？”

赵婳栩急匆匆从周暖的身边走过，没有注意到他眼中的悲伤。

“再见，婳栩姐。”周暖轻声说。

赵婳栩来到了黄秘书的办公室，将门锁了起来。

而黄秘书则抬起头来看着她，似乎知道她要问什么了。

“根据郭先生那边得到的消息，这一次你准备的那些账户信息之所以泄露，是因为比格财务有限公司的唐姗。她是你的人，对吧？”

“她不会背叛我的，是我把她从一个农村姑娘一步一步打造成一个成功的财务公司老总……”

“是因为她的财务公司充当资金掮客，导致客户资金损失而引起纠纷。南山区经侦大队在办理这个案子的时候不知道怎么就查到了她为你准备的那些账户。”

“可她只是准备了一部分账户，并不是全部的……郭先生说，那些已经存入现金的账户全部都被冻结了啊!”

黄秘书叹了口气：“婳栩，你聪明一世，现在怎么反而糊涂起来了？你看看，今天你的财务部有谁没来上班?”

“没有谁啊……”

“你再仔细想想!”

“……难道是我的助理罗斌？他前天跟我说，他要休假给他快上小学的孩子办理入学的事情……”

赵婳栩越想，心里面就越凉。

确实，她在这些财务公司成立之后，就不会直接与他们往来，至少要看起来和她毫无瓜葛。这两年，负责和这些财务公司联络的是罗斌。

而且那些财务资料都是财务公司先交给罗斌的，也就是说除了赵婳栩和周暖，罗斌是第一个接触到完整的信息的人。

“我观察了他很久，考验了他很久……”

“在某个范围内，他可以很忠诚。但如果被凌睿盯上，这个忠诚度可能就大打折扣了。”

黄秘书叹了一口气。

赵婳栩顿在那里。

但是赵婳栩并不知道，凌睿前天将罗斌带走之后，他什么都没说。但是对于凌睿来说，只需要罗斌在他这里，就能解释他的手上为什么会有那份名单。无论罗斌交代不交代，郭笑和赵婳栩都会把这个锅扣给罗斌了。

“赵总，郭先生的意思是那些钱他会想办法处理。你暂时什么都不要做。”黄秘书顿了顿，又补充了一句，“毕竟能管好纵合万象集团的财务已经很不错了。”

赵婳栩的脑海中顿时一片空白，她知道自己搞砸的是一件大事，郭笑已经彻底不信任她了。而且，如果罗斌的嘴不够紧，很快，那盆脏水就会泼到她的身上。

回到办公室里的赵婳栩惶然起来。

十一点多，顾长铭从办公室里走了出来。

他路过宁韵然的半封闭办公桌时，轻轻地在屏风上敲了一下。

宁韵然抬起头来，顾长铭侧了侧脸。

“走吧，有人要感谢你，请你吃饭。”

“谢我？”宁韵然指了指自己。

“嗯。”

是郭笑。

所谓的感谢，指的应该是她替换了U盘的事情。

顾长铭开车带着宁韵然去郭笑所订的酒店。

“上一次我带你去见郭笑的时候，你还很紧张。这一次倒是淡定不少。”顾长铭一边开车，一边说。

“我紧张啊，只是顾大哥你没看出来。”宁韵然浅笑了笑。

“小宁，以前我没有到大城市里来的时候，也就是我的小时候，一直以为自由就是想干什么就能干什么。”

“小时候大家都是这么想的吧。”

“可是许多年以后，我来到这里，才明白自由是我不想做什么，就能不做什么。”

顾长铭的话说完，宁韵然的喉咙就微微哽咽了起来。

“我经常会想，如果我从来没有离开我的村子，没有向往外面的世界，没有觉得外面更自由，现在楚君应该还活着，早早地嫁掉了，我在村子里帮着我的父母务农，而婳栩可能还在城里勤勤恳恳地打工或者通过奋斗成为了某个企业的财务经理……”

“顾大哥，这一切并不是你造成的。”

宁韵然知道，顾长铭一直活在内疚里。

“那么是谁？还是你想说是因为钱？”

“是因为选择。无论是楚君也好，赵婳栩也好，是因为她们自己的选择。这个选择是她们自己做的，不是你替她们做的。”

说完，车子到了酒店门口。

宁韵然侧过身来拍了拍顾长铭的肩膀：“顾大哥，现在我们开着车，而且还没到走投无路的时候。”

顾长铭难得微微一笑："是啊。"

当宁韵然走进郭笑订的包厢时，就看见他坐在里面，身边坐着的已经不是之前的助理张铁，而是另一个陌生的脸孔了。

"啊，小宁来了啊！来，坐吧！本来想等你来了再点菜，但是想起你不挑食，于是就把这里看着还行的菜都点了一遍。"

"谢谢郭先生请我吃大餐！"宁韵然落落大方地坐下。

这一次没有赵婳栩，看来郭笑是彻底放弃她了。

"怎么是你谢谢我呢？应该是我谢谢你帮我保住了张铁。他跟了我好些年了，真要是出了什么问题，我怕是连觉都睡不着了！"

"这一切也是运气而已。刚好我就在那家餐厅里吃饭，正好我的包里也有一个U盘。"

"但是你胆子挺大，敢去换。"

"当时觉得没什么，我去换，就算被当场抓到了，他们又不能把我怎么样。现在回想起来，反而觉得自己当时真的很冲动。"

郭笑点了点头，看着宁韵然的目光，这家伙很擅长观察人。宁韵然知道自己得把自己说的话当成是真的，郭笑才会相信她。

而一旁的顾长铭只是端坐着，一句话都没有说。

"小宁啊，那么你知道赵婳栩交给张铁的那个U盘里到底是什么吗？"

宁韵然看向顾长铭，顾长铭点了点头："没关系的。你心里想的是什么就说什么。你没有什么阅历，说错了，郭先生会一笑而过。"

"是不是上次郭先生所说的有大额现金想要避税的朋友，其实就是郭先生本人？"

宁韵然有些犹豫地看向郭笑。

郭笑没有生气，只是微微点了点头。

"没错。"

"是不是赵总采纳了之前我所说的那个P2P贷款平台的建议，所以准备了一些账户？"

"没错。"郭笑没有任何迟疑地回答了宁韵然。

宁韵然心脏跳得异常快。

郭笑向她承认，是想看她的反应，还是打算交给她做什么事？

毕竟赵婳栩已经不能用了，顾长铭又不可能去亲自操作这些事情，张铁也从郭笑身边离开了，也不知道这个新来的顶替张铁的人好不好用。

但不管怎么样，郭笑已经周转不灵了。

他需要用人。

宁韵然再度看向顾长铭。

“别看你的顾总了。他也是我的朋友，也在帮我。”

郭笑这么一说，就是明摆着告诉宁韵然，既然你跟着顾长铭，就等于是跟着我。

“你看起来有点紧张？之前那个胆大包天去换 U 盘的宁韵然哪里去了？”郭笑好笑地问。

“那个时候……我只是想帮赵总。”

“你不是想帮赵总，你是想帮顾长铭。你先见到过我和顾长铭还有赵婳栩吃饭，又听见我说我有个朋友需要处理大额的现金，接着又在餐厅里看见赵婳栩和我的助理在交接什么东西的时候被经侦队当场截获。你的小脑袋瓜子还能不把这些都串起来？经侦队员一亮出身份，你就知道赵婳栩在帮我处理那笔现金，而赵婳栩所代表的只能是顾长铭。”

郭笑的话看起来直指宁韵然的心，但是宁韵然此刻却紧张了起来。

她必须要掩饰内心的窃喜，因为郭笑无人可用，他真的着急了。

“郭先生，小宁做的事情一直很单纯，没有什么实际操作的经验。而且你让她做事，必然会漏洞百出，只怕你填她的坑都填不完。”

顾长铭坐下之后，这还是他第一次说话。

除了顾长铭，就只有赵婳栩和黄秘书与郭笑之间的交流最多。来之前，顾长铭就告诉过她，他所理解的郭笑是个怎样的人——用人会疑，疑人也用。

如果宁韵然这个时候表现得很想攀附郭笑，那么郭笑就一定会生疑。他会觉得赵婳栩也好，张铁也好，他们出事，就是为了让宁韵然顶上来。

“对啊，对啊！那些我做不来的……”宁韵然立刻摇头。

郭笑摇了摇手：“小宁，你还有很长一段路要走。我不会让你还没学会走，就急着要你跑。但是我觉得你很多想法就很有意思。比如这个 P2P 平台，我后来也去了解过，确实，如果操作得好能够处理大额资金，而且还不易被追查。婳栩很有能力，但是她手下的人可不像她那么小心谨慎。而且她的盘子铺得太大，要管好也不容易了。”

宁韵然没有说话。

“婳栩的事情，我也建议过她，但是她一直比较自信。如果我对她的事再了解得多一点，也许就不会发生今天的事情了……不怪你。她顺利得太久，迟早有一天会被人抓住尾巴的。”郭笑看着宁韵然，“而且还把小宁都给吓到了，对吧？”

宁韵然迟疑了一会儿，点了点头。

“后来，我也想清楚了。主意可以让懂行的人来出，但事情还是得我们的人来办。别搞那么多乱七八糟的人，人多了就会出事。而且这一层一层的关系得断开。不能像婳栩那样，经侦队端掉一个财务公司，接着又摸到了她的助理罗斌，然后这个罗斌什么该说的不该说的都说了，来一场大乱炖，现在婳栩就算跳进黄河，爬上来身上的污迹还未必能冲掉呢。”

“郭先生说的有道理。”顾长铭点了点头。

“所以，小宁，你不妨来纸上谈兵一下。假如有一个亿的人民币，你有想过怎样让它活动起来吗？”

郭笑侧着脸，若有深意地看着宁韵然。

“只是纸上谈兵而已。你说的只是一个假设，之后无论发生什么，都和你无关。”顾长铭说。

宁韵然咽下口水，想了想，似乎想要开口，但又没说出来。

“小宁是有心理负担了？你别有负担，我只是想知道你的想法，绝对不会叫你去做任何不好的事情。”郭笑一副很有耐心的样子，像是在诱导孩子做题的长者。

“郭先生一向重承诺。”顾长铭在一旁劝了一句。

宁韵然却在心里嘀咕，以前怎么没发现顾长铭的演技有这么好呢？

“其实，有一个很原始，已经被人用过的很有效的方法，它有点笨，但是真的没什么痕迹。”

“什么方法？”郭笑看起来只是好奇，但他的眼睛里却透露出急切的渴望。

“黄金，用现金去购买黄金。就是速度不像 P2P 平台那样，以借贷为理由资金周转那么快。但是黄金是可以运走的啊……”

只是一个点子而已，郭笑的心里已经掠过了许多的想法。

“如果是你的话，你会怎样用黄金来处理这一个亿？”郭笑明明有想法，却还要问宁韵然，明摆着是想看宁韵然有没有更加细致的构想。

就算是个不知道确切操作流程的狗头军师，至少出的点子自己也该知道要怎么实施吧？

“我观察了一下，T市有很多三线珠宝公司，它们不如大型珠宝公司那样容易生存，郭先生可以考虑和他们打好关系。以现金分批购入金条，然后送去熔化，除去标志。接着再将这批金条交给其中一家您信任的珠宝公司。您再选另一个地方，成立属于您的珠宝公司，把这批黄金卖过去就好了。”

郭笑微微一顿，是啊，这么简单好用的办法，到时候秦耀也可以直接用黄金去支付无法送货的赔偿金，黄金比现金好处理，向秦耀买货的那个香港毒枭应该会同意。

“哈哈哈，你这小姑娘，也不嫌沉。”郭笑摇了摇头。

他看起来一副对这个主意不感兴趣的样子，但是宁韵然却知道他绝对动心了。

要知道，这个点子还是莫云舟最先和她提起来的。这个主意既然能过莫云舟的脑子，自然也能过郭笑的。

这顿饭，宁韵然吃得比之前拘束了许多。

而郭笑则问了宁韵然很多现在流行的网络金融平台，包括各种小额贷款、小额支付，甚至时下一些手机零售商和小额贷款公司如何联合起来，左边小额贷款公司借钱给学生，右边学生就拿去买手机，双方互惠共赢。

这顿饭吃了将近三个小时，宁韵然就快架不住郭笑那颗对日新月异的互联网金融发展的好奇心了。

还好，顾长铭开口了：“郭先生，已经快三点半了。我们是不是要换个地方喝下午茶？刚才服务生进来看了我们好几次。”

郭笑这才意识到他们聊了很久，笑着说：“行，今天还是就聊到这里吧。再说下去，我看小宁的眼皮子就要撑不起来了。”

宁韵然这才放心地打了一个哈欠。

“那么郭先生，我们下次再聊。”

“嗯。婳栩的事情，还是要多关注一点。”

“我知道。现在婳栩也在担心，罗斌到底会和凌睿交代什么。经侦队的人来了，把罗斌处理过的所有财务资料都带走了。”

“事到如今，我们也无能为力。”

宁韵然就站在不远的地方，她听到这句话就知道郭笑是在向顾长铭摆明态度，希望他在关键时刻割舍赵婳栩。

只是郭笑并不知道，这一切本来就是顾长铭和凌睿早就设计好的，为的就是要让赵婳栩出局。

坐在车上，因为没有午睡，午餐也吃多了一点，宁韵然犯困得厉害。

顾长铭的车开得很稳，宁韵然很快就睡着了。

当他们回到公司时，办公室的人要么对着电脑处理公务，要么正在打电话核实信息，没有人会因为宁韵然跟着顾长铭回来而打听消息，至少在这个办公室里不会。

顾长铭推开办公室门的时候，就听见他压低了声音说了一声“婳栩”。

宁韵然的神经仿佛被挑了一下，但很快就平静了。

以赵婳栩的性格，一定会问清楚顾长铭带着她吃个午饭长达三个多小时，到底是去干什么了。

而顾长铭则坐回自己的办公桌前，喝了一口茶水，单刀直入地回答：“郭先生要和宁韵然聊一聊，我带她去了。”

赵婳栩怔在那里，接着脱口而出：“郭先生想用她来代替我？就算证明了她没有问题，她也没有这个能力！”

“郭先生也是这么认为的。”顾长铭抬起头来看着赵婳栩，他的声音不像以往那么冷，也不那么沉，甚至带着几分哄她的意味，“婳栩，你一门心思来处理我们纵合万象的正经财务不好吗？现在一而再、再而三地出事，天要塌下来的时候，郭笑都撑不住。你低下头来，弯下腰，压力也少，也更安全。”

赵婳栩呼出一口气来。

她知道就现在的情势来说，往后退真的是好事。

“郭先生真的不是要让宁韵然来代替我？”

“郭先生怎么可能让她来代替你？这段时间罗斌在凌睿那里，指不定会说些什么。你的心思应该放在怎么把自己摘出去。我有感觉，凌睿很快就会来找你了。”

“你放心，账可以做的，可以处理的都处理了。”

“不能做的，处理不了的，就只能听天由命了，不是吗？”

就在这个时候，顾长铭桌面上的电话响了，十几秒的时间，顾长铭的眉头就蹙了起来。

“是不是，说曹操，曹操到？”

“对，凌睿来了。他们带了文件，要你交接财务资料。”

“估计是罗斌把我之前用过的空壳公司都抖搂出来了。”

“你打算怎么应对？”

“那些空壳公司都是罗斌亲自去跑的，还能赖到我的头上吗？”

赵婳栩转身离开。

第二次与凌睿交锋，并没有赵婳栩设想的那么剑拔弩张，相反看起来很平静。

凌睿在警队里面是有名的美男子，对于来交接材料的财务人员，凌睿都抱以微笑，而且对赵婳栩说的话也很客气。

这让一开始以为纵合万象是不是要完蛋的员工们都安下心来，因为凌睿看起来就只是因为罗斌所交代的问题，扩展了资料的收集范围而已。

但只有赵婳栩知道，这一切并不简单。自己之前在外地甚至境外成立公司，然后与这些空壳公司进行商业往来的财务资料也被调取了。

阵仗很大。

“赵女士，我想……”

“我知道，在案件调查清楚之前，我不能离开T市。只是我很好奇罗斌到底说了什么，你们如果有疑问为什么不像上次一样把我带走，然后问我一堆问题。”

“赵女士，我现在调查的是罗斌，不是您。有更清晰的线索了，我会来麻烦您，希望您不吝赐教。”

凌睿离开了，他的背影很挺拔，再加上刚才表现得又很有风度，不少财务部的女员工们都伸长了脖子看着。

而赵婳栩却觉得有一把刀就架在她的脖子上，就看凌睿什么时候砍下来。

当晚，宁韵然回到了家，第一件事就是向杜若汇报今天的情况。

“你说的和顾长铭告诉我们的差不多，依照他对郭笑的了解，他也觉得郭笑会打算用他的现金购入大量黄金然后运送出境。”

“郭笑肯定是不会亲自去做这件事的，我估计他会让他新来的那个助理去做。凌队长得盯死了他。而且除了那个助理，所有和郭笑有接触的都得盯上了。”

“放心吧，他跟你说有一个亿，那么就绝对不止一个亿。这么大数量的黄金想要运走，可不是那么容易的事。”

“就怕他连境外珠宝公司都懒得搞，直接走私出去。”宁韵然露出担心的表情。

“你以为缉私的同事们都是吃干饭的啊？”杜若不由得笑了。

但是接下来的许多天，根据凌睿那边对郭笑的调查，发现他看起来一点都不着急，而他身边那个代替张铁的助理叫李忍的，几乎一直就陪在郭笑的身边，根本没机会去处理现金。

这让凌睿很着急。

他靠着椅背，闭着眼睛。

老梁进来，给他的杯子续了热水。

“凌队，这才几天啊。指不定郭笑觉得我们都盯着他，所以想晚一点动手呢。”

“不可能。秦耀急着用钱，郭笑必须尽快把钱送出去。怕就怕秦耀早就开始动手了，我们却抓错了方向。”

“可是赵婳栩那边我也盯着呢，她被我们吓了之后很安分。”

“那个黄颖呢？”

“他一直都是两点一线，单位和公司，最近一段时间连郭笑他都没去见过。”

“这就真的奇怪了。”凌睿深深地吸了一口气。

就这样郭笑沉默了一周，这一周对于凌睿来说却是安静的折磨。

到了周末，宁韵然觉得自己可以好好睡上一觉了，莫云舟却说要带她去打高尔夫。

“我不要去打高尔夫……我想睡觉……”宁韵然抱着被子懒洋洋地说。

“你今天不陪我去打高尔夫，以后就没有男朋友了。”

宁韵然歪了歪嘴巴，怎么感觉这个莫云舟越来越任性了？

“那你让陆毓生陪你去呗……”

“你觉得我能拉着他的手在高尔夫球场上散步？我能搂着他的腰纠正他的开球姿势？还是我能……”

不知道为什么宁韵然一身鸡皮疙瘩都快掉下来了。

“得了得了，你半个小时以后来接我吧！”

“我已经在你家楼下等你了。”

“那你直接说你已经在等我了不就得了！”

宁韵然直起身来，赶紧刷牙洗脸，打着哈欠上了莫云舟的车。

一上车，就歪着脑袋继续睡。

“你对我这个男朋友，也太不讲究了吧？”

“唉，跟你在一起，就像大冬天把脚丫子伸进被子里，每一寸都在犯懒。”

“什么？”莫云舟好笑地看着她。

“就让我一直懒下去吧……”宁韵然又向下挪了挪身子，一副懒到没骨头的样子。

莫云舟只能无奈地一笑，腾出一只手来更加用力地摁了一下宁韵然的脑袋。

他们来到了高尔夫球场，宁韵然一边抹着嘴巴，一边跟在莫云舟的身后。

好家伙，这男人戴个太阳帽，穿个有领T恤，宽松的休闲长裤还是遮挡不住那双又长又直的腿，特别是背着高尔夫球杆的样子……

宁韵然摸了摸下巴，不得了啊，这男人是自己的男朋友。

莫云舟转过头来，轻笑了一声。

太阳帽的帽檐遮住了眼睛，宁韵然只觉得他笑起来，嘴巴挺好看的。

“你一直在我后面干什么啊？我感觉我后面都快被你的目光戳出窟窿来了。”

宁韵然甩了甩肩膀，大摇大摆地靠近他，用手指托了托他的下巴：“我只是在想，这样一个人间尤物，怎么就会从了我呢？”

莫云舟侧过脸，接着直接在宁韵然的手指上咬了一下。

第二十三章
跟我住吧

“哎呀！你属狗的啊！”

“什么我从了你啊？我倒是一直很想从了你啊，不然就今天晚上，让我从了你吧？”

“别……别过来啊！我跟你说，你这是在耍流氓啊！”

“一切不以结婚为目的的恋爱都是耍流氓。我是打定主意要和你结婚的，所以耍流氓的一直是你，不是我。”

莫云舟伸过手来，用力把宁韵然的帽檐压下来，就差没直接扣在她的脸上了。

这时候，不远处忽然传来黄秘书的声音。

“莫总，没想到你也会在这里！”

宁韵然跟着莫云舟一起回头，莫云舟只是淡淡地笑了一下。

“小宁太懒了，一到周末就不愿意动，所以我带她到这里打球。”

走在黄秘书身后的，正是郭笑和顾长铭。

宁韵然心中一顿，忽然猜测起来，莫云舟这家伙是不是早就知道郭笑今天会和顾长铭在这里打球，所以故意带着她来这里。

但是莫云舟要见郭笑的目的是什么呢？

好歹来之前也得通一口气啊！

她演技不佳，他难道不知道吗？难不成是要她狂野发挥？

“莫总。”顾长铭微微颔首，有礼貌，但并没有亲近攀谈的意思。

反倒是郭笑竟然走了过来："原来小宁你会打高尔夫啊？"

"会一点，"宁韵然用手指比画了一下，"但是打得不好。"

"所以是来和男朋友约会的。"郭笑调侃地点了点头。

"原来这位先生是顾总的朋友，怪不得会在洪渊画廊的画展上问我关于梅沙仓的问题。"莫云舟浅笑了笑。

顾长铭礼貌性地颔首，莫云舟也只是微微点了点头。

郭笑开口道："二位都是T市商界的青年才俊，难道还在为梅沙仓的事情放不开？"

"唉……那个，"宁韵然看了看顾长铭，再看了看莫云舟，一副自己的男朋友和自己的大哥处得不好，所以不知所措的样子，"梅沙仓的事情都过去了。此一时，彼一时，说不定以后还能合作呢，对吧，哈哈……"

"对啊，商场上没有永远的敌人。莫总，不如一起过来玩一玩？"郭笑说。

莫云舟却揽着宁韵然的肩膀说："一起玩还是算了。小宁的开球姿势不太对，如果当着大家的面，她心里不好意思，就更不会打了。"

宁韵然心里有一万个问号，你大周末地把我叫过来，不就是为了接触郭笑吗？

怎么又一副压根儿不想的样子？

宁韵然一边跟着莫云舟离开，一边以很遗憾的样子看向顾长铭。

这时候郭笑却开口了："如果打球小宁会不好意思，那么打完球中午就在这里大家一起吃个饭，莫总赏脸吗？"

莫云舟停下了脚步，侧过脸看了一眼宁韵然，这才说："行，中午一起吃个饭吧。"

直到他们两人都走远了，宁韵然才忍不住开口问他："唉，你说你到底是唱的什么戏啊？你到底是要跟郭笑接触呢，还是不打算跟他接触呢？"

"我是要他开口让我跟他吃饭。"莫云舟用"你这个小傻瓜"的表情看着宁韵然。

"哦……"

宁韵然这才明白过来了。

郭笑很多疑，如果莫云舟说加入他们，郭笑肯定会很谨慎。哪怕是顾长铭开口说让莫云舟留下，也很奇怪，因为经过之前梅沙仓的争夺，以及莫云舟很不满意宁韵然被绑架的时候顾长铭竟然没有报警，所以莫云舟按道理也不会给顾长铭好脸色看的。

只有郭笑自己开口了，莫云舟留下来，郭笑才不会觉得莫云舟是在刻意接近他。

“你到底想干什么?”宁韵然不爽地问。

“你猜?”莫云舟忽然低下头，在宁韵然的额角上亲了一下。

“你不说就不许亲我!”

“我不说也能亲你。”

“得意个鬼啊!”

宁韵然的高尔夫球技仍旧没有进步多少，但是莫云舟挥杆的身姿，她可是欣赏了一番。还好，这不是电视机屏幕，宁韵然算是真正领会了“舔屏”一词的终极奥义。

莫云舟无奈地回过头来看她:“你说你挥了几杆?”

“三杆?”宁韵然伸出手指。

“一杆。”

“哎，你说，我怎么就觉得每一杆都是我挥的呢?”

“你说你怎么脸皮那么厚呢?”

“你不是就喜欢我厚脸皮?”宁韵然作势捏了一下自己的脸。

“你给我过来，你知不知道你挥杆的时候，腰部发力有问题?上次你跟着顾长铭打高尔夫的时候，他就没有纠正过你?”

莫云舟的手就放在宁韵然的腰上。

“他又不会摸我的腰，怎么教我!”宁韵然理所当然地说。

刚说完，莫云舟就狠狠地在她的腰上掐了一下。

“哎哟……断了……断了……”

“哪儿断了?”莫云舟凉凉地问。

“腰断了……”

“要不要我给你接起来?”

莫云舟也不知道怎么用力的，弄得宁韵然就想笑。

“哈哈哈……哈哈哈……你不要再掐我的腰啦!”

宁韵然就差没趴在地上求饶。

再一侧过脸，她就看见莫云舟也抿着唇忍着笑的样子。

拿着望远镜的郭笑看着他们的方向，他的助理李忍走到他的身边，将望远镜接了过来。

“先生，午餐订好了。不过，莫云舟未必会来吧。”

“那就要看宁韵然的面子有多大了。”

到了十一点多，宁韵然的手机就响了。

莫云舟的眉梢微微一扬：“你的顾大哥？”

“对啊。”宁韵然一接电话，语气就换了，“顾大哥，你请我们吃饭啊？哦，重华厅？我记住了！我会好好跟他说的，拜拜！”

挂了电话，宁韵然就看见莫云舟抱着胳膊看着她。

“干吗？”

“我有一种你刚才是在和我未来老丈人通电话，他叫你把男朋友带回去大刑伺候的感觉？”

宁韵然差点没喷出来！

“你一会儿吃饭的时候可别乱说话！小心我削你啊！”

“走吧，你的顾大哥比你会演戏。”

“切！”

两人乘坐草地车，来到了这个高尔夫球场最昂贵的餐厅：云景天雾。

而重华厅也是这里景致最好的包厢。

先是宁韵然将脑袋探进来，看见顾长铭的时候，她呵呵笑了笑。

郭笑冲她招了招手：“来啊，是这里没错。看你跟一只小猴子似的。”

这时候宁韵然将餐厅的门完全推开，走了进来，但是却没看见莫云舟。

“怎么？莫总没来？”郭笑问。

“他在外面打电话。眉心都皱成这样了。”宁韵然捏了捏自己的眉心，郭笑忍不住笑了。

十几秒之后，莫云舟才拿着手机走进来：“好，好……那东郊的地还是要加把劲儿。我这边要吃饭了。”

莫云舟一边说，另一只手揉了揉宁韵然的脑袋，傻子都能看出来他很喜欢宁韵然。

“莫总真是大忙人，难得见到一面啊。”

黄秘书开口说。

“其实你们顾总也是大忙人，只怕今天在这里打着高尔夫，心里也想着集团里的各种会议吧？”

“今天只是纯粹出来休闲一下。”顾长铭的语气淡淡的。

菜上来了，你来我往聊来聊去，气氛还是没怎么热起来，话题都很刻意。

郭笑不了解莫云舟的喜好，只是用眼色示意了一下黄颖。

宁韵然假装不知道怎样化解莫云舟和顾长铭之间的冷淡气氛，低着头默默地吃着饭。

反正你们都是影帝，看你们想要怎么演咯。

“刚才莫总好像在为什么事情烦恼？”黄秘书试着从公事的角度出发。

“一块地而已，怎么，顾总也感兴趣？”莫云舟撑着下巴，目光凉凉的。

“是东郊的吧？”顾长铭没有继续让话题冷下去，“如果是那块地，东顺房地产对这块地势在必得，他们想要做高端别墅群很久了。莫总要拿下来，只怕代价会特别大。”

“比梅沙仓还大吗？”莫云舟的表情连变都没变。

虽然他的话总让人联想到那场大战，但他的表情始终很平淡，带着几分教养，只能说他是为了宁韵然才来吃饭的，根本不想和在座的各位建立任何联系。

就在大家觉得吃饭的气氛会在这样的尴尬中直到结束的时候，宁韵然将莫云舟夹进自己碗里的菜又给扔回他碗里了。

“你跟顾大哥好好说话会死呀！”

宁韵然皱着眉头，一副不高兴的样子。

“啊？我哪里没好好说话了？”莫云舟一脸无奈，但还是将那个宁韵然夹了很久都没夹起来的肉丸放回她的碗里。

“阴阳怪气的……梅沙仓的事情，顾大哥绝对是光明正大跟你较量的。你不是成天说你会尊重自己的对手，他们教会你的比你父母教的都重要。可是今天我可不觉得你对你的对手尊重。而且如果不涉密，你和顾大哥交流一下也许能从其他角度解决问题，何必一副拒人于千里之外的样子呀！”

宁韵然一本正经地说着，莫云舟却露出微微惊讶的表情。

而黄秘书有些紧张，商界的成功人士无论多有教养，但至少都是有点脾气的，宁韵然这番话听到莫云舟的耳朵里，哪怕是他的女朋友，也不能确定他会不会生气。

郭笑低下头来，喝了一口茶。

他在等待着莫云舟的反应。

“你说的好有道理，我竟无法反驳。”莫云舟轻笑了一下，用手指戳了一下宁韵然的脸颊。

“那你跟顾大哥好好说话，郭先生还在这里呢！”

“莫总，你的商业机密我不会打听，但我真心怀念以前我们在蕴思臻语画廊里畅谈的感觉。在商场上，能理解我的人并不多。”

顾长铭虽然没有热络的表情，但总让人感到一种真诚。

莫云舟沉默了两秒，微微叹了一口气，再开口的时候，气氛感觉比之前柔和了很多。

“就是东郊有一大片空地，我们并不想拿来搞房地产，而是想建大型主题乐园，那种集合了购物及休闲娱乐于一体的乐园。顾总，你说的没错，东顺房地产对这块地的执着程度让我们很头疼。”

顾长铭想了想，才开口说：“其实，东顺房地产应该不会再对它执着了。”

“怎么了？”

莫云舟放下筷子很惊讶地看着顾长铭。

“我也是听他们一个董事会核心成员说的，那块地之前有几个化工厂，导致了土地和周边水源的污染，治理起来相当麻烦。莫总，不妨去打听一下，如果对于东顺来说，这块地不能要，那么对于您来说也是一样的。”

“谢谢你告诉我这个消息。”这一回，莫云舟的感谢是真心的，他特地以茶代酒，敬了一下顾长铭。

“冰释前嫌就好！”郭笑也露出笑容来，“不过这种大型游乐园可不好做。你看我和顾总从前的朋友赵谦，他那个游乐园就出了不少问题，前一段时间连纵合万象的股份都卖出去了。”

“谢谢郭先生关心。不过赵谦的梦幻星空乐园本身就有局限性，和时下公众需要的休闲娱乐模式还是有一定的差距。”

于是，餐桌上又开始了世界各地大型娱乐中心的经营模式比较。

宁韵然安心地吃着饭菜，心里却为莫云舟捏一把汗，这家伙可真敢做啊，他是醉翁之意不在酒，而在赵谦的梦幻星空乐园了。

而且还装作一副对梦幻星空乐园不感兴趣的样子，真是奸商。

这顿饭可以用相谈甚欢来形容，顾长铭和莫云舟之间仿佛恢复了之前在蕴思臻语画廊画展上的关系，似友非敌。

到了下午快三点，他们聊得也差不多了。

宁韵然觉得包厢里有点闷，想要去酒店的露台上呼吸一下新鲜空气，看看风景。

当她来到露台前的时候，才发现黄秘书也站在那里，身边还站着另一个人，黄秘书正在帮对方点烟。

这让宁韵然有些惊讶。黄秘书是个聪明人，虽然他自己不怎么抽烟，但是身上经常带着高档打火机，就为了在顾长铭谈生意的时候帮某些高管或者老总点烟而已。

但黄秘书身边这个人，身上没有商人的气息，衣着也并不讲究，那为什么黄秘书会帮他点烟?

大概是远远地看见宁韵然走来，这两人没有继续说话了。

黄秘书留在原地，他身边的男人转身离开，从宁韵然的身边离开的时候，轻轻地咳嗽了一声。

那一声就像忽然用力将她的神经摁压下去，接着又高高撩起。

宁韵然的心脏跳动得厉害，但是她没有回头去看对方，而是笑着走向露台，来到了黄秘书的身边。

“黄秘书也出来透口气?”

“对啊，这里风景比较漂亮。”黄秘书看向远方，“正好碰到了某个老板的司机，就和对方聊了两句。”

“哦，这样啊。”

“不过你挺行啊？刚才莫云舟还端着，被你说两句，就没那么难说话了。”

“我就是不知道郭先生请那个‘鼻子插大葱’的家伙吃饭干什么。”宁韵然揣着口袋说。

“那是你男朋友啊，怎么叫作‘鼻子插大葱’的家伙?”黄秘书好笑地问。

“装蒜呗。”宁韵然耸了耸肩膀。

黄秘书笑得更厉害了：“很多时候，在商场上不是要等到需要用到对方的时候才来套近乎拉关系，能不做敌人就不做敌人。郭先生也是希望之后无论再做什么生意，顾总和莫总都能避开相争的局面。”

“郭先生还是很关心顾总的。”

“那是当然的。”

虽然在这里聊着天，宁韵然真正关注的还是刚才那个男人到底是谁。

坐在莫云舟的车里，宁韵然的脑袋靠着车窗，思绪不知道飞到哪里去了。

莫云舟伸出手打了个响指：“小丫头想什么呢？”

“今天黄秘书在我们吃饭的地方的那个露台上和一个人见面，那个人我从没见过，他说是某位老板的司机。”

“然后呢？”莫云舟的车速降了下来，似乎认真地听宁韵然要说什么。

“然后他路过我的时候，咳嗽了一声。”

“这声咳嗽有什么特别？”莫云舟问。

“他好像才是那个绑架我和周暖的人……”只有对着他，宁韵然才能知无不言。

“你说什么？难道不是邓浩吗？”莫云舟的眉头皱了起来。

“在最初我和周暖被关在那个木材仓库的时候，我和周暖都是蒙着眼的。有个被阿东那几个混混称为‘老板’的人来问我们问题。问题的内容就是关于赵婳栩和赵谦的交易文件。”

“这个我知道，但是那个所谓的阿东还有他们的同伙被抓住之后，交代的也是邓浩是他们的组织者。难道在你们蒙着眼睛的时候，那个问话的老板另有其人？”

“对，我当时没有听到那个老板的声音，问题全部都是阿东代替他问的。每当阿东揍我和周暖的时候，那个老板就会咳嗽示意他停下来，所以我对对方的咳嗽声很有印象……当然，咳嗽声很多人都是相似的，可能只是我的错觉。”

“我不认为那是错觉。你还记得那个人的脸吗？”莫云舟问。

“当然记得。”

“你素描画得好，不妨将那个和黄颖说话的人画下来，交给凌睿他们去调查。看看在你和周暖的绑架案发生之前，黄颖是不是和这个人接触过。任何疑点，我们都不能轻易放过。”莫云舟的手指撑着他的下巴，“确实，如果最初在仓库里问你和周暖的那个老板就是邓浩，他到后面没必要在你和周暖面前暴露身份，毕竟你和周暖最初是没有见到他的脸的。但是既然邓浩后来因为自己罹患脑部肿瘤所以破釜沉舟亲自来绑你走，那么最初在仓库里他也不用搞得那么麻烦，连自己的声音都不敢让你们听到。”

“对，就行为模式来说，仓库里那个老板，和在国道上绑架我的邓浩，就像两个人。”

“一个小心翼翼，一个不顾一切。”

莫云舟开车将宁韵然送了回去，宁韵然也在第一时间对这个男人的情况进行了汇报。

凌睿接到消息对这个男人的身份展开了秘密调查，证实了几点。第一，他根本不是某个老板的司机，高尔夫球场当日他是自己一个人来的，黄秘书对这个男人的身份说谎了。第二，他在高尔夫球场办理的会员卡所使用的名字以及信用卡是一个名叫钟川的。但是当凌睿对这个钟川进行调查的时候，却发现钟川的照片和这个男人根本对不上。而且根据出入境处的记录，这个钟川在半年前就去了巴西，他是一个木材商人，暂时还未回国。

如果是这样，宁韵然觉得凌睿那边就更要查出来这个人到底是谁了。

黄秘书不可能无缘无故会在高尔夫球场和这个人说话。

对于郭笑来说，在高尔夫球场见到宁韵然和莫云舟是一个意外，也许郭笑本来就是要在高尔夫球场见这个男人？

但离开高尔夫球场之后，这男人就失去行踪了，让凌睿失望不已。因为他很有可能已经离开T市了。

又是一周过去了，对于郭笑的调查没有丝毫进展。

周五晚上，莫云舟将宁韵然送回公寓，然后来到了杜若那里，三个人就目前的情况展开了讨论。

“有没有可能，郭笑不打算使用黄金，而是直接将大额人民币用人力分散带去了香港，直接作为赔偿款交给了那个向秦耀购货的毒枭？”宁韵然说。

“海关的检查可不是形同虚设。根据线报，那个香港毒枭向秦耀购买的货价值三亿。秦耀无法供货，就要向对方赔偿六亿。这笔钱可不是那么好带出去的。”

“要许多的人力，而且有一个人被发现不算大事，但是这么多人，被发现肯定不止两三个，海关也会加大检查力度，可是我们到现在都没听到相关消息传来，应该不至于。”莫云舟回答。

“上一次我和云舟在高尔夫球场假装偶遇郭笑，也在他面前透露了云舟想要买地建大型游乐园……如果郭笑很着急的话，应该会联系云舟，商量接手梦幻星空乐园……但是郭笑也是按兵不动。”宁韵然摇了摇头，感觉情况有点不妙。

“这说明郭笑要么用其他途径处理大额现金，要么就是他购买黄金的行动我们还没查到。”莫云舟难得蹙紧了眉头。

他们的讨论也仅仅是梳理目前的情况以及各种可能性，对于郭笑的调查仍旧停滞不前。

当他们离开杜若的公寓，宁韵然陪着莫云舟等电梯。

“你好像很担心这次的任务会失败？”宁韵然问。

“因为有太多不在计划中的变量了。比如说……”莫云舟侧过脸来看着宁韵然。

“比如说什么？”

“比如说我会在那个咖啡馆里见到你，你那么迫不及待地抓住我。”莫云舟开始扬起宁韵然看过很多遍的坏笑。

“我不是故意的！都道过歉了！”

完了完了，耳朵又要红了。

“比如说会在蕴思臻语画廊见到你。比如明明一开始觉得你只是好笑，到后面总想看见你。比如说我会难过于你竟然能对我这种好男人的表白说转身就转身。比如说你在纵合万象让我天天担心。比如说……”

眼看着莫云舟的“比如说”越来越长，宁韵然赶紧开口：“哦！反正都是我的错啰！”

“比如……”莫云舟缓缓靠近宁韵然，在她的鼻尖上蹭了蹭，“你叫我云舟的时候，我心里面对自己说，这个坏丫头终于知道我是她的男朋友了。”

“哇，忽然觉得自己就是个孙悟空。”宁韵然摸了摸下巴，一脸自豪的模样。

“什么？”

“把你这妖孽降服了！”

莫云舟无奈地看了她一眼：“你是不是说反了？”

“说反了？你的意思是我是妖孽啰？”

“那是你说的，我可没说。”

莫云舟露出了他的招牌式笑容，宁韵然有点想踹他。

“不过这一次，你故意向郭笑放话想要建游乐园，而东郊的地因为污染治理的原因，你也不会买。如果郭笑真的缺钱，就会希望你接手梦幻星空乐园。但是吃饭的时候，他完全不提，就像不感兴趣一样……”

“说明他还有办法处理那批现金，只是凌睿没发现而已。再加上，他对你以及我都不完全信任，所以不会铤而走险。”

看着宁韵然低头沉思的样子，在电梯门打开的瞬间，莫云舟忽然低下头来，在她的唇角迅速吻了一下。

“啊呀！”宁韵然抬起头来，莫云舟已经走进了电梯厢。

“是狐狸，尾巴终究要露出来的。”

他的笑容缓缓地被电梯门挡住，宁韵然有一种这个电梯厢就是一个盒子，那个男人被装进了盒子里，她想看的时候就把盒子扒拉开，自己好好看两眼，然后再把盒子盖好，别人都看不着。

越想，宁韵然越觉得自己好笑。

周二，宁韵然前往一个会务公司确认他们为公司安排的一场技术交流会。一切办妥之后已到了中午，宁韵然饿得肚子咕咕叫。

她来到一个小餐厅，坐在二楼靠窗的位置，点了一份可乐排骨饭。

吃了两口，莫云舟的微信就来了。

宁韵然看了两眼，咬了一口排骨，回复对方：我们顾总都是日理万机，同样是总字头的，你说你怎么这么闲呢？

抬起头来的那一刻，宁韵然瞥见了小巷子里，一个男人抽着烟，火星时明时灭，另两个人在他的面前听着他说话。

宁韵然心中一紧，这个男人就是她看见和黄秘书说话的那个男人。

因为证件和账户都是假的，所以凌睿他们没有找到他，没想到竟然被她撞见了！

宁韵然立刻离开了餐厅，她刚要走到巷子口，那个男人就从巷子里出来了。她立刻止住脚步，侧身避开了男人的视线，接着悄悄地跟在他的身后。

心就像绷紧的弦，如果他就是那天绑架她的真正主使，就肯定认识她。

这个男人不断地回头，似乎是担心被发现。

宁韵然比他更紧张，一旦他回头就立刻躲到一边，不让他看见。

男人路过一个报亭，和报亭老板聊天。宁韵然很担心对方发现了她在跟踪他，所以故意停下，她只好转到一旁一个小摊子前，假装蹲在地上看小东西，顺便拿起一顶太阳帽，遮住脸，假装试帽子。

男人看了过来，还好他没有发现蹲在小摊子前的宁韵然。等到男人继续向前走，宁韵然起身，隔着人群，小心翼翼地跟着他。

他到底要去哪里？刚才和那几个人在巷子里干什么？

男人就像意识到什么，忽然转过身来，宁韵然立刻侧过脸，看向别处。

还好，她刚才临时在小摊贩那里买了一顶廉价太阳帽，在衬衫外面套了一件防晒衣，继续跟着。

这土鳖的样子和刚才完全不是一个风格。

对方的视线直接从宁韵然的身上扫过，接着继续向前走，来到了一栋写字楼前。

他走了上去，进入了电梯厢。

到了这里，宁韵然已经不好再继续跟下去了。

她抬起头来，看了一眼，这栋楼里有律师事务所的牌匾，还有美容机构，以及顶楼的行游天下旅行社。

宁韵然顿了顿，她忽然想起，之前带着现金去赵谦的梦幻星空乐园，以购买门票的方式将现金变成合法营业收入的不正是一群假导游吗？

宁韵然走到树荫下，继续观察着，只看见有一些上了年纪的大叔大妈从那栋楼里走了出来，她忽然有了某个有些大胆，却很合理的猜测。

宁韵然跟上了其中一对大叔大妈，他们看起来很紧张的样子，进了一个首饰店。

宁韵然也假装进去看饰品，来到了这对大叔大妈的身边，就听见他们在和店员议论着。

“我们的儿子要娶媳妇了，媳妇嫌金子做的手镯项链太沉，而且平日里也戴不出去，所以要求要金条！”

“对对对！就是那种做工越少越好，性价比高的金条！”

店员立刻笑容满面地介绍。

两个大叔大妈几乎没有挑太久，就做了决定，一下子从包里取出了一捆十万元的现钞。

店员愣了愣，点钞机噼里啪啦地过机，十几分钟后就打票出单，将金条交给了老两口。

老两口捂着包，左顾右盼，生怕有人冲上来抢他们的金条的样子。

他们走到了离金店不远处的马路边，那里停着一辆银色的SUV，老两口进去坐了一小会儿，立刻就出来了。

他们脸上的表情比起刚离开金店的时候要轻松很多。

宁韵然握紧了拳头，难怪这些日子凌睿跟踪郭笑和他的新任助理李忍无果！原来这个新任助理李忍就是个烟幕弹，吸引了调查视线。真正帮郭笑用现金买黄金的不是李忍，而是黄秘书！

而黄秘书也不是亲自动手的，而是通过这个不明身份的男人！

如果不是今天自己坐在那个小餐厅的二楼吃排骨饭，恐怕都看不到那个男人！

他们也真是太过分了，竟然利用老人家！

老人家大多不喜欢用卡，更不要说其他电子支付渠道了！他们带现金去金店购买黄金符合老年人的消费习惯，是最不容易起疑的。

但是这些老人该有多危险！

如果被坏人盯上遇到抢劫，谁能帮他们！

宁韵然抬起手来看了一下时间，她得赶紧赶回公司去了。

当晚，宁韵然就将自己看见的所有一切报告给了杜若。

凌睿在最短的时间内做了最充分的准备。

这一夜，对于宁韵然来说是难眠的夜晚，但对于凌睿来说却是十分惊险的。

他们经侦队和刑侦队配合，埋伏在那个旅行社的下面，顺藤摸瓜，果然发现了郭笑将部分现金藏在了这个旅行社里。在这之前，他们还跟踪那个男人，找到了其他几个藏匿现金的地点。

就连他们熔金的炼金厂也找了出来。

整个行动迅雷不及掩耳！

凌晨四点多，当黄秘书打电话将这件事告诉郭笑的时候，酒店里的郭笑手指发颤，狠狠地将手机砸了出去。

他发了疯一般，将书桌上的一切一扫而下，台灯跌落在地，郭笑胸口憋着一口气，脸色铁青。

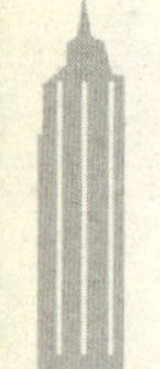

"郭先生！先生！请您冷静！"

助理李忍冲上去，想要扶住郭笑，郭笑却一口血吐了出来，那场面让李忍都僵住了。

郭笑就这样直挺挺地倒了下去，几分钟之后，救护车前来将他带走。

与此同时，正在别墅里的顾长铭也接到了消息，他淡然地穿着睡衣，走到酒柜前，开了一瓶红酒，取出了两个酒杯，倒进去。

他拿起其中一杯，轻轻地在另一杯上碰了一下。

"楚君，他们挣的黑钱被警方找到了，黄金也被带走了，你高不高兴？"

他的声音很轻，很温柔，像是对睡着的人，又像是对自己。

第二天，全省的报纸和电视媒体都在报道T市十年以来最大的一起现金洗钱案，光在几个地点发现的现金就多达三亿六千万元，黄金价值八千万元。

近一周，相关新闻都在反复播放，一遍一遍地在郭笑的面前刷着存在感。

顾长铭、赵婳栩和黄秘书开车来到了郭笑所在的病房。

这间病房只有郭笑一个人，他抬了抬手，助理李忍就走到病房外去把守了。

"我们这一次损失太惨重……这不仅仅是在逼我，也是在逼秦先生啊！我只想知道这到底怎么回事……没有线报……凌睿是怎么把我们藏现金的地方都找到了！"

郭笑握紧了拳头，用力在病床上敲了两下，整张床也跟着吱吱呀呀响了起来。

"郭先生，这件事我丝毫不知情。郭先生您把现金安排在哪里，是从没有告诉过我的。"

顾长铭神色很平静，这种平静里带着某种难以形容的冷漠。

郭笑看着他，叹了口气说："确实……你应该没有途径知道现金在哪里。那么黄颖，你说！这到底怎么回事，应该你来解释！"

黄秘书肩膀微微一颤，思索了几秒，只得硬着头皮开口："一直都是我和阿照联系，而阿照又是郭先生您特别派来处理这批现金的。您说过，阿照在这件事之前和我、顾总和赵总都没见过面，按道理连警方都不知道他的存在，我也不知道他到底是怎样被警方盯上的……"

"黄秘书，你先想清楚，我和长铭是真的不知道那个阿照是什么人，更不知道郭先生已经把处理现金的事情交给你了。那个阿照长什么样子，我们都不清楚。

所以，你和阿照见面的时候，有没有被谁发现过？”赵婳栩冷冷地开口问。

“被谁发现过……”黄秘书皱着眉头想了几秒，“那天在高尔夫球场的时候，我们不是和宁韵然还有莫云舟吃饭吗？本来我们没有预料到会碰上宁韵然他们，所以我就约了阿照在球场见。我和阿照在餐厅露台上聊天的时候被宁韵然看见了……但是她的表情很正常，她也不认识阿照啊！”

“阿照被我派去执行了周暖和宁韵然的绑架案。”郭先生闭上眼睛说。

“那就难怪这一次现金全部都被查了。这主意本来就是宁韵然出的，她再把阿照和黄秘书聊天的事情告诉警方，由警方去调查跟踪阿照。”赵婳栩笑了笑。

这对于黄秘书来说，是他失败的最合理的解释，在他保持沉默的同时，顾长铭开口了：“所以，宁韵然知道阿照有问题？”

“阿照确实向我确认，宁韵然没有看见他的脸或者听过他的声音。”郭笑说。

“可是前几天，我却看见她鬼鬼祟祟地跟着一个男人，走了好几条街，直到龙翔大厦附近。”赵婳栩开口道。

这一句话就像一颗雷，炸开来。

“郭先生，龙翔大厦是……”

黄秘书正要说什么，郭先生就抬手示意他先别开口。

“哪天？”郭先生问。

他的声音很凉，基本上已经确认宁韵然有问题了。

“周二，正好是距离阿照出事的两天前。”赵婳栩回答。

郭笑从手机里调出一张照片：“她跟着的是这个男人吗？”

“就是这个男人。”赵婳栩很肯定地说。

郭笑扣着手机的手指发白，看着天花板笑了起来。

那笑声让人发寒。

“竟然会是她？这个小丫头演戏演得还真够好的！”

而赵婳栩脸上的表情是漠然的。她甚至没有去看顾长铭的表情。

当郭笑咳嗽了起来时，顾长铭才开口说：“还是让周暖查一下吧。”

郭笑立刻说：“查，当然要查！你们谁也别离开医院！就站在我面前！我倒要看看，到底是谁在玩猫腻！叫周暖来，用我的电脑，当着你们的面，查清楚赵婳栩所说的那一天，阿照、宁韵然还有赵婳栩这三个人的行踪到底是怎样的！”

赵婳栩的唇角微微挑起，看了一眼顾长铭，却发现他的表情淡然，仿佛这些都不关他的事，他也从来不在乎宁韵然。

半个小时之后，周暖被带到了他们的面前。

他的表情很茫然，特别是看见赵婳栩坐在郭笑的病床边，顾长铭揣着口袋站着，就连黄秘书也在一旁。

郭笑没有告诉周暖前因后果，只是明说要他干什么。

周暖打开了郭笑的电脑，开始他的操作。当他将结果送到郭笑的面前时，郭笑的眼中闪过一丝惊讶，然后咬牙切齿地对赵婳栩说："婳栩，我相信你那天确实在那个餐厅看见了宁韵然，只是我很好奇，为什么你要一直跟着阿照？还跟到了旅行社的大楼下？"

赵婳栩的眼睛瞬间睁大："我跟着的不是阿照！而是宁韵然！如果不是因为跟着宁韵然，我压根儿不知道阿照是郭先生的人！"

"可是宁韵然的手机信号显示，她一直就在那家快餐店里！"郭笑直接将电脑屏幕翻过来，对着赵婳栩。

"我不可能！我明明是跟着她！"赵婳栩完全不能相信，她忽然明白过来什么，看向周暖，"是你！是你害我！是你偷偷改变了手机信号的位置对不对！就像上一次我给你几百个 P2P 平台账号，叫你分配 IP 的时候一样！也是你把这些账号交到警方手里的对不对！"

周暖傻傻地看着赵婳栩："婳栩姐……你在说什么？"

"假如是周暖害你，那就查别的东西吧。比如员工出入证。"顾长铭又说，"这一次别让周暖操作了，郭先生，你找个人来验证吧。"

"对！查员工出入证！自从刘雨那件事之后，员工出入证里都有追踪芯片！"赵婳栩说。

"可是那个追踪芯片也是我设计的……婳栩姐要是又说是我动的手脚该怎么办？"

"所以从此刻起，你不准再碰电脑，让郭先生的人来查。"顾长铭冷下声来说。

郭笑将守在病房外的李忍叫了进来。

"你去找个人来，懂行的，我要核实那一日宁韵然和赵婳栩的手机信号地址和员工出入证芯片地址是不是一致！"

一个多小时之后，李忍带来了一个日本来的工程师，对方验证了周暖的手机定位是准确的。

“郭先生，根据基站信息反馈，确实是这个信号跟随在这个信号之后。”

郭笑看了赵婳栩一眼，赵婳栩的手指颤抖了起来。

但她仍旧用万分肯定的语气说：“那就查工作证的定位芯片！”

但是定位芯片的结果仍旧是一致的，显示宁韵然一直在餐厅里，而赵婳栩跟着阿照去了旅行社大楼的附近。

“看来这并不是宁韵然跟着阿照，而是赵总跟着阿照啊。”李忍看向赵婳栩，眼底带着敌意，“赵总，你跟着阿照是为了什么？”

“我跟着的绝对是宁韵然！她肯定是把手机和员工证都留在了餐厅里！”

郭笑看着赵婳栩，眼底已经是对她满满的不信任和怀疑了。但是他并没有立刻针对赵婳栩，而是对李忍说：“你去查一下，看那个餐厅有没有监控，看看宁韵然到底是什么时候离开的。”

“是的，先生。”

郭笑的视线回到赵婳栩的身上：“我不会冤枉任何一个人。如果是因为最近我对宁韵然的好印象让你觉得是对你的不信任，我希望你悬崖勒马。事情到了这个地步，婳栩，我还是不想伤害你的。”

“一切等监控结果出来了再说。”赵婳栩咬着牙回答。

“好，我们等结果。在结果出来之前，谁也别想再动手脚，谁也别想离开T市。李忍，找人看好他们。”

“是。”

当他们走出病房，刚来到走廊上的时候，赵婳栩忽然一把拽住了顾长铭的衣领，冷冷地看着他：“这是不是你和周暖一起搞的鬼？你们串通了宁韵然，演了这么一出大戏！”

“演戏？”顾长铭冰冷的眸子看进赵婳栩的眼中，“我们谁演戏能比你更好吗？你既然跟着宁韵然，发现她有不妥，为什么不立刻告诉我？如果你觉得我会偏袒她，那么你为什么不告诉郭先生？”

“那是因为我并不知道她在干什么！而是直到今天出事了我才明白！”

“你才明白什么？”顾长铭的声音冷冷的。

周暖担心地上前，要将他们都拉开。

“顾大哥，婳栩姐！你们别这样！”

“我不需要你惺惺作态，走开！”赵婳栩用力将周暖一推，周暖没站稳跌坐在了地上，后脑勺砸在走廊的墙壁上，发出咚的一声。

“小暖！”顾长铭立刻甩开赵婳栩，把周暖扶了起来。

“对！你们俩是一伙的！你们是不是都和宁韵然计划好了，要把这天捅漏掉？”赵婳栩笑容扭曲地看着他们。

“把天捅漏？要不要我说一说你到底是怎么想的？如果宁韵然真的有问题，你跟踪了她却不说出来，那是因为你巴不得她做出什么事情来好让郭先生知道除了你，别人都靠不住，你是在给郭先生颜色看！”

“你……你胡说！”赵婳栩的脸色发白，肩膀手指都跟着颤抖起来。

顾长铭扶着周暖站起来，走到了她的身边，又丢下一句：“我再说说另一个假设——如果宁韵然没有问题，那么你跟踪阿照干什么？是不是你把阿照丢给了警方？因为你看不得黄秘书比你更得郭先生信任？”

赵婳栩意识到郭笑的助理就在他们不远处，他们刚才的对话他听得一清二楚，一定会回去转达给郭笑，那样郭笑就会更加怀疑她。

而黄秘书也如同被惊醒了一般，惊讶地看着赵婳栩。

经过刚才的手机追踪和员工出入证里的芯片追踪，黄秘书本来就对赵婳栩有很多的疑虑，顾长铭刚才就那样揭穿了赵婳栩的所思所想，黄秘书不得不在心里掂量着自己是不是成了赵婳栩向郭笑证明自己价值的炮灰？

“顾长铭！你疯了！”

成为众矢之的的赵婳栩，感到了来自四面八方涌来的敌意。

她没有想到，顾长铭会当着这么多人的面那么说她，简直就是要把她推下悬崖。

是因为她推了周暖，还是因为宁韵然？

赵婳栩的愤怒从心底深处冲向头顶，她正要上前给顾长铭一个耳光的时候，郭笑的助理李忍一把扣住了她的手腕。

“好了，赵总。这里是医院。”

就连李忍的眼中都是对她掩饰不住的反感。

“你们会后悔的。”赵婳栩说完就转身大步离去了。

而顾长铭却神色如常，只说了一句：“小暖，我带你去看看医生。”

“我没事……”

“那么响一声，后脑勺儿都肿起来了，你还觉得自己没事?”

黄秘书看着他们的背影，惆怅地说了一句：“支离破碎了啊。”

而此时的宁韵然坐在莫云舟的车里，脸上没有任何表情。

莫云舟的手指在她的额角轻轻一弹：“想什么呢?”

“我在担心……之前周暖提醒过我，说我们的员工出入证里有追踪芯片。所以在跟踪那个帮郭笑处理现金的男人的时候，我特地将手机和员工证都留在了餐厅里……”

“那么你还担心什么?”莫云舟问。

“我还担心……郭笑会派人去验证我到底在那个餐厅待到了什么时候。杜若说他在经侦队此次行动之前就帮我处理好了，可我还是担心会被郭笑发现。我可以退出这个行动，但是我们离最重要的那一步已经那么近了……如果要我退出，我会不甘心。”

“你想那么多，会很累。兵来将挡，水来土掩。世界不会等你准备好，既然你已经把可以准备的都准备了，那就放任自己吧。”

宁韵然侧过脸来，每次看见这个男人的笑容，她都觉得没有什么问题是不能被解决的。

“喂，这不是回家的路，你要带我去哪里啊?”

“良宵苦短，一辈子也不长，当然是要趁着我们还在一起的时候，把能做的事情都做掉。”

他又扯起了唇角，笑得坏坏的。

“切。”宁韵然撑着下巴侧过脸去看着窗外。

她才不会傻到问他去干什么，这家伙的答案肯定会让她无语。

但是她没有想到，莫云舟真的把她带回了家。

宁韵然站在他的别墅门口，不是很确定自己要不要进去。

“孟姨说买了三黄鸡，但是来不及做。”

“难道你要给我做?”宁韵然睁大眼睛问。

“对啊。不过，一只鸡够你吃吗?”莫云舟笑了笑，打开门走了进去。

这还是宁韵然第一次来到他住的地方，自己的狗窝莫云舟倒是去了很多次了。

宁韵然的脑袋伸进去看了看客厅，和莫云舟精简的办公室不同，虽然也没有什么多余的装饰，但是暖色调让人心情舒畅，沙发和茶几是简约风，整体装潢有一种现代艺术感，但是绝对不土豪。

应该说就像莫云舟这个男人一样，初看就很难忘怀，而且越看越有味道。

“你是愿意看电视呢，还是来厨房帮我？”

“我选择看电视。为了今晚还能吃上晚饭，我还是不去炸厨房了。”

莫云舟了然地一笑。

宁韵然一打开电视机，各种金融新闻涌入耳中，用遥控器扒拉了半天，也没找到一个“正常”的频道。

她撇着嘴巴来到厨房门口说：“你就没有个网络频道可以看电视剧的？怎么翻来翻去都是新闻啊，股市啊，经济频道？”

“你又不和我住，难道我一个大男人看狗血电视剧？”

她看见的正好是莫云舟的背影，他正低下头，将电砂锅的盖子打开，加调料进去。

香味很浓郁，宁韵然饿了。

“砂锅炖鸡要炖很久吧？”

“还好，我这个砂锅只需要三十分钟。”莫云舟回过头来看着她笑了。

他穿着深色的围裙，下身是西装裤，宁韵然看着他背脊的线条，若有所思地摸了摸下巴。

“想什么呢？”

“我读中学的时候，看过一本漫画，叫作《吉祥寺咖啡屋》，剧情我已经不记得了。就记得里面的帅哥穿着笔挺的衬衫和长裤，围着围裙……”

莫云舟忽然转过身来，一把抱住了宁韵然的腰，宁韵然猝不及防，撞进对方的怀里，额头被对方用力吻了一下。

“哦，原来你也是制服控啊……”

他的声音带着某种暗示，很轻，很柔和。

这种温柔带着诱惑，宁韵然下意识地后退，莫云舟又将她搂紧。

他的体温、他的气息太有存在感，她只觉得身上发烫，又用力挣了挣。

“我们下次可以玩咖啡屋 cosplay，你说好不好？”

“不……不用了，真的，其实我……”

“你什么？难道你更喜欢医生的白大褂？”

“别！我最怕看见医生的白大褂！”

莫云舟笑了，还是那么好看，让宁韵然莫名其妙地想要狠狠咬他一口。

“你要不要来和我一起住？”

莫云舟开口问。

宁韵然傻眼了：“你……说什么？”

“等这一关确定走过去了，跟我住好吗？”

莫云舟又问她。

心脏被他拽了过去。

他看着她，是认真的。

“我……”

“也许对你来说，做我的女朋友不过一个月。但是对我来说，我喜欢你很久了。我想要在你烦恼的时候陪你说话，你不高兴的时候，我不希望我不知道。你有什么计划，我期待能够帮到你。我们不在一起的时间太多了，所以我不想浪费时间看着你回家，而是想要每天带你回家。”

宁韵然看着这个男人，她很清楚莫云舟这样的男人可遇不可求，错过他，今生今世，来生来世，她都不会遇到第二个莫云舟……那么懂她，那么爱护她，那么让她也想要不顾一切地去爱一场。

对于莫云舟来说，和她住在一起并不是为了男人和女人之间的那回事，而是想要走进她的生活里。

宁韵然知道，对于一个长期独立，一切靠自己的女孩来说，这需要勇气，需要信赖，相爱容易，相处不易。有时候靠得太近了，反而会让自己失去他。

但那又怎么样呢？

她本来就走在悬崖边缘，这个男人一路陪同，为什么不抓紧他的手呢？

“喂，你先通过考试再说。”宁韵然用下巴示意砂锅鸡的方向。

“看来我每天都会有事情做了？”

“对啊，砂锅鸡是不能满足我的。”宁韵然以一副考官的模样点了点头。

“好，一会儿再给你做个葱爆虾和秋葵炒牛肉。我还得下载个菜谱，没事儿的时候偷偷研究，对吧？”

宁韵然眨了眨眼睛：“不得了啊，我还以为除了把三黄鸡放在砂锅里炖，你就只会番茄炒蛋和剁椒炒蛋了。”

“你去玩吧。一会儿吃饭。”莫云舟推了她一下。

“那我去参观一下你的大房子。”宁韵然将手背在身后，“检查一下，你有没有什么不可告人的小秘密。”

“我能有什么秘密？”莫云舟好笑地说。

“那可不一定。比如什么充气娃娃之类的。你看你有一张君子的脸，也许是流氓的内心？”

“你要是真发现了充气娃娃，那也一定是毓生的。”

“哎哟！陆毓生肯定没想到，他会成了他小舅舅的背锅侠。”

宁韵然笑着离开了厨房。

不过莫云舟这栋别墅还真的很大。

一楼是客厅和餐厅，二楼是两间客房和一间书房。

其中一间客房上了锁，门上贴着某手游海报，一看就是陆毓生之前住过的。

宁韵然轻哼了一声。

陆毓生的房间她就没什么兴趣了，万一不小心真的发现了充气娃娃，那就尴尬了。

另外一间客房，里面的布置也很简单，但是很干净。

至于莫云舟的书房，宁韵然更有兴趣了。

他并没有锁门，看来他的书房里没有什么秘密文件，可以随便自己参观。

刚打开门，宁韵然就震惊了。

莫云舟的书房就是一个小型图书馆吧！

一共有九排书架，是上好的木材打造的，空气里还能闻到淡淡的木头和纸张的清香。

书架之间还有一个可以推动的木梯，宁韵然不得不说这个男人还真的挺会享受。

不过他的享受比起那些买游艇买私人飞机炫富的富商来说，要低调有内涵得多。

一排一排的书架走过去，宁韵然发现莫云舟的藏书很丰富。从专业的金融经济类书籍，到各行各业。还有宁韵然之前很感兴趣的《黑金》《贼巢》《华尔街风云》的英文原版。

她甚至还发现了不少建筑学、历史类的书籍。

一开始她觉得这些书也许都是摆设，但是当她随手拿了一本下来，看见里面插着书签，就知道这些书莫云舟是真的看过。

嗯，宁韵然觉得自己喜欢上莫云舟，说明自己不是看脸和看钱，而是因为自己有品味啊。

嘚瑟了两三秒之后，宁韵然离开了书房，走到上一层的主卧。

这里是莫云舟的房间啊，宁韵然的手触上门的时候，心里还有点小激动。

只是打开门而已，她就闻到了淡淡的属于莫云舟的气息，好像就这样进入了莫云舟的世界一般。

他的床很大，床上一道褶皱都没有，是银灰色的床单，床头桌上还放着平板电脑。

她可以想象，估计莫云舟睡前还要用它来查阅一下当日的金融信息还有新闻什么的。

不过看着过分整齐的东西，她的心里就有一种破坏欲。

她向后退了两步，接着猛地向前，冲到了床上，在上面打了两个滚。

“嘿，这床还真的很舒服!”

胳膊刚好伸到了莫云舟的枕头下面，摸到了什么东西，拿出来一看，她顿住了。

竟然是她在蕴思臻语的时候，用来画莫云舟的那本素描册!

她记得那个时候莫云舟面无表情地将它收走了，但其实……经常拿出来看吗?

脸莫名地红了，就连枕头间莫云舟常用的洗发水的味道，都莫名地让她心率加快，好像这个房间都在缓慢地旋转着。

她侧过身来，忽然不愿意起来。

直到感觉床沿微微下陷，她挪开手中的素描册，发现莫云舟单膝跪在床垫上，缓慢地靠近她，直到双手都撑在她的身边。

他几乎将她完全笼罩起来，低下头，就要吻上来一般，宁韵然下意识地用素描册顶了对方一下，就在莫云舟侧过脸的时候，她立刻转过身去，要快速离开他的范围。

但是莫云舟立刻抱住了她，直接将她压了下去。

他的体温比平时更烫，就连喷洒在她颈间的气息也仿佛要在她的血液中烧起一把火。

“小宁，你睡在我的床上，这可是对我最直接的暗示。”

宁韵然的脸上都快烧出血来了，她扭动了起来，莫云舟的怀抱有着男人的力度感和一种笃定。

“我……我什么都没暗示你！你……你饭做好了没有啊？”宁韵然赶紧转移话题。

“你再动，就不是暗示了。”

“啊？”

“就会生米煮成熟饭了。”莫云舟在她的后颈上轻轻咬了一下。

宁韵然的肩膀都耸了起来。

“你怕我啊？”莫云舟的双臂微微放松了一点。

“怎么会怕你……”宁韵然的声音小得像蚊子哼哼。

莫云舟忽然抱着她翻过身来，让宁韵然趴在了他的身上，她赶紧双手撑住莫云舟的耳边就要起来，却被对方用力一抱，又趴回了对方的身上。

“这样就不怕了吧？”莫云舟轻轻笑着说。

宁韵然看着对方，那种被包裹起来的不安感逐渐散开，她真的不明白莫云舟为什么会那么了解她。

“你很独立，从来不依靠任何人，也习惯了一切靠自己。爱上我是一回事，把自己交给我是另一回事。你会害怕，因为未来是不确定的，你怕把自己交给我了，某一时某一刻，我还是会离开你。到了那个时候，你已经习惯了依赖我，你怕自己没办法再坚强起来了。”

宁韵然侧过脸去，是啊，这个世界上最了解她的人恐怕不是她自己，而是莫云舟。

宁韵然低下头来，轻轻地蹭了蹭莫云舟的鼻尖。

“我们可以先进行第一步，就是每天晚上在我的怀里睡着，习惯有我陪着你，习惯每天睡前吻我，习惯贴着我的耳朵对我说话。”

宁韵然低下头来，耳朵就贴在莫云舟的胸口上，轻轻地抱着对方。

从前她不明白女孩子怎么能对另外一个男人撒娇，难道不会不好意思？不会觉得麻烦别人？

现在她忽然明白了，因为她满心都想要钻进这个男人的怀抱里，不出来了。

“快八点了，别告诉我你还不饿。吃饭去吧。”

莫云舟单手撑着床垫，就抱着宁韵然坐起来了。

“嗯，吃饭去了！”

“不过你刚才躺得那么开心，喜不喜欢我的床？”

“不喜欢。”

“啊？口是心非。”

“才不是口是心非！你的床离电视机那么远！我靠在床头都看不清电视机的字幕啊！”

“看来不是口是心非，是真心的。”

“本来就是。”

“明天我去换个大的。”

来到餐桌前，宁韵然的肚子立刻咕噜咕噜叫了起来。

“你是不是趁我在楼上，叫了外卖？”

“自己能做，为什么要叫外卖？”

莫云舟一边说，一边给宁韵然盛了一碗莼菜汤。

“好香。”宁韵然吹了吹，迫不及待就要喝，莫云舟赶紧将她摁住。

“烫着呢。你要是烫到了舌头，我可不帮你舔。”

宁韵然差一点被自己的口水呛到。

“谁要你给我舔了！还要不要人好好吃饭了啊！”

莫云舟却笑得很坏。

三黄鸡炖得很入味，肉质很滑嫩，果然如同莫云舟所说的，一只鸡恐怕不够宁韵然吃。

秋葵炒牛肉也是绝品，秋葵的口感，牛肉片微微弹牙，宁韵然觉得自己能把一锅饭都吃下去。

就在这个时候，莫云舟的手机颤了颤，他看了一眼短信，抬头对上宁韵然说：“我再给你盛碗饭吧。”

“菜都吃光了呀！”

“我给你炒个番茄炒蛋。”

“为什么啊？”宁韵然觉得莫云舟唇上的笑容怪怪的。

“因为我觉得你看到这个消息应该会很有胃口。”莫云舟将自己的手机推到宁韵然的面前。

上面的短信内容是：Z 女士彻底出局。

短信的号码是凌睿的。

一直压在宁韵然心中的那块巨石终于落了下来。

就在两个小时前，李忍来到了宁韵然那天吃饭的餐厅，给了对方一笔钱，表示要看当日的录像。

根据录像查证，宁韵然在餐厅留到了当日下午两点，李忍拍下了宁韵然的 POS 单。

郭笑勃然大怒，让李忍派人去把赵婳栩带回来。

顾长铭和黄秘书就站在那里，顾长铭的目光是漠然的，而黄秘书则面有怨恨地看着赵婳栩。

“你不是说宁韵然一直跟着阿照吗？可是她两点都还在餐厅！她是会空间穿越吗？两点同时出现在餐厅并且还跟踪阿照去了旅行社的楼下！”

郭笑的怒意几乎要将病房的天花板掀翻。

“这不可能！这不可能！我明明看见她了！明明看见她了！我明白了！她和凌睿是一伙的！凌睿在行动之前就和那个餐厅打好了招呼！他们伪造了刷卡记录！篡改了监控录像！”

赵婳栩看着他们所有的人。

“郭先生！你要相信我！我不会无缘无故地指称她跟踪阿照！”赵婳栩叫喊了出来。

“哦，那么你看见宁韵然行踪诡异的时候，就没有用手机照下来？特别是她跟踪阿照到了旅行社楼下的照片，好歹有一张吧？”黄秘书终于按捺不住，冷声质问。

“我当时……太专注于跟着她……一门心思想要弄清楚她在干什么……”赵婳栩拿出手机，“这是我当天照下来的照片。”

李忍拿过来翻了翻，照片里一个女孩穿着防晒衣，戴着太阳帽，一条丝巾像裙子一样围在腰间，站在旅行社楼下。

黄秘书看了一眼，冷笑了起来：“这是宁韵然？宁韵然当天穿的可不是这一身吧！”

“这是她在小摊子上买的！临时换上的！”

“你也太好笑了吧！没看见李忍带回来的录像？宁韵然进餐厅的时候穿的是衬衫、西裤，她没有太阳帽！小摊子上买的？你以为在拍《谍影重重》啊！”

“李忍，你看照片里的女孩背影是宁韵然吗？”郭笑的声音仿若沉入冰窖。

“实在看不出来，不像是她平日里的穿衣风格。”李忍说。

“这真的是她！真的是她！顾长铭！你难道认不出她的背影！”赵婳栩狠狠地质问顾长铭。

顾长铭看向郭笑：“郭先生，就算婳栩那天跟踪了阿照，也并不能说明是她向警方泄密的。毕竟这样做对她没半点好处。”

顾长铭的话看起来是在为赵婳栩求情，实际上却给了她沉重的一击。

“得了吧。她看不顺眼宁韵然也不是一天两天了。之前是让周暖查宁韵然的行踪，后来又设计车祸让宁韵然去给赵谦送文件，那小姑娘差一点就折在赵谦手上了！后来我还派了人假装外地的警察办案到医院病房里去探她的口风，也找了人在病房里装了窃听器，宁韵然根本没问题。接着，郭先生也设了那么大一个局来试探宁韵然，她还是没问题！现在赵婳栩又说宁韵然跟踪了阿照……好嘛，人家的手机和员工出入证都没离开过餐厅，两点钟正好结账，还有刷卡单！这些如果都是伪造的，这个宁韵然是有多可怕？计算得该有多细致？”

黄秘书这么一说，越发显得是赵婳栩在污蔑宁韵然了。

“她就是警察的人！她绝对是警察的人！我们所有的秘密都是她泄露出去的！”

黄秘书冷淡了语气：“我怎么记得，你P2P平台账户信息被泄露，是你手下那些财务公司靠不住呢？关宁韵然半毛钱的事？我真的很厌烦，无论什么事你都要推到宁韵然的身上！”

赵婳栩的怒火被点燃：“我说是她！就是她！这么多年我的怀疑什么时候错过！你们只要解决掉她，以后就不会再有任何问题了！”

“解决掉她？要不是她当时反应快，把U盘给换掉了，跟在郭先生身边快十年的张铁都差点栽了！”

黄秘书的话触动了郭笑的神经，他的眉头蹙了起来。

郭笑看着顾长铭说：“我对你说过什么？必要的时候要懂得舍弃！”

赵婳栩支撑不住，跌倒在地。

“婳栩她不会。”顾长铭很坚定地说。

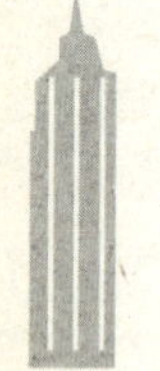

黄秘书虽然很不满，但是看着顾长铭，还是跟着求情了。

“赵总毕竟帮秦先生做了这么久的事情了，没必要反水。事情也很有可能是赵总发现了阿照和我在一起说话，所以跟着阿照想要弄清楚郭先生交代给我的任务是什么。但是她忘记了，她自己也属于警方的监控对象。很可能凌睿那天正好也派人盯着赵总，于是意外发现了阿照的行踪。”

郭笑凉凉地看着坐在地上的赵婳栩，他很清楚这个时候如果对赵婳栩动手，会让顾长铭和黄秘书都觉得他太心狠手辣。

最终，郭笑长长地吸了一口气，说：“婳栩，事到如今已经说不清你到底是想报复宁韵然，还是因为你在跟踪阿照的时候也被凌睿的人跟踪。你的状态不太好。李忍，你派人送赵总去市郊的别墅好好休息一下吧。在那里晒晒太阳，划划船，调整一下心情。”

其实，这就是变相的软禁。

赵婳栩很清楚，事到如今自己无论说什么都没有用了。

只会越描越黑，越来越像无理取闹。

她看向顾长铭，她现在几乎可以猜到自己之前替郭笑用P2P平台洗钱，为什么账户资料会外泄了——绝对是顾长铭在幕后指使周暖。

就像顾长铭会在最关键的时刻向郭笑求情保住她的命，她也做不到再继续揭穿他，那样郭笑也会要他的命。

“你会后悔你的选择的。”赵婳栩缓缓站起来。

这句话听起来像是在向郭笑控诉。

但是顾长铭很清楚那是她对他说的。

“你真的甘心，你选的路走到最后就是一无所有吗?”

郭笑看着赵婳栩离开的背影，他知道，自己必须尽快凑够资金。

“是时候出手梦幻星空乐园了。”

“这恐怕很难。没有人能轻而易举接下梦幻星空乐园。只怕会赶不上秦先生的需要。”顾长铭说。

“云晟集团的财力，你又不是没有见识过。”郭笑开口说。

“我们并不清楚云晟集团还有没有这个意向。自从那块地他们没要之后，我就没有听过任何关于他们要涉足大型游乐园的消息了。秦先生需要多少钱，或者让对方成立一个公司，从我们纵合万象这边打钱过去，先解决秦先生的燃眉之急比较重要。”

“你又不是不知道自己一直被凌睿那边盯着。几个亿的出账，你还担心他不查你?”郭笑反问。

顾长铭沉默了。

“或者，你让宁韵然去牵个线，我们请莫云舟吃个饭。他如果愿意接手梦幻星空乐园，那就是十几个亿的资金回笼。他愿意接手，就先付六个亿的订金，解决秦先生的资金问题。剩下来的钱，我们再慢慢考虑怎么转移出境。”

“我明白了。我去跟小宁聊一聊。”

离开医院之后，顾长铭和周暖一起吃晚饭。

他煮好了面条，但是周暖显得没什么胃口。

“那个……顾大哥，你说婳栩姐不会有事吧?”

“目前来说，郭笑不会杀她。比起怀疑婳栩跟踪阿照，把藏匿现金和黄金的地点说出去之类，郭笑更相信是婳栩想要通过跟踪阿照弄清楚郭先生交给黄秘书的任务，但是却螳螂捕蝉黄雀在后，被监视她的人跟踪了。”

“这确实是合理的解释。那么小宁呢？她没有被郭先生怀疑吧?”

“就我的感觉，郭笑对她有疑虑，但是并不深。一来，之前郭笑就利用绑架案试探过宁韵然了。后来，宁韵然换U盘救了郭笑的助理张铁，让郭笑对她很有好感。在医院里，黄秘书也指责了婳栩对宁韵然的嫉妒和怀疑已经扭曲了。”

“而且除了利用莫云舟的云晟集团，郭笑也已经黔驴技穷了。”周暖回答。

“吃完饭，我还是要去拜访一下莫云舟。不然，显得没有诚意。”顾长铭扬了扬下巴，“我煮的面条很难吃吗?”

“没有！很好吃!”周暖赶紧低头吃着。

“我已经和他们说好了，他们会一直派人保护你。”顾长铭抬起手，揉了揉周暖的头顶。

“顾大哥才是……要小心。你和小宁都要好好的。”

顾长铭来到了阳台上，打了个电话给宁韵然。

正坐在莫云舟的沙发上，一边吃着水果，一边看着电视的宁韵然看见手机屏幕上闪动的那个名字，就知道她一直等待着的那一刻终于来了。

“喂，顾大哥？这么晚了，有什么事吗?”

“小宁，是这样的，我记得上一回莫总说过很想做大型游乐园，但是他看中的那块地并不适合，对吧？”

“是哦。”宁韵然站起身来，走到厨房里，看着正擦着盘子的莫云舟，故意抬起膝盖顶了顶对方的后腰。

莫云舟回过头来，正要趁势直接亲她一下，看见宁韵然万分认真的表情，只能作罢。

“是这样的，赵谦的梦幻星空乐园很想出手，就看莫总有没有意思要拿下来。”

宁韵然吸了一口气，她知道自己和顾长铭之间的对话也许正被郭笑的人监听着，所以一切听起来都要自然。

“可是……我之后都没有听云舟说起还想要买地做大型游乐园了。”

一旁听着的莫云舟颔首一笑，靠着台面，从后面抱着宁韵然，将脸贴着宁韵然，听顾长铭说了什么。

“所以，想请你帮个忙，探探他的口风。如果他还想要，我就做东，请他和赵谦吃个饭。”

“赵谦啊……”宁韵然的声音里带着一丝反感。

“我知道你讨厌赵谦。但如果他有意向的话，郭先生会亲自来和他谈。价格方面，他也绝对找不到更好更合适的了。”

“那好吧……我问问他，明早给你答复。”

“好，谢谢。”

挂了手机之后，宁韵然模仿莫云舟的方式，在他的脸上弹了一下。

“喂，明天你说我要怎么回复顾大哥？黄秘书肯定会在旁边听。”

“嗯……怎么说呢？要好好吊一吊郭笑的胃口。”

“嗯！哎呀！我的《大侦探福尔摩斯》！凶手是谁？”宁韵然扯开了莫云舟的胳膊，毫不留恋地奔回到了沙发前。

“喂……凶手除了莫里亚蒂教授，还能有谁？”

莫云舟靠着宁韵然在沙发边坐下。

几分钟之后，电影大结局开始了。

宁韵然侧过脸，就发现莫云舟侧着身，靠着沙发背睡着了。

他睡着的样子，她好像还是第一次见到。

好像世界都跟着安静了下来。

但他的呼吸，仍旧是她所能听到的最清晰的声音。

像是掠过海面的风。

宁韵然抱着膝盖，仔仔细细地看着他。

大概是他在她面前总是一副什么都准备好了，什么都尽在掌握的样子，反而让她忘记了，其实他有很多事要做。

这样一个男人，为她做饭，陪她看电视，其实是一件很奢侈的事情。

他也会累。

而且他时间里的每一分每一秒都绝对珍贵。

“你看我好久了，如果要亲我，就快一点。不然我又要睡着了。”

闭着眼睛的莫云舟轻轻开口说。

宁韵然撇了撇嘴，用力捏了一下他的脸颊。

“让你得意！”

第二十四章 狗尾巴草也有春天

第二天早晨，当黄秘书跟着顾长铭走进办公室，路过宁韵然的桌边时，黄秘书在宁韵然的桌面上轻轻地敲了一下。

宁韵然会意，跟着他们进了办公室。

“小宁，你昨晚上和莫总说了吗？”顾长铭坐在桌前，很平静地问她。

“我说了。”

“他什么意思？”黄秘书显得要着急很多。

“他很沉默……也没回答我什么。”

“他什么都没说？他就一句评价都没有？比如梦幻星空乐园好或者不好？”黄秘书接着问。

“没有。”宁韵然摇了摇头。

黄秘书皱着眉头看向顾长铭。

顾长铭回答说：“这很正常。毕竟真的要买梦幻星空乐园肯定不是他一个人说了算。应该是要问问董事会的意向，再来跟我们谈。”

“但是一句话也不说，这也有点……”

“他是一个深思熟虑的人，不表态很正常。我们等等看。”

顾长铭虽然这么说，但是病房里的郭笑听到这个消息，连水都喝不下去了。

“莫云舟他想要干什么？哪怕只是有一点意向，也可以表示要谈一谈！不坐下来谈，能有什么结果？”

"郭先生，也许莫云舟是感觉我们急着用钱，想要吊一吊我们的胃口，好压价。顾总说的没错，我们先等等看。"

"怎么等？秦先生已经等不及了！"郭笑死死握着水杯，却没有喝下去一口水，"告诉顾长铭，必须早一点确定莫云舟的意向。"

而此时的莫云舟却优哉游哉地坐在办公室里，他的唇角带着浅浅的笑意，陆毓生走进来，揣着口袋，好奇地看着他。

"小舅舅……"

"嗯？怎么了？"

"你心情很好吗？"

"你看出来了？"

"当然啊，你笑得那么阴险！"陆毓生哼了一下。

"哦？是吗？"莫云舟摸了摸下巴，"大鱼要上钩了，没有办法不高兴。不过毓生，这段时间你先回你父母身边吧。你别蹚进来，我也能放开手脚。"

"……我明白了。"陆毓生点了点头，"不过你也要看好我那个未过门的小舅妈。她才是你该重点关注的对象。"

"我知道。"

又是一个周末，莫云舟带着宁韵然去了一家新开的餐厅，才刚走进去，就发现郭笑、顾长铭还有郭笑的助理李忍以及黄秘书也正好来到了门口。

"莫总，好巧啊！您带着小宁来吃饭？"黄秘书笑着迎上来。

莫云舟原本还在和宁韵然说笑的表情立刻沉了下来。

"哦，真那么巧？"他的眉梢微微扬起，表明他很清楚这是郭笑他们刻意制造的"偶遇"。

顾长铭走了过来："无论巧或者不巧，大家都在T市，抬头不见低头见，还请莫总给个面子，大家一起吃个饭。"

"顾总，我很尊重你，所以不想和你绕弯子。我就明说吧，我接谁的盘子都可以，但是赵谦的绝对不会接。"

莫云舟的表情是绝对严肃而且冷淡的。

无论是演戏还是真的，宁韵然第一次见到他露出这样的表情。

就连站在顾长铭身后的郭笑也露出了惊讶的表情，因为莫云舟的回复太决绝了。

对比其他人的惊讶，顾长铭却很忍得住。

“能告诉我原因吗？我一直认为这么重要的决定，莫总至少要和董事会商量一下。”

“你想知道原因？好吧，我告诉你。你还记得在香格里拉大酒店里，赵谦想要对小宁做什么吗？如果当时我不在那个酒店里，小宁这辈子就被毁了。我这个人记性很好，你觉得这么大一件事，我能忘记吗？”莫云舟看着顾长铭的眼睛，没有一丝犹豫。

郭笑的拳头缓缓握紧。

他当然听黄秘书说过那是怎么一回事。

这又是赵婳栩结下的梁子！

宁韵然扯了扯莫云舟的袖子，她的心里爽得要上天了，要知道莫云舟这个男朋友从没有让她觉得这么雄壮！

但她还是发挥了自己的演技，以一脸为难的样子小声说：“云舟，我知道你为我好……但是顾大哥一直很照顾我，赵谦的事情也和他无关，我们听一听他怎么说好不好？”

气氛稍稍缓和了一点。

黄秘书赶紧上来打圆场，说：“是啊，是啊，咱们就吃个饭。赵谦的事情先放一边，我们顾总对小宁那是真的好，像亲妹妹一样。您就当作照顾小宁，一起吃个饭。”

莫云舟侧过脸来，看着宁韵然，而宁韵然也一脸期待地看着他。

莫云舟无奈地叹了一口气，终于还是点头了：“好吧。我先声明，这件事我会公事公办，我听一听你们的转让条件，还要结合梦幻星空乐园周边的环境，我们才能决定买或者不买。”

听到这里，郭笑握紧的手指终于松开。

莫云舟紧紧拉着宁韵然的手，进入了郭笑他们订的包间。

席间，黄秘书向莫云舟介绍了梦幻星空乐园的整体格局、市场情况以及周边设施等等，涵盖了莫云舟需要考虑的所有细节。

郭笑仔细观察着莫云舟的表情，看着他从一开始目光中的明显抗拒，到渐渐有了兴趣，看似在替宁韵然夹菜，其实黄秘书说的每一句话他都听得很认真。

这顿饭的气氛是有些紧张的，而莫云舟提出的问题也相当犀利，让黄秘书的额头都冒汗了。

反倒是顾长铭很淡定地回应了莫云舟的所有问题，两人的交流也相当流畅。

“真有意思。”莫云舟垂着眼睛，浅笑着说。

“什么有意思？”顾长铭问。

“我记得，梦幻星空乐园明明是赵谦的，怎么他没来？反倒是顾总对梦幻星空乐园很了解？”

顾长铭看向郭笑，郭笑叹了口气，开口解释：“莫总是聪明人，我也就不再绕弯子了。梦幻星空乐园其实是赵谦替我管理的。”

“我就说，以赵谦的脑子，怎么可能把梦幻星空乐园做得这么大，原来是背后有靠山。”莫云舟笑了笑，“你们准备的这些资料，不介意我带走吧？”

“当然不介意，本来就是为莫总准备的。”

“郭先生，我会慎重考虑对梦幻星空乐园的收购，也会尽快给您消息。”

“那我就期待莫总的好消息了。”

“嗯。”莫云舟点了点头。

吃完了饭，莫云舟就带着宁韵然离开了。

郭笑看着他们的背影，眉头却丝毫没有松开过。

“郭先生，怎么了？”助理李忍问，“我看莫云舟对梦幻星空乐园很感兴趣啊。”

“他感兴趣，但是他是个思维敏锐而且慎重的人。从他刚才问我们赵谦为什么没来，就能看出他对这桩交易非常怀疑。他除了告知董事会之外，也一定会调查我们和赵谦背后的关系。这很危险。”

“所以呢？先生？”

“先回去再想该怎么办吧。”

郭笑转过头来，拍了拍顾长铭的肩膀说：“你做得很好。辛苦了。”

“这是应该的。”顾长铭点了点头。

当莫云舟和宁韵然坐进车里的时候，莫云舟忽然一把抱住了宁韵然。

他的怀抱太紧，让她几乎喘不过气来。

“云舟？怎么了？”

“没什么……我只是忽然有点害怕。”

他的声音很轻，宁韵然的心瞬间软得仿佛要塌了。

她也抱紧了他，她很明白这个男人的恐惧，来自对她的在意。

“我知道，别怕。凌睿还有杜若都为我准备好了。”

“涉及你的事情，我永远不会觉得任何准备是万全的。”

“我不怕。所以你也不要怕。”宁韵然在对方的额头上很认真地吻了一下。

“万事小心。”莫云舟附在宁韵然的耳边轻声道。

“好。”

莫云舟直起背脊，继续开车：“走吧，我忽然很想送你点什么东西了。”

“送我什么？炖三黄鸡？”

“你脑子里除了吃的，还有没有点别的东西？”

“有啊！我脑子里还有你啊！”

宁韵然的回答让莫云舟愣了愣，随即笑出声来。

“你这是修炼了几百年道行出来了啊？”

“也要看是谁带着我修行啊！”

莫云舟将她带到了一个表店，宁韵然看了看招牌，扯着嘴角说：“莫先生，你这是打算用糖衣炮弹来腐蚀我吗？”

“我是觉得，我们身上应该有什么一对的东西，这样比较像情侣啊。”

“我们用的手机是同款的。”

“好吧，你是要我现在立刻送结婚对戒给你，还是戴情侣表？”莫云舟撑着下巴眯着眼笑着看着她。

“……还是……还是表吧……你别送钟给我就行。”

莫云舟露出失望的表情：“我还以为你会说两个都要呢。”

“我才没那么贪心。”

宁韵然昂首挺胸走了进去，莫云舟好笑地跟在她的身后。

那些满是碎钻的表几乎闪瞎她的眼，她反而挑了一对低调的深色表面的手表。

“你确定要这一对？一点都不显眼。”

“不显眼才好。”

莫云舟笑了：“就这对吧。”

宁韵然眯着眼睛看着他："我怎么觉得那么古怪呢？"

"有什么古怪？"

"你好端端为什么要送表给我？你会请我吃贵的东西，但不会送我贵的东西。"

"哦，你脑子不笨。不过既然是我送的，无论发生什么事，你都要戴在手上。"

宁韵然愣了愣，将手覆在表面上："我懂了。"

又是一周过去了，郭笑仍旧没有等来莫云舟的消息，他在房间里走了一大圈，又拿起了手机，这已经是一天之内打的第三个电话了。

"难道到现在莫云舟还没有回话吗？"

"他们的董事会和决策层还在研究。"

"你知不知道秦先生已经等不及了！"

"我知道，所以……还是先由我们纵合万象集团将这笔钱找个名头付出去吧。"

"只怕你还没付出去，就被冻结账户了！凌睿是不可能让你转账的，这件事你不用管，我会解决。"

"我明白了，先生。"

挂了电话，李忍上前给郭笑倒了一杯茶水。

"先生，您打算怎么办？"

"莫云舟这个人，沉得住气，也有自己的思路。但是，他也有自己的软肋。既然他不肯帮我们，那我们就帮帮他。"

"我明白了。"

"事情做得要快，也要干净。"

周六的早晨，宁韵然正在刷牙，门铃就响了。

"谁啊？"宁韵然赶紧将牙膏沫子吐掉，来到了门前。

"早餐外卖。"

"我没有叫过外卖啊？"宁韵然从门前的猫眼望出去，确实看见一个穿着美团外卖T恤的快递员。

快递员拿出送货单看了一眼，回答说："是一位莫先生订的。"

“哦！”

莫云舟给她订了早餐？

宁韵然打开门，伸手接过来，可就在那一刻她的手腕猛地被对方扣住，宁韵然刚要挣脱，对方忽然在她的颈上用力一敲，眼前顿然一黑，宁韵然倒了下去。

快递员一把将她扶住，这时候电梯门打开，几个搬运家具的工人将柜子打开，将宁韵然装了进去，立刻离开，整个过程不超过二十秒。

杜若站在门口，从猫眼里将这一切看在眼里。

接着，他来到窗口，将窗帘撩开一道缝隙，看着那辆SUV远去。

杜若拿出了手机，拨通了凌睿的电话。

“郭笑动手了，小宁被他的人带走了。”

“手表她戴了吗？”

“戴了。我现在将车牌号发给你。”

“谢谢。”

到了快中午的时候，莫云舟穿上外套，拿过车钥匙，打了个电话给宁韵然。

电话很快就被接通了。

“衣服换好了吗？我大概一刻钟就到你的楼下。还有箱子收拾好了吗？”

莫云舟一边穿鞋，却听不到对面宁韵然的声音，他不由得笑了。

“怎么了？还没收拾好？除了你用习惯的东西，其他的我陪你重新买吧？”

又是十几秒过去了，打开门的莫云舟顿在那里，眯起了眼睛：“小宁，你怎么不说话？”

“因为我不是你的小宁。”

男人的声音从手机里传来。

莫云舟的手立刻握紧，沉下声来：“你是谁？”

“我是谁不重要，只是想问一问莫总，你们的董事会效率太低了吧？”

“你是郭笑的人，还是顾长铭的人？”

“我是谁的人不重要，关键是莫总知不知道自己要做什么事。您可以用五千万来换她的性命，一个项目应该也没问题吧？”

“我就猜到你们有问题！之前梦幻星空乐园就闹出了洗钱的事！现在你们又绑架我的女朋友！你们根本就不干净！不干净的生意我们不会沾手！”

“莫总，干净或者不干净又有什么区别？就看你要不要宁小姐的命了。我们的要求不高，三天后，我们必须要拿到六个亿的订金。您放心，梦幻星空乐园到了您的手上，就干净了。还有，您可以报警，我们会把宁小姐的尸体还给你。”

“你们……你们这群混蛋!”

电话迅速被挂断了。

莫云舟闭上眼睛，用力呼出一口气。

他甩门而出，立刻驱车前往顾长铭的住处。

顾长铭才刚打开门，莫云舟猛然一拳打在了顾长铭的脸上，顾长铭立刻摔倒在地。

“顾长铭——你给我把事情说清楚!”

莫云舟怒气冲冲，顾长铭站起身来，淡淡地说：“出什么事了？真难得能看见莫总这么大的怒意。”

“她被人带走了！威胁我尽快通过梦幻星空乐园的收购！别告诉我这事你不知道!”莫云舟吼了出来。

顾长铭睁大了眼睛看着莫云舟，转过身立刻就拨打了郭笑的电话。

“郭先生，宁韵然是不是在您那里?”

“怎么了?”

“莫总在我这里，我没想到郭先生说叫我不要再管这件事，竟然是这样的。”

“你放心，只要莫云舟照着我们说的去做了，他的宁韵然我一定完好无损地送回来。我给他三天时间搞定他的董事会。”

挂掉电话，顾长铭回过头来看向莫云舟：“这一拳，郭笑应该不会怀疑了。”

“抱歉，我必须要这么做。”

“你现在还是赶紧去开你的董事会吧。”顾长铭说完，将一个小盒子扔给了莫云舟。

“这是周暖做好的网络银行U盾?”

“对，程序也写好了。就差最后一击。”

说完，顾长铭转过身去，淡然道：“我能为你们做的，到此为止。我唯一希望的就是，你们能保护好小宁。”

“你放心，凌睿的人已经跟过去了。他们不会让小宁出事的。”

“你应该还有很多事情要做。愿你一切顺利。”顾长铭说。

“谢谢。”

莫云舟赶回到云晟集团的大楼，召开了紧急会议。

他早就准备好了材料，一方面说服股东们接手梦幻星空乐园是付出最少、回报最大的项目，另一方面也营造出了有许多竞争对手都想先他们一步接盘的紧张气氛。

原本这个项目就已经获得了五成以上决策层的支持，再加上这一次会议，决策层通过了洽谈，同意先支付赵谦六个亿的订金。

这场收购可以用风卷残云来形容，在业界掀起轩然大波。

不少人都在讨论莫云舟的手笔，将梦幻星空乐园比作梅沙仓争夺战，观望着莫云舟拿下梦幻星空乐园的意图以及他到底要做什么。

看着报纸上的新闻，郭笑呼出一口气来。

“我们这位莫云舟先生果然很有行动力和魄力啊。这么大一个项目，只要他铆足力气，有谁不能被说服的？”

“现在就等他的姐夫签字同意了。我听说陆氏夫妇很相信莫云舟的投资眼光，这个收购应该没问题了。”李忍回答。

“叫你的人对宁韵然好一点，如果不是这位未来的莫太太，我们只怕拿不下莫云舟。”

“我明白的，先生。现在还不能掉以轻心。”

而被郭笑派人从公寓带走的宁韵然，一觉醒来，发现自己正躺在一张床上。

四周的窗帘都落下来，透不见一丝光。

她咽下口水，隐隐看见对面的椅子上坐着一个人，正看着自己。

“你醒了。不好意思，这几天，你可能要和我待在一起了。”

宁韵然一愣，这个声音……

“张铁？你怎么在这里？郭先生不是说你离开了吗？”

“啪嗒”一声响起，整个房间瞬间明亮了起来。

宁韵然不习惯光亮，抬手遮住眼睛。

张铁笑了笑：“这里不是T市。”

“什么？那这里是哪里？”

“这里是K市的市郊，一个疗养院。”张铁回答。

“……疗养院……你们把我带到疗养院来干什么？”

“宁小姐，你别紧张。如果不是上一次你换掉那个 U 盘，我也没机会坐在这里和你一起说话，早就被凌睿关进去了。所以，我绝对不会伤害你。”

“你不会伤害我……那么这一切又是为什么？”

“纯粹只是请你来度假而已。”张铁说。

“请我来度假……”宁韵然低下头来苦笑了笑，“还是为了梦幻星空乐园的收购吧？”

“既然你已经知道了，那就在这里安安心心地待上几天。等莫总准备好了，我们就会送你回去。”

“那如果他没准备好呢？”宁韵然直视张铁的眼睛。

张铁笑了：“如果没准备好，我们也会送你回去。”

宁韵然侧过脸去，沉默不语。

张铁站起身来，说了句：“我知道你很聪明，能跑，能揍人，所以看着你的人也不少。我说过会平安放你回去，就一定会做到。所以，好好休息。如果无聊的话，看看书，听听歌，还有电影。”

张铁指了指桌面上的那台电脑，然后走了出去。

他刚关上门，宁韵然就立刻掀起被子，来到窗口，发现窗台下面有人守着，而且这里是六楼，就是把床单都撕了也不够长度下去。

试着开门，发现门也被锁上了。

如果不出意料，估计门外也有郭笑的人守着。

她有点恼火，忽然想起什么，抬起手来摸了摸自己的手腕，还好，莫云舟送给自己的那块表还在！

至于这个房间里的书，都是什么老年杂志，宁韵然暂时没有看的欲望。

打开电脑，果然如同宁韵然所预料，只有硬盘里存了上百部电影，但是根本没有网。

也就是说，她处于一个信息封闭的环境里。她的身边没有手机，没有网络，也无法离开这里。

宁韵然叹了口气，撩开窗帘的一角。

这时候，她看见一个护工，推着轮椅从她的窗台下路过，而轮椅上坐着的不是别人，正是杜若！

她的唇角缓缓翘了起来，杜师兄不愧是老江湖了啊，速度跟上。

有杜若在这附近，意味着张铁他们完全在凌睿的掌握之中。至于什么时候对他们采取行动，就要看莫云舟那边的进度了。

周一早晨，当顾长铭走进办公室的时候，不少人都望了过去，露出惊讶的表情。

因为顾长铭的左侧颧骨还有没散去的淤青，一看就是被人打了。

但是在办公室里，没有一个人敢议论。

黄秘书立刻跟了进去，只见顾长铭坐在办公桌前，脸色很难看。

“顾总，你没事吧？莫云舟出手太重了。”

顾长铭立刻抬起头来，冷冷地看着黄秘书。

“郭先生是派人盯着莫云舟，还是派人盯着我？”

“……当然是盯着莫云舟。只是刚好看见他到了你家，你一开门就被他给打了。”黄秘书顿了顿，“不过……他情绪激动也是人之常情。”

“他激动是人之常情，那么我呢？”

“顾总？”

“你们用宁韵然威胁莫云舟就范，我可是一点消息都没有收到！”

“顾总，郭先生也是知道你把宁韵然当成妹妹看待，怕告诉你了，你沉不住气。他绝对没有不相信你的意思！”

“那么宁韵然呢？你们打算把她怎么样？”

“顾总，我们能把她怎么样？她没有做任何威胁到郭先生的事情。就算莫云舟最后没办法说服云晟集团的董事会通过对梦幻星空乐园的收购，郭先生也绝对会放她回来。这点您放心。”

顾长铭的目光依旧很冷。

“好了，我还有公事要处理，先这样吧。”

“听说今早莫云舟那边就会开会，如果通过了就会上交到陆氏夫妇那里。”

“陆氏夫妇对莫云舟的决定从来没有怀疑过。”

而郭笑也一直派人盯着莫云舟，甚至将整个会议进程都秘密拍了下来。

郭笑坐在电脑前，看着莫云舟那张冷峻的脸，他说话时条理分明，而且很有魄力，一开始决策层对这个项目还有所保留，他铺开数据，分析周边，营造出好几个大集团要拿下梦幻星空乐园的紧张气氛，不过几个小时，局势就一面倒地倾向他。

“真可惜，他的背后是莫家和陆家，否则，他如果能为秦先生做事，我们绝对不用像今天这样辛苦。”

“他现在难道不是在为秦先生做事?”李忍微微一笑，将一杯茶端到了郭笑的桌上。

就在当天下午，项目决定就被呈递到了陆氏夫妇那里，总部的会议也非常迅速地召开了。

就在郭笑给出的时间节点上，莫云舟打了个电话给他。

“我们已经同意收购梦幻星空乐园了。什么时候签约付款?”

“莫总，其实你如果下定决心，什么都可以很快就做到，不是吗?”

手机那一端的莫云舟沉默不语。

“我的要求是，三天之后签约，同时支付那六个亿的订金，剩下的钱，你可以在合同规定期限内支付。”

“可以。”

“地点我来选。”郭笑的手指轻轻敲在桌面上。

“可以。”

“莫总真干脆，这点我喜欢。”

“我要听见宁韵然的声音。”

“这是当然的。”郭笑点了点头。

一旁的李忍拨通了自己的手机，将它和郭笑的手机贴在一起。

“喂，小宁！你还好吗？他们有没有把你怎么样?”莫云舟原本在郭笑面前紧绷着的声音，此刻有了一丝激动的起伏。

“我很好，他们没把我怎么样，就是把我关在一个……”

宁韵然还没有说自己在哪里，郭笑就把李忍的手机摁掉了。

“莫总，我说过会把宁韵然还给你，就一定会还。你只要准备好资金和签约就好。”

“我会把合同发给你看。”

“好的。你知道，我不会有什么苛刻的条件。”

手机挂断之后，郭笑对李忍说：“继续盯着莫云舟的一举一动。”

“那么签约地点呢?”

“以防万一，定在一个隐秘的地方。”

“明白。”

而这几天，无论是对于莫云舟还是凌睿，或者是郭笑和顾长铭，都是一场漫长的折磨。

周五上午九点，莫云舟桌面上的电话响起。

“莫总，半个小时之后，我会到你的公司接你。”李忍的声音传来。

“我知道了。我立刻通知我这边的律师和财务总监。”

与此同时，凌睿那边也收到了莫云舟的消息，他们留守在云晟集团大楼外的队员们终于可以行动了。

李忍开来的是一辆低调的商务车。

一开始，莫云舟身边的财务总监和律师还很犹豫，莫云舟只是淡淡地点了点头，先一步上去，其他人不疑有他，也跟着上去。

车子就这样开了出去。

“莫总，他们是梦幻星空乐园的赵谦赵老板派来的吗？我们为什么不自己开车过去？”财务总监小声问。

“没什么好紧张的，放心。”莫云舟浅笑着向对方点了点头。

看着莫云舟这样云淡风轻，一切尽在掌握的样子，财务总监呼出一口气来。

此时，警队的车子已经默默地跟在了他们身后，但跟得并不近。

负责跟踪任务的章队长身边的技术员看着平板电脑上显示的信号，那正是莫云舟腕上和宁韵然同款的手表发出来的。

那一对手表是经过杜若特别处理的，内置定位信号器的手表。

莫云舟特地带着宁韵然进入表行，在郭笑派来的人的监视下将它们买下来，今天它就开始发挥作用了。

李忍没有发现跟踪他们的警察，一路开到了T市的码头。

到了这里，章队长不可能再继续跟进了，只能通知上级部门。

莫云舟他们走上了一艘私人游艇，就看着赵谦满脸堆着笑，迎到了甲板上。

“莫总！终于把你给请来了！几位里面请！里面请！”

莫云舟对赵谦没有什么好脸色，直接说：“郭先生呢？”

“哦，郭先生就在里面。请进！”

这个私人游艇相当豪华，几个跟着莫云舟的高管也算见过世面的，但这里面的设施还是让他们惊叹了一下。

“莫总，市区太喧嚣，今天我们就去吹吹海风，来个海上垂钓，吃点新鲜的海鲜。也让诸位云晟的高管休息一下。大家不会介意我的安排吧?”

郭笑端着红酒走了过来。

“当然不介意。”莫云舟看向跟着他来的高管，点头道，“大家也不用客气。在这里的都是商场上的老朋友。今天大家也不用那么紧张，合同毕竟是总部审核过的。”

“对，但毕竟这么大的单子，涉及许多商业机密，不介意的话，还是希望大家交出手机。”

郭笑的话说完，李忍就拿过一个箱子来，在莫云舟的面前打开。

莫云舟点了点头：“郭先生说的没错。”

他将自己的手机拿出来，放进了箱子里。

跟着他来的高管也将手机放了进去。

莫云舟看向郭笑：“好了，我想我们可以出行了吧?”

郭笑点了点头，他们的私人游艇驶了出去。

海浪声声，海风灌了进来，带着咸湿的味道，却莫名地感觉天地广阔。

而T市也越来越远，直到看不见为止。

签约进行，郭笑对条款没有任何要求，除了要在签约之后即刻支付六亿的订金之外，对云晟集团提出的所有条件都同意。

双方签字之后，郭笑开了一瓶珍藏许多年的红酒庆祝。

“合作愉快，莫先生。现在就剩下订金的支付了。”

郭笑示意莫云舟。

莫云舟扬了扬下巴，郭笑便起身，和他一同来到了甲板上。

“我要听她跟我说话。”莫云舟说。

“这是当然的。”

郭笑一招手，李忍就拿着手机过来了。

“喂，小宁……我这边生意很快就能谈完了，然后你就能回来了。”

“嗯，你别担心我……他们没把我怎样，就是关在房间里什么也没有，无聊得快发霉了。”

莫云舟这才露出了一点点笑容：“等你回来了，我保证你每天都不会觉得无聊了。”

“你什么都别担心，他们没打我，也没少吃少喝。你自己反而要小心!”

“我会，我会的。”

莫云舟还想要多说两句，李忍便上前将手机拿了回去。

“请吧，莫总。”郭笑做了个手势，“你也想早点见到自己的女朋友对吧?”

莫云舟的神情冷了下来：“我没有带电脑。”

“如蒙莫总不弃，可以用我们的。”

“那就谢谢了。只是我和财务总监需要接收银行短信。”

“当然。”

他们已经到达这个位置，警方就算追踪手机信号赶来，也来不及了。

郭笑将电脑带过来，莫云舟和财务总监两人通过了六个亿的转账。

看着这笔款项汇出，郭笑的手都忍不住颤抖。

“郭先生，订金已经支付了。我想，我们可以离开了吧?”莫云舟问。

“同行转账果然很快。莫总，我们还需要将这笔钱转出去，麻烦你给华洋银行的江行长打个电话，我需要他们尽快授权出账。”

“郭先生，你不会真的坑我吧?你要我买梦幻星空乐园，可以。反正你们开出的收购价格也很公道。但是我们给了钱，梦幻星空乐园不会拿不到吧?”莫云舟凉凉地看了郭笑一眼。

“莫总，你在开什么玩笑。梦幻星空乐园一定是你的。”郭笑摁了摁莫云舟的肩膀说，“电话打完了，我的款子出去了，我就让人送小宁回到你那边。”

莫云舟沉默了一会儿，看了一眼舱里的几位主管，开口道：“你先把我的人送上岸，我再打电话。”

“莫总这是还不够信任我啊。”

“我都不知道我和郭先生之间存在信任这种东西。”莫云舟的声音依旧很冷。

“好吧。”郭笑回过头来对李忍说，“你去把云晟集团的几位高管送上岸。上岸之后，让他们给莫总打个电话。”

说完，莫云舟便转过身去对自己的财务总监说：“何总，你和大家先回去吧。我和梦幻星空乐园的赵老板还有一些事情聊一下。”

财务总监虽然有些担心，总觉得气氛诡异，但看莫云舟很淡定的样子，于是带着其他人上了郭笑安排的快艇。

当莫云舟接到财务总监的电话，确认他们已经回到了云晟集团时，莫云舟这才拨打了华洋银行江行长的电话。

“江行长，梦幻星空乐园的赵总这边要进行一笔六亿元的汇款，请您那边尽快让中心授权。”

“如果我没记错，梦幻星空乐园才刚刚收到你这边的资金，就要转走？云舟，你告诉我，这里面确实没有问题吧?”

郭笑听到江行长的怀疑，不由得紧张了起来。

莫云舟笑了笑：“他们在越南投资了一个珠宝公司，需要资金运营，相关资料你们那边也收到了。只是越南那边很需要钱，江行长您就和授权中心的主管们打个招呼，让他们优先审核就好了，赵老板没有要越过华洋银行的审核流程的意思，只是希望优先处理而已。”

“我明白了，我会和授权中心打个电话。”

“谢谢江行长。”莫云舟的声音里带着笑意。

挂了电话，李忍就过来，拿走了莫云舟的手机。

赵谦在笔记本电脑上操作了转账，然后莫云舟和郭笑就面对面地坐着，等待着结果。

“莫总，真的很可惜，还希望能和你长久地合作下去。”

“合作下去？道不同，不相为谋。我现在最大的期待就是日后无论我去哪里，都不用再见到郭先生你的脸。”莫云舟靠着沙发回答。

“那是因为莫总你从小含着金钥匙长大，你的清高是建立在你什么都有的基础上。如果你像长铭那样，处于他那样的境地，面对我伸出来的橄榄枝，你会怎么选?”

“那是因为顾总没有遇见我。”

“如果遇见了又怎么样呢？你能看上落魄时候的他?”郭笑向后靠着，用一种看待幼稚后辈的姿态，看着莫云舟。

莫云舟站起身来，为自己倒了一杯酒：“我莫云舟也许清高，在郭先生的眼中不知道天高地厚，但我有不知道天高地厚的本钱，至少我慧眼识英豪。如果十年前我来过 T 市，我一定会和顾长铭联手，他不用在你的威胁之下替你们洗钱，有顾长铭的技术和头脑，我们莫家的资金和人脉，一定会成为东南亚前三的 IT 巨头。”

郭笑拍着手，笑了起来："说得好！说得好！可就算是十年前你来到T市，也许能和顾长铭惺惺相惜，但他还是会被我们捏在手心里。"

"啊……是我天真了。"莫云舟颔首一笑，抬起手来看了看自己的手表，"中心授权恐怕没那么快，郭先生不介意给我讲一讲故事？"

"莫总要听故事？有些东西不知道反而比较好。"

"怎么，顾长铭的故事还算秘密吗？"莫云舟反问。

"也行。顾长铭当年的清高，比起莫总有过之而无不及。但他有一个妹妹，叫顾楚君。她生病了，需要心脏移植，但是一直没有合适的，等待也是一种折磨。后来我给她找到了合适的心脏，于是顾长铭欠了我一个大大的人情。但是顾楚君这个孩子，心灵太脆弱，好不容易那颗心脏在她的身体里存活了，她却得了抑郁症从疗养院的楼顶上跳下来了。"

"既然妹妹没了，顾长铭完全不用再跟着你们干了。"

"长铭啊，他是个大孝子啊。一个人在城里打拼，那么忙，老父老母又不适应城市里的生活，我们不过是帮他照顾一下二老罢了。"

"哦……"莫云舟摸着下巴笑了笑，"怪不得顾长铭这样比我还清高的人，能被你们捏在手里。还好我的父母没被你们照顾，不然我也不知道如何是好了。不过，你们也把我未来的太太照顾得无微不至啊。"

"莫总说笑了。"

"纵合万象集团市值也有几十亿，这样看来，顾长铭每年为你们洗的钱也有上亿吧？"

"莫总……你怎么忽然对这些感兴趣了？"郭笑的脸色沉了下来，看向李忍。

李忍点了点头，指了指箱子，意思是刚才莫云舟打完电话，他们就把他的手机收过来了。

"大概是好奇，顾长铭有多大能耐？"莫云舟向后仰着头，闭上眼睛似乎是在计算什么，"如果是我，以纵合万象集团的规模和经营范围，我每年能洗两个亿。不过顾长铭身边还有个赵婳栩，那可是个中高手。"

莫云舟看似沉稳，他有自己的自信，他的脸上有一种年轻人的锐气。

这种自信，让郭笑的心里很不舒服。

郭笑习惯了掌控一切，但是眼前这个年轻人虽然被逼进行这场收购，但是郭笑知道自己是不可能掌控他的。

哪怕他没有强大的家族背景，他的性格也是天生不甘人下，必然会反噬。

他绝对没有顾长铭那么能忍。

郭笑知道，至此之后，他不可能再控制这个年轻人做任何事了，所以他想要在其他地方压他一头。

比如，让他知道自己比不过顾长铭。

“顾长铭的最高纪录是一年五个亿。就这一点，莫总还是差了他一点。”

郭笑回答。

“哦……”莫云舟的表情倒没有任何遗憾或者不甘心的样子。

郭笑死死盯着莫云舟，他考虑的是如果莫云舟继续问下去，是不是要解决他。

但是莫云舟却没有继续这个话题，而是侧过脸去看向坐在电脑前的赵谦：“赵总，钱出去了吗？”

“还没有。”

“反正就算今天华洋银行中心授权，也不可能今天到账。”莫云舟整了整袖口，“郭先生，你不会要等到对方确认收款了才肯放我走吧？”

“那当然不可能。”

“不介意我去一下洗手间吧？”

“李忍，带莫总去一下洗手间。”

莫云舟来到了游艇的洗手间内，打开了洗手台的水龙头，脱下了自己的表，从指缝到指尖，莫云舟认真地洗了一遍，然后走了出来。

“莫总，刚才收到消息，华洋银行那边已经通过了授权。”

“所以，我可以走了？”

“是的。”

莫云舟来到舱内，对郭笑说了声：“那么就此别过了，郭先生。”

“本想说下次再续，但莫总应该巴不得我们永远不会再见面。”

“郭先生，不要忘记把我的人送回来。钱我可以给，给完了人还不回来，我这个人报复心很强。也许对于郭先生来说，纵合万象集团已经没有利用价值了，但是只要你们还打算在东南亚做生意，不要惹我。”

莫云舟说完，便离开了甲板上了快艇，乘风而去。

郭笑看着他的身影，笑了笑，转身对李忍说：“开船吧，秦先生的人几点来接我们？”

“秦先生安排的货轮，会在今晚六点经过这个坐标，我们在这里等着，就能离开中国了。”

“好，开船。”

半个小时之后，莫云舟上了岸，郭笑的人将手机还给了他：“莫总，我们送你回云晟吧。”

“不用了，坐你们的车，还不知道会开到哪里去。”

莫云舟打了个电话，十几分钟之后，一辆车来到了码头。

开车的司机正是凌睿派来的人。

一离开码头范围，就有几辆警方的车跟了上来，保护在他的周围。

为莫云舟开车的司机拨通了凌睿的电话，开口道：“凌队，可以行动了。”

半个小时之后，郭笑的私人游艇上忽然信号被干扰，他晃了晃手机，发现一条信息都没办法发送出去。

“怎么搞的?”

李忍冲了出来，神色满是骇然：“郭先生！我们赶紧乘快艇离开！出事了！”

郭笑愣住了，窗外传来直升机的声音以及快艇极速而来的破浪之声。

隐隐地能看见那些人身上的特警和国际刑警标志。

郭笑和李忍还没来得及登上快艇，荷枪实弹的特警已经鸣枪示警，郭笑吓得差一点从快艇上翻下去。

一切快到难以想象，十几秒钟而已，他们的四周被快艇包围，头顶是不断盘旋的直升机，将他们包围得密不透风。

特警迅速登上甲板，空中的直升机也不断有特警滑索而下，郭笑正要将笔记本电脑扔出窗外，但是他还没来得及用力，就被赶来的特警制服。

他的肩膀一扭，被一把压在了茶几上，半张脸都要被压碎了！

完了，完蛋了……

这到底是怎么回事?

他们在海上，为什么特警能那么快找到他们?

凌睿来到了他的面前，目光中的冷冽让郭笑一阵心寒。

“郭先生，久闻大名，今日终于见面了，实在是不容易啊。”

“这位同志，我做了什么违法的事情，能让这么多的警察同志来抓我?如果你们没有合理合法的指控和证据，我建议你们现在就放开我！”

凌睿淡淡地笑了笑，他戴上手套，然后打开了郭笑的笔记本电脑。

“郭先生，第一，你派人绑架宁韵然小姐来威胁云晟集团的莫云舟收购梦幻星空乐园，我们有包括宁韵然、莫云舟以及顾长铭在内的人证。第二，赵谦将云晟集团收购梦幻星空乐园的订金汇入越南的一个珠宝公司，可是根据越南警方和国际刑警的调查显示，这是一个空壳公司，存在洗钱嫌疑，这笔款项一旦到了越南就会被冻结，赵老板需要解释为什么会汇款给一个空壳公司？”

凌睿侧过脸来，看着已经一脸惨白被铐上手铐的赵谦，毫不怀疑他什么都会招供。

“好像我们会多一个污点证人？”凌睿指了指赵谦。

“梦幻星空乐园是赵谦的！他愿意把钱转给谁，是他的自由，我又怎么阻止得了！”郭笑仍旧没有放弃挣扎。

这么多年，他无数次与危险擦肩而过，但是没有人有证据逮捕他。

“郭先生，既然你和赵谦在一起，配合我们的调查也是理所当然的，走吧！”

郭笑被特警左右架起，带出船舱。

凌睿像是忽然想起了什么，加了一句：“忘记跟你说一声了，那艘被安排来接你的货轮，被我们缉私的同事给截获了。好像……还保留了你们这艘私人游艇和那艘货轮的通信记录。那艘货轮上，被搜出了不少毒品。他们挺有创意的，用毒品和其他材料混合制成箱子。”

郭笑的心陡然下沉，如果通信记录被保留下来了，那么他问对方货是否安全，对方回答“货已经被制作成了箱子，瞒天过海了”，这也将成为证据了。

只是他不明白，茫茫大海，凌睿他们是怎样找到他的！

这时，一个警员进入游艇的洗手间，将一块手表拿出来，封入证物袋中。

郭笑恍然大悟，那就是莫云舟今天戴在手上的手表！

他们收走了莫云舟的手机，但是却没有想过他的手表！那块表明明是他的人看着莫云舟带着宁韵然从表行里买来的情侣表，没想到竟然是警方早就下好的大套！

已经到了傍晚，坐在窗台边的宁韵然猜想就快有人来给她送饭了。

这时候，窗台对面的房间有人用镜子折射了日光，向着她的方向闪了三下，宁韵然心脏一阵收紧，她立刻将窗帘挽起，打了一个结，然后转身进入洗手间，将门锁上。

负责看守宁韵然的张铁端着晚餐敲了敲房门：“宁小姐，我进来给你送晚餐了。”

接着，是钥匙转动房门的声响。

开门的那一刻，张铁发现房间内空空如也，而窗帘又被打了个结挂在那里，他立刻冲到了窗口向下看，只看见警察不知道什么时候将这栋楼给围了起来。

他的手下将门推开，大叫：“铁哥！警察上来了！要抓我们！”

张铁目光一凛，他意识到宁韵然是不可能从这个窗子跳下去的，他看向洗手间紧闭的门，用力拧了拧，果然里面锁上了。

事到如今，只有以宁韵然为人质，才有可能离开了！

张铁狠狠一脚踹在洗手间的门上，那一阵声响，让宁韵然的肩膀一颤。

她紧张得要命，心想为什么她的同事们动作那么慢！

又是“哐啷——”一声，洗手间的门完全被踹开了。

张铁睁圆了眼睛，冲上前来。

宁韵然一把抓过浴室的沐浴液瓶子，狠狠地砸到了对方的脸上。

张铁被冷不丁砸了一下，立刻冲上来。这两个人誓要抓住宁韵然。

她不管三七二十一，将淋浴的花洒抓了下来，这玩意儿有分量，如同流星锤一般被她砸了出去。

张铁一把将花洒抓住，他赤红了眼睛，宁韵然知道躲进洗手间里很明显是了解警方的行动。他这时候想起赵婳栩的警告和最后的绝望，终于明白宁韵然是警方的人！

走廊上的脚步声越来越近。

张铁咬牙切齿：“我他妈被猪油蒙了心，才会相信你！”

调换U盘什么的，只是宁韵然获取郭笑信任的手段罢了！

“就算要死！你也得跟我们陪葬吧！”

张铁大步就要上前，却踩在流出来的沐浴液上，狠狠地滑跌了一跤。

“愣着干什么！杀了她！”张铁恶狠狠地对自己的手下说。

对方正要上前，躲在浴缸边缘的宁韵然一声怒喝：“你敢！信不信外面的特警打爆你的头！”

那家伙低下头来，看自己身上有没有红点，但是洗手间的窗外根本没有合适的位置供警方狙击手伏击。

张铁挣扎着起来："别听这骗子胡扯！"

他狠狠地拿起花洒，朝着宁韵然的脑袋砸过去。

还没脱手，只听见一声枪响，张铁的手背被击穿，血流了出来。

"不许动！"

警察冲了进来，将所有的人制服，张铁被压在地上，上了手铐。

"宁韵然！你敢骗郭先生！你等着！郭先生会要你的命！会要你的命！"

这场早就埋伏好的人质营救行动只用了几分钟就完成了，张铁所有的手下全部落网。

宁韵然被带到了楼下，看着站在楼下的杜若，忽然有一种大梦初醒的错觉。

"杜……杜师兄……"

杜若伸出手来："打住，打住。我知道你这几天好吃好住，而且也没受伤，不要露出惊吓委屈脸。"

"你可真够没人性的！"

宁韵然的眼泪被硬生生压了回去。

"人性这种东西不适合我。"

杜若扬了扬下巴，示意宁韵然跟他们上车回去。

坐在车上，宁韵然紧张地问杜若："云舟那边怎么样了？郭笑进了套儿吗？"

"莫云舟那么高超的演技，郭笑怎么可能不进套？"

听到这里，宁韵然高高悬着，几天都无法安眠的心终于落了下来。

"走吧，我带你回局里面。你可以和莫云舟好好约会了。"

宁韵然的心里像是被炸了一下。

来到警局，看见莫云舟站在那里和凌睿正在说着什么，宁韵然不顾一切就跑上前去。

"喂！走廊禁止奔跑啊！"老吕的话还没说完，宁韵然就一阵风似的从他的身边奔过。

莫云舟听见脚步声，如同预料到什么一般，转过身来，当宁韵然撞进他的怀里时，他已经张开双臂，紧紧地将她抱住了。

那一刻，她说不出任何话来。

这几天辗转难眠，担心不已，每一次在手机里听到莫云舟的声音，她就想要冲到他的身边。

她害怕他如果被郭笑发现了会不会有性命危险？如果警方对郭笑实施抓捕的时候莫云舟没有成功离开会不会被郭笑当作人质？

莫云舟将宁韵然抱得紧紧的，贴着她的脸颊，感受到这个女孩温热的眼泪，心脏也在颤动着。

“别害怕，别担心了。你在我的身边，你在我的怀里。”

整个警局都在因为这件大案忙碌不已，人来人往，只有他们两个紧紧地抱在一起。

哪怕世界末日，也和他们两个没有关系了。

凌睿看着他们，低头一笑，对老吕说：“走，我们去会一会郭笑。”

“他把事儿全都推到了顾长铭和赵谦的身上。”

“意料之中。赵婳栩呢？找到了吗？”

“找到了，在押送来的路上。”

“行，让小梁去陪她聊聊天，告诉她，郭笑把事儿都推给她和顾长铭了。”

“哦，凌队，你可真坏啊。整个T市的商界，谁不知道这个赵婳栩对顾长铭是神女有梦，襄王无心啊！你这么一说，她还不得为了顾长铭，把锅甩还给郭笑啊？”

“赵婳栩还是很懂得审时度势的。到了这个地步，难道她还会为郭笑硬扛吗？”

“对了，还有顾长铭的首席秘书黄颖呢？”

“几分钟前，章队长说，警方在机场拦截了黄颖。”

“老章这辈子都没这么神速过，我们这次算是一锅端了吧？”

两人相视一笑，带着笔记本电脑来到了郭笑的面前。

“凌队长，百闻不如一见。”郭笑的脸上虽然没有了笑容，但并没有显得张皇失措。

“我这个人喜欢直来直往，我也知道郭先生对于应付我们，绝对经验丰富，所以我就直说了。”

“凌队长请说。”

“郭先生，您真的还坚持您对纵合万象集团这些年的洗钱交易一无所知吗？”

凌睿的表情里没有丝毫压迫的意味，仿佛只是在问“你喜欢咖啡还是茶”。

“没错。”

“那这就很有意思了。”凌睿笑着打开自己的笔记本电脑，转向郭笑，“这是我们的同事从您的笔记本电脑里找到的视频。”

视频正好可以看见莫云舟和他坐在桌前，慢慢地喝着红酒，聊天。

正好录下来那段话，就是莫云舟问他顾长铭有多大能耐。

当时郭笑知道莫云舟的手机不在身边，周围又都是自己的人，莫云舟太自负的样子让郭笑很不爽，于是告诉他，顾长铭替他们洗钱的最高纪录是五个亿。

没有想到这段视频竟然被录了下来！

这到底是怎么回事？而且怎么看，摄影的方向都不是莫云舟，而是……他自己那台笔记本电脑放的位置！而凌睿也说是从他的电脑里搜出来的视频！

是谁背叛了他？

是用过电脑转账的赵谦，还是跟随在他身边的李忍？

凌睿并没有告诉他，那是因为莫云舟的网银U盾早就被植入了病毒，一旦和郭笑的电脑接触，就会自动开启他的摄像头，开始录制船舱里的一切。

“后面这段更有意思了，你还亲口承认，是你们帮忙照顾了顾长铭的父母，所以他才不得不为你们做事的。”凌睿笑着，他的手指习惯性地在桌面上敲了两三下，“所以，郭先生，你才是纵合万象集团幕后真正的控制者吧？”

“我是，那又怎么样呢？”郭笑倾向凌睿，“洗钱情节严重的，处五年以上十年以下有期徒刑。我就当度假咯。”

“那你忘记了，还有顾长铭父母的绑架、宁韵然的绑架，以及关于梦幻星空乐园的收购——它不过是你对莫云舟的绑架勒索而已。五年以上，十年以下？郭先生，你的算术不太好啊。”

郭笑的脸色变了，凌睿的唇上却依旧带着淡淡的笑意。

“哦，我知道——你一定是觉得你的大老板秦耀会派人来弄你出去，对吧？可是他不会花心思在死人身上的。”凌睿笑着将一份报纸在他的面前缓缓打开，“这是明天《晨报》的头版头条。大毒枭的洗钱代理人郭笑及其同伙拒捕被警方击毙。你都死了，你觉得秦耀会怎么样？”

“这样的头版头条，你们能骗一时，骗不了一世。”郭笑的回答仍旧冰冷。

“一时，就够了。只是郭先生现在不肯配合，很快就会此一时彼一时了。”

凌睿丝毫没有强迫郭笑说什么的意思，直接起身离开了。

郭笑愣在那里，几秒钟之后忽然反应过来。

“你们要对秦老板动手？别天真了！你们抓不住他的！你们连他在哪里都不知道，怎么可能抓住他!”

凌睿没有回答他，而是来到门外，对老吕说：“这里看守得如何?”

“密不透风。郭笑就是变成苍蝇也飞不出去。”

“那就好，消息绝对不能走漏，否则传到了秦耀的耳中，我们就功亏一篑了。”

而这天晚上，宁韵然住进了莫云舟的别墅里，别墅四周都是章队长派来保护他们的人。

宁韵然的行李只是草草地收拾了一下，当她打开行李箱的时候，才发现自己没带睡衣。

“啊……我要穿着T恤和牛仔短裤睡觉了!”

“睡衣吗？我早就给你买好了，孟姨也帮你洗干净了。”

“真的?”

“真的。我的卧室里面收拾了一排柜子给你，虽然我觉得你根本不可能有那么多的衣服要放。”莫云舟拉起她的手，向着楼上走去。

“你拉我去哪里?”

“去我们的卧室啊。”

一听到“我们的卧室”这说法，宁韵然的耳朵又红透了。

“我……我睡客房就好了!”

莫云舟忽然一把将她抱了起来，笑着大步走上楼梯去。

“你脑子里在想什么少儿不宜的东西呢？我们别墅外面几辆警车守着，一会儿章队长还会派人来，住在客房里保护我们。你想干什么?”

宁韵然真想在他的脸上狠狠掐一把。

她在他的怀里仿佛没有重量一般，莫云舟用脚将卧室的门撩开，抱着宁韵然坐在了床上。

宁韵然一看床的对面，完全愣住了。

“我的妈！你什么时候把电视机换成投影仪了?”

“家庭影院啊，这样画面够大，字幕够清楚了没?”

“够大了！真的够大了!”宁韵然高兴不已，随即又问，“不会只有什么经济频道看吧?”

“不会，你要看电影、电视、综艺、体育都有。”莫云舟忽然想起什么，露出遗憾的表情来，“哎呀！有个很重要的频道，也许你会很感兴趣，但是我忘记申请了!”

“啊？什么频道?”

莫云舟来到宁韵然的耳边，轻声说：“成人啊!”

宁韵然的脑子里“轰隆”一声，拽过一旁的枕头对着莫云舟的脑袋狠狠揍。

“你说什么呢！你想死啊！我叫你看！我叫你看!”

莫云舟很轻松地就将枕头拽了过去，一把将宁韵然摁倒下去。

他靠她那么近，那种被他完全包裹起来哪里也去不了的感觉，让她的心跳又乱了起来。

她侧过脸去，不敢再看他的脸，心脏要爆掉。

但是这家伙却凑过来，在她的鼻尖上咬了一下。

“我去实现你的梦想，你在这里等我。”

“我什么梦想啊?”

“抱着锅，坐在床头吃泡面，看电影啊。”

莫云舟笑着走了出去，宁韵然心里面又是一阵哗啦响。

她觉得很幸福，幸福到害怕起来。

好像这样的快乐随时会消失一般。

“云舟……”她叫住了他，但是却不知道自己要说什么。

莫云舟却了然地回过头来看着她。

“小宁，我们的战争已经结束了，我们尽了全力，并且赢得惊险但也精彩。剩下的交给我们的战友，我们要相信他们的能力和实力。秦耀的大额资金来源已经被切断了，郭笑都完蛋了，他没有渠道凑足六个亿的赔偿金，就一定会用现有的钱去购买我们为他准备好的那批货。这个坑，他不跳也要跳了。”

“嗯。”

连续几天的晚上，宁韵然被莫云舟搂在怀里，她总是梦到边境上的那场缉毒大战，哪怕没有亲临现场，她似乎能听到密集的枪声。

一周后的清晨，宁韵然接到了凌睿打来的电话，他告诉她：大毒枭秦耀因为赵谦转入越南的六亿元被冻结，无法支付对香港毒枭的双倍赔偿，于是答应了被警方控制的毒枭江城，在中缅边境以一点五倍的价格购入江城提供的毒品，交易过程中被警方包围，双方激烈交火。警方有三名缉毒警和一名特警重伤，轻伤十余人，秦耀的同伙被击毙二十余人，活捉八人，秦耀被捕。

这个纵横东南亚二十余年的大毒枭终于落网了。

宁韵然闭上眼睛，沉沉地呼出一口气来。

莫云舟从后面紧紧抱住她。

“现在，你可以安安心心地和我在一起了。”

“嗯。”

晨光落在窗台上，宁韵然感觉到身后这个男人的体温，所有熟悉的一切都变得不一般了。

“和你在一起，我真的总是担惊受怕。怕别人知道你对我重要，于是把你绑走。怕你总是不长心眼，丢掉了性命。最好的余生便是有你，最坏的余生是能想起你。”

“不会的，我命很大。你看那么多同事想要破这个案子……比如说刘雨。我见到她的时候，她那么朝气蓬勃，现在我永远都忘不了第一次见到她的样子。再比如顾长铭和赵婳栩，赵婳栩拼了命地要抓住顾长铭，而顾长铭却深思熟虑地要离开。还有我，见到你，爱上你，是我做梦都没有想过的事情。我和你倒是相遇得猝不及防，而顾长铭对赵婳栩却是离别得蓄谋已久。”

宁韵然惆怅地呼出一口气来。

“对我而言，有一点不一样。”

“什么不一样?”

“和你相遇确实猝不及防，但和你相爱才是蓄谋已久。”

莫云舟淡淡地笑着，宁韵然枕在他的怀里，听着他的心跳，才深深体会到为了他们的今天，莫云舟早就殚精竭虑。

得知秦耀被捕的郭笑一个人呆呆地坐在那里。

他这么多年为之努力的一切都结束了。

当告知他这个消息的凌睿起身的时候，郭笑忽然叫住了他。

“凌队长，你知道你拥有很大的权力吗？很多人都怕你。”

“这个世界上不怕我的人也有很多。比如干干净净的生意人，比如我的同事。”

“你就没有想过享受你的权力吗？”郭笑又问。

“我现在就很享受我的权力。但如果你是指以权谋私的话，在金钱面前，我和你，一个已经掉入悬崖，一个站在悬崖边缘。我选择照亮深渊里的一切，你享受坠落的过程。这是我和你对权力的不同理解。”

凌睿走了出去，他的步伐依旧没有任何犹豫。

一个月之后，纵合万象集团的洗钱案即将开庭。

宁韵然来到了看守所，看望顾长铭。

和其他人不同，顾长铭没有落魄的样子，显得平静而淡然。

当他看到一身制服的宁韵然的时候，脸上终于露出了笑容来。

“你这样子，真好看。”顾长铭轻声说。

“谢谢，顾大哥。”宁韵然吸了一口气，在他面前坐下，“凌队长告诉我了，这一次开庭对你很有利。第一，你帮助秦耀洗钱是受胁迫，因为秦耀带走了你的父母；第二，你先是匿名揭发了纵合万象集团洗钱，之后又主动配合警方的案件侦破；第三，你对纵合万象洗钱案的所有细节都向警方坦白……你不会……”

“小宁，做错事情，无论之后是否改正，错了就是错了，都是应该要付出代价的。替我谢谢莫云舟，我知道他在游艇上故意向郭笑问那些问题，是为了证明我这么多年是被郭笑胁迫的。我也知道纵合万象集团经过这次事件股价大跌，濒临破产，谢谢他愿意在这个时候接手。”

“他说……等你出来，要和你联手成为东南亚的IT巨头……”宁韵然说。

顾长铭难得笑出声来。

“谢谢他了。小宁，你听没听过荆棘鸟的故事？”顾长铭问。

宁韵然摇了摇头：“没有。”

“荆棘鸟永远在飞翔，落地便是生命的结束。我就像一只荆棘鸟，漂洋过海历经风雨，遇到你，我终于可以落地了。”

顾长铭看着她，宁韵然几乎没有看过他笑得这么安心，这么自然，不用压抑情感，也不用再掩藏自己。

离开看守所，莫云舟载着她去警局。

“和你顾大哥说了什么？”

“没说什么啊。我在他面前好好夸了夸你。”

“夸我做什么？”

“让你未来的合作伙伴觉得你其实很有义气，两肋插刀啊。”

“哦，你也不怕我插他两刀。”

“为什么啊？”

“情敌见面，分外眼红，狭路相逢，你死我活。”

“神经病。”

“哦，对了，我后备厢里有送你的礼物哦。”

莫云舟忽然把车停在路边，一脸认真地说。

“啊？你送我什么？”宁韵然看了看，他们正好停在了警局不远处，周围进出的同事都好奇地看了过来。

“在后备厢里，你打开看看。”莫云舟眨了眨眼睛，那小模样还挺让人觉得心怦怦跳的。

“什么？不会是满后备厢的玫瑰花吧！”

“差不多吧。”莫云舟还是笑。

宁韵然忽然更加不好意思了：“那你也不要在警局门口送给我啊！”

“没关系的，你去看看吧。不然我就白准备了不是？”

莫云舟摁了一下，后备厢自动弹开。

宁韵然起身绕到车后面，本以为会满眼粉红，但她肩膀僵住了。

随即，整条街都听到她的吼声。

“莫云舟——你送我这么多狗尾巴草干什么！你想死啊！”

“我摘这么多狗尾巴草也很辛苦的啊，你不喜欢吗？”莫云舟慢悠悠下了车，来到她的身边，用手指拨弄了一下，“还很新鲜啊！”

“新鲜你个鬼啊！有人送女孩子狗尾巴草的吗？”

“这个……之前是你说把戒指放在蛋糕里很土，所以我就特地标新立异一下。别人送玫瑰，我送你狗尾巴草。狗尾巴草多像你啊，就算在路边风吹雨打，人见人踩，都能野蛮生长……”

“分手啊！”

“别啊！我在狗尾巴草里放了求婚戒指，你不找找？”

“找你个头啊！这种求婚拒绝！拒绝啊！”

“狗尾巴草你不喜欢，也许戒指你喜欢啊。”

“你自己和自己结婚吧！”

“狗尾巴草也有春天嘛！”

“你白痴啊！是野百合也有春天！”

番外 莫老太太

宁韵然心里有点忐忑，她头上戴着银色的假发，手里撑着拐杖，戴着老花镜，和一堆老头儿老太太们排着队。她的耳朵里塞着的东西看起来是助听器，实际上却是和凌睿联系的耳机。

凌睿和老吕还有小梁他们都坐在车里，看着眼前的长队。

“老大，我看小宁不错啊！装老太太装得挺像的呢?”小梁摸着下巴看着宁韵然的身影，半开玩笑地说。

“就那样吧。她没耐性，让她再装五分钟，你信不信她就想把假发拽了?”凌睿扯着唇角笑了笑。

宁韵然在耳机里，把他们说的话听得一清二楚。

“你们少瞧不起人了……现在我让你们瞅瞅姑奶奶的厉害!”

宁韵然说完，就靠向一个老太太，压低了嗓子，还微微颤着声音说：“唉……你说咱们把钱给他们了，他们是不是该给个合同什么的啊?”

“给啊！我这儿有一份他们给的合同，还没签字儿呢！你看看!”

一位七十多岁的老爷爷把合同拿给宁韵然看。

宁韵然假装戴上老花镜，仔仔细细从头看到尾，忽然一下就说：“哎呀！他们是骗子啊……这就是我儿子经常说的什么非法集资啊!”

“什么非法集资?”

其他老人家一起围了上来。

"你看这儿啊！这儿写的回报百分之二十啊！比信托都高！而且……这什么什么投资公司的，我隔壁邻居王老太的姐妹秋华就曾经被骗过！十万元给了对方，一个月就全部亏没有了啊！"

"这不可能啊！这不是有合同在吗？"

"有合同……你看看这从头到尾的，就只说了预期收益百分之二十！'预期'就是个预测，不准的啊！这也没说如果预期收益没达到怎么个赔偿法儿啊！"

宁韵然这么一说，老人家们就起了疑心。

这就是一个非法集资组织，他们假装理财经理，专门到公园、广场找那些老人家聊天，假装介绍理财产品，还故意找了几个老人在旁边当托儿，说是自己投了钱进去之后挣了多少，吸引了许多老人到银行取了现金来到这个假的投资公司交钱买所谓的理财产品。

而且还打一枪换一个地方，让凌睿他们接到群众举报之后，总是没办法第一时间捣毁这个非法集资组织。

最后还是宁韵然想了个主意，假扮成了老太太，每天都在这个街区散步，散得都快没耐性了，总算被这个组织的某个小伙子给"看上"了，跟她讲了老半天，把她带到了这个隐蔽的"投资公司"。

宁韵然这么一说，之前交了钱的老人家就又进了里面，要求投资公司里的人修改合同，讲清楚这个"预期收益"和"实际收益"之间的关系。

老人家们闹了起来，那个投资公司就立刻把门关上，假装说他们的理财额度满了，不让继续买了。

排着队的老人们，有的觉得可惜，说是要继续排队，有的则表示怀疑。

投资公司的正门关了没多久，凌睿他们就看见有人从后面搬着箱子上了后门的一辆面包车。

凌睿立刻组织队员们跟上。

而宁韵然本来也想脱了假发扔了拐杖上车，走了没两步，却被几个小混混一般的人物给拦住了。

"嘿，老太太，您今天是故意来闹场子的吧？"

"我不是闹场子啊，我也想投资啊……可是你们这合同有问题，有问题难道还不让人说吗？"宁韵然颤悠悠地说。

隔着耳机听着这一切的凌睿笑了："傻瓜一号，你这是装起了瘾啊。要不要我派同事去接应你？”

“不用，小爷一个人就能搞定。”宁韵然捂着嘴巴向后退了两步，小声说。

“啊，我忘记你刚在我们局里的拳击比赛里拿了女子冠军，就连章队长都想把你挖到他们那里去。”

宁韵然嘿嘿笑了两声：“这回还真不用我出手了。”

只见一辆黑色的保时捷停在了路边，一个男子打开车门，走了出来。

他揣着口袋，不紧不慢地说：“你们连她都敢围着，也不怕今晚上没牙齿吃饭。”

几个混混甩了甩手说：“小子！少管闲事！”

宁韵然故意用拐杖指着这几个混混说：“你给我好好教训教训他们！”

“哦，这是要我出手呢？我每秒钟都很值钱的。”

这个男人不是别人，正是莫云舟。

这几个混混这才回头仔细地看着对方，这男人穿着一身笔挺的西装，身后的车也是闪闪发亮，一看就不是一般人。

他们也就骗骗老人，并不想惹事，一看莫云舟不是一般人，万一对方报警了，事情就闹大了。

“哟，这位老板，不好意思……这位是您母亲吧？”

“她比我妈还难惹。”

莫云舟的手指将领带松了松，几个混混愣了愣。

三十秒之后，章队长带人赶来，就看见几个混混躺在马路边上哀号不已，一个老太太拄着拐杖，莫云舟在旁边搂着她的肩膀。

“哟，我当谁呢，这不是莫总吗？这几个是……”

“凌队长不是正在破一个针对老人家的非法集资案吗？这就是那个组织里的人，他们拦着我的路，不让我去接我老婆，我就顺手给收拾了。”莫云舟很有礼貌地笑了笑。

章队长睁大了眼睛：“那……那我就却之不恭，带他们走了？”

“嗯嗯。”莫云舟点了点头。

几个混混哭着说：“这位先生，我们真不是故意欺负你母亲的！”

“放过我们吧？”

“我们没参与什么非法集资团体啊！”

章队长一听，赶紧上前："这位难道是莫老太太？初次见面，我是……"

"章队长，是我啊！"宁韵然开口道。

"你谁啊？声音这么耳熟！"

"我是宁韵然啊！"

"哟！你不是莫总他妈啊！"

"你才是莫云舟的妈呢！"宁韵然把假发一摘，"我有那么老吗？"

"哈哈哈！你行啊！以前是卧底，现在都学会易容了！你得给我们队里上上课！"

莫云舟抿着嘴唇笑了笑。

看着那几个混混被扣上了车，莫云舟眯着眼睛在宁韵然耳边说："下班了没，莫老太太？"

"你再叫我莫老太太，信不信我揍你！"宁韵然扬了扬拳头。

"本来再过五十年，你就是莫老太太了，提前适应一下。"

"切。哎？你把这拐杖还放后备厢里干什么啊？"

"五十年后你继续用啊！"

"你看我装老太太是不是特别得意啊！"

"不会啊，我觉得特别有情趣。"莫云舟抿着嘴，手指在宁韵然的额头上弹了一下。

"什么情趣啊！"宁韵然拉了拉安全带。

"就好像……我们白头到老了一样。"

宁韵然愣了愣，脸瞬间就红了。

"我老了，你还精神抖擞的，有这样的吗？"

"那你给我买个假发，我们上最美照相馆去照个相去？"

"鬼给你找假发。"

"也对，我们第一步应该是先照结婚照。"

"我还没答应要嫁给你呢！"

"你都跟我白头到老了，不结婚可不行啊！这裙子挺好看的。五十年后继续穿啊！"

"五十年后我才不要和你在一起呢！"

"那可不行。五十年后我不跟你在一起，那肯定是因为我先去了。"

“……你胡扯什么！长命百岁！”

“那五十年后我们在不在一起？”

“在一起！在一起！”

“这就对了。”

图书在版编目（CIP）数据

靠近你，淹没我 / 焦糖冬瓜著. —杭州：浙江文艺出版社，2019. 7

ISBN 978-7-5339-5748-3

Ⅰ. ①靠… Ⅱ. ①焦… Ⅲ. ①长篇小说—中国—当代 Ⅳ. ①I247. 5

中国版本图书馆 CIP 数据核字（2019）第 130877 号

策划统筹　柳明晔
责任编辑　关俊红
文字编辑　王　挺　张　可
装帧设计　阿赖 Alaim
责任印制　张丽敏

靠近你，淹没我
焦糖冬瓜　著

出版　浙江文艺出版社
网址　www. zjwycbs. cn
经销　浙江省新华书店集团有限公司
印刷　杭州杭新印务有限公司
制版　浙江新华图文制作有限公司
开本　710 毫米×1000 毫米　1/16
字数　760 千字
印张　45. 25
插页　3
版次　2019 年 7 月第 1 版
印次　2019 年 7 月第 1 次印刷
书号　ISBN　978-7-5339-5748-3
定价　120. 00 元